PECADOS ELEGANTES

UN ROMANCE OSCURO DE UNA SOCIEDAD
SECRETA

ALTA HENSLEY

STASIA BLACK

Traducido por Mariangel Torres.

AVANT-PROPOS

Para mantenerte al tanto de nuevos lanzamientos de libros y ofertas, suscríbete al boletín de noticias en español de Stasiay (https://www.stasiablack.com/spanish-newsletter) al boletín de noticias en español de Alta.

LA ORDEN DEL FANTASMA DE PLATA
Solicita el honor de su presencia
a

EL SEÑOR MONTGOMERY KINGSTON

Para la preparación de la celebración de las pruebas de
iniciación

EL SÁBADO, DIECISÉIS DE SEPTIEMBRE
A las doce y media de la noche

MANSIÓN OLEANDER
109 de la calle Oleander

La asistencia es obligatoria

CAPÍTULO 1

Montgomery

El linaje de sangre azul tenía un hedor tan fuerte y sofocante que solamente un verdadero discípulo podría reconocerlo: apestaba a pecados elegantes, mentiras encantadoras y obsesiones opulentas. El aroma reflejaba malicia heredada; la delicada venganza que los más privilegiados ejecutaban en cualquiera que consideraran inferior, y la corrupción suntuosa fruto de siglos de no tener a nadie más que a ellos mismos a los que rendir cuentas.

La fragancia era arrolladora.

Caminando por los largos pasillos de la mansión Oleander, inhalé la esencia de whisky borbón, cigarrillos prestigiosos y el embriagador perfume de amantes secretas tanto de tiempos pasados como de tiempos presentes. Y aunque muchos se sentirían intimidados por tal refinada aura, yo me sentía completamente a gusto.

La élite. Eso era lo que yo era, para lo que me habían preparado desde que respiré mi primera bocanada de aire. El apellido Kingston siempre, desde mi tataratatarabuelo, había representado el poder y el prestigio. Nada cambiaría ese curso, salvo que pronto sería mi turno de hacerme cargo del imperio.

Había estado esperando este día, que la invitación llegase. Sabía que nunca sería tan simple como que mi padre me entregase las llaves del reino y ya estaba. Era consciente de que tendría que ganarme mi lugar, y a pesar de que nunca supe exactamente lo que eso significaba, entendía que, a su momento, la Orden del Fantasma de Plata vendría a llamar a mi puerta.

—Caballeros, veo que también han recibido sus invitaciones. —Pronuncié las palabras con voz grave y alta, pues me habían enseñado a temprana edad que anunciar tu presencia en el momento en que se entraba a una sala demostraba el nivel de confianza necesaria para competir en la rica sociedad alfa del sur.

Cinco hombres, sentados alrededor de una mesa redonda, se volvieron para mirarme. Beau Radcliffe fue el primero en hablar con desinterés mientras tomaba un sorbo de su vaso de whisky escocés.

—No me lo perdería. Eres el primero de nuestra promoción en empezar las pruebas. Me contenta que podamos verte metiendo la pata de primero para aprender lo que no se debe hacer.

Ignorando su provocación, tomé asiento en la mesa redonda hecha de caoba hondureña que estaba destinada para los candidatos de la Orden. Éramos seis. Hasta esta noche, no habíamos alcanzado la edad ni pasado por las pruebas para ganarnos nuestro sitio junto a los miembros. Sin embargo, ya que en efecto yo era el invitado de honor en la reunión de esta noche, no sería más que cuestión de tiempo hasta que pudiera levantarme de la mesa de los niños.

—¿Es que hemos tenido elección? —preguntó Sully VanDoren, encorvándose aún más en su asiento hecho a mano y bebiéndose el licor como si fuera agua. Lo único que indicaba a gritos que ese hombre pertenecía a la clase alta era el caro traje que llevaba, y lo acentuaban las cortinas perfectamente cerradas que estaban tras sus espaldas, de color tinto y dorado, tan largas y opulentas que se arremolinaban en el piso.

Su madre estaría decepcionada por su falta de encanto sureño, pero yo ya me esperaba la amarga predisposición de Sully. Estaba claro que nada había cambiado desde que nos habíamos graduado de la Academia Preparatoria de Darlington hace siete años. Él siempre había detestado estar ahí, y a juzgar por la expresión de su rostro, siempre lo detestaría.

—¿Por qué has atendido a la invitación? —preguntó Beau, más por pura curiosidad que por crítica—. Han pasado años desde que estuviste en Darlington. Me figuraba que estabas muerto o algo así.

—O algo así... —dijo Sully encogiéndose de hombros, y alcanzó el contenedor de cristal que estaba en el medio de la mesa, lleno de un whisky escocés que sin duda era más costoso que el pago hipotecario del georgiano promedio—. No me corresponde contar mi historia hoy, estamos en la prueba de iniciación de Montgomery.

Alzó el vaso para hacer un falso brindis a mi nombre.

—Por conseguir lo que siempre has querido. Sea lo que eso sea.

—Quiero lo mismo que todos quieren, o no estaríamos todos aquí —dije.

—Montgomery, el niño bonito, capitán del equipo de fútbol, primero de su clase, nombrado en *Forbes* como uno de los hombres más adinerados por debajo de los treinta, y uno de los reyes de Darlington —enumeró Sully con una sonrisa desdeñosa—. Y ahora eres el primero de todos en cumplir veinticinco y recibir aún más cosas. Vaya suerte la tuya.

Su sarcasmo no pasó desapercibido.

—Deja de ser un imbécil —espetó Walker St. Claire—. No es nuestra culpa que odies esta mierda, tu apellido VanDoren y Darlington en general. Pero nuestra herencia y lazos con la Orden no van a esfumarse sin importar lo mucho que así lo quieras. Es lo que es. Es lo que somos, te guste o no. Y ya que Montgomery es el primero en cumplir veinticinco e iniciar este proceso, nuestro tiempo juntos en la mansión apenas está comenzando. Entonces, ¿podríamos estar de acuerdo en no comportarnos como idiotas con todo esto?

Sabía que Walker sería como yo, pensaría como yo y actuaría como yo. Él también había vivido su vida como un verdadero caballero del sur, y por sus venas corría la riqueza. Su padre era uno de los ancianos de la Orden, tal como mi padre, y ambos sabíamos que sobre nosotros recaían grandes expectativas de que dirigiéramos la Orden algún día.

—¿Alguno de ustedes tiene idea de cuánto tiempo y compromiso tomarán estas pruebas de iniciación? —preguntó Emmett Washington mirando su reloj inteligente —. Tengo una empresa que dirigir y poco tiempo para jugar este juego gótico de...

Miró alrededor de la sala, alzó la vista e hizo una mueca socarrona. Un enorme candelabro de cristal y bronce de Baccarat pendía del techo de casi cinco metros. Por todo el techo había molduras de friso de yeso hechas de barro, arcilla, crin y musgo español.

—Ni siquiera sé cómo describir qué es, pero no tengo

mucho tiempo para esta versión mórbida de una reunión de exalumnos.

Era difícil no percatarse o sentirse impresionado por nuestros alrededores. La mansión Oleander era una de las pocas mansiones históricas en Georgia que no había quedado reducida a cenizas en la Guerra Civil. Estaba tan arraigada en la historia sureña que prácticamente se podían oír los alaridos de los fantasmas sin quererlo.

—Bueno, la empresa no es tuya de verdad hasta que pases por tu propia prueba —le señalé a Emmett.

Puede que su familia sea de nuevos ricos, pero su padre había sido invitado a la Orden hacía más de una década. Recibían con gusto a todos los hombres de influencia y poder entre sus filas, pero solo a los hombres. No podíamos ser demasiado progresistas, ¿cierto?

—Todos trabajamos para nuestro padre hasta la ceremonia de traspaso de la llave, así que, como ha dicho Walker, aprovechémoslo al máximo. —Alcancé el escocés y me serví un trago—. Sí, esto va a consumirnos, pero valdrá la pena. Pronto seremos hombres más ricos de lo que ya somos.

—¿Por cuánto tiempo creen que nos hagan esperar aquí hasta que nos llamen a la sala blanca? —añadió Rafe Jackson con impaciencia—. Coincido con Emmett en lo de los asuntos que atender en la empresa. Tengo reuniones mañana temprano y no quiero estar despierto toda la maldita noche.

Podría decirse que Rafe había tenido que trabajar más que todos nosotros juntos. Su dinero no era tan antiguo y radicado como el que nosotros habíamos tenido la fortuna de heredar, y tuvo que partirse el culo día tras día para mantener el apellido Jackson en la lista de los más ricos en el condado de Darlington. No era sencillo figurar entre los apellidos más adinerados del condado más afluente de Georgia, pero todos lo habíamos logrado. Rafe era un cabrón cabezota que no aceptaría nada más que sentarse en esta prestigiosa mesa que todos rodeábamos, sin importar lo que aquello le costara.

Y eso era un hecho para todos. Todos haríamos lo que sea que hiciera falta para mantener no solo nuestra fortuna, sino la de las generaciones venideras. Así funcionaban los nobles.

—Nunca pensé que vería el día en el que papi Kingston te entregase las riendas —dijo Sully con una expresión oscura—. Que te diese con ellas en la cabeza, tal vez, pero que solo te las dejase en la mano con una sonrisa en la cara... Joder, eso no.

—No tiene elección —intervino Walker.

Bufé mientras tomaba un sorbo de mi bebida.

—Estoy seguro de que por dentro le está matando. Nunca pude estar a la altura de las expectativas del hombre, sin importar cuánto dinero le hiciese ganar o cuánto poder haya añadido a su retorcido imperio. De alguna forma nunca hago suficiente.

Me fijé en uno de los muchos retratos del fundador que estaba colgado sobre la repisa de la chimenea de mármol y sentí que sus prejuiciosos ojos actuaban como un reemplazo de los de mi padre.

—Pero reglas son reglas. La Orden del Fantasma de Plata tiene su propio libro de leyes que sobrepasa todo los demás. Mi padre no puede cambiar el hecho de que, a los veinticinco años, dejo de ser un externo. Si paso las pruebas de iniciación, el negocio es mío. Todo mío.

Decir las palabras en voz alta se sentía bien, demasiado bien, y esperaba sinceramente que mi padre estuviese espiando y escuchando la conversación de alguna manera.

«Así es, querido padre. Haré todo lo que sea necesario».

—Di lo que quieras, pero todos sabemos que lo que nos piden es cualquier cosa menos normal —dijo Emmett. Al ser relativamente nuevo, siempre había pensado que todo el proceso era una locura, pero eso no le iba a impedir participar cuando su momento llegase.

Rafe se rio entre dientes y volvió a revisar su reloj.

—Eso es quedarse corto.

Tras una botella vacía de whisky y media hora de conversaciones triviales, el sonido de una pistola disparada desde el jardín finalmente anunció que nuestra noche estaba a punto de empezar. Respiré hondo, pero entonces me recordé a mí mismo que ya había presenciado todo esto antes.

Sí, éramos candidatos, pero habíamos asistido a suficientes ceremonias en la mansión como espectadores para saber con exactitud lo que ocurriría a continuación. A la mayoría nos salieron los primeros dientes en los antiguos muebles de este lugar. Los padres traían a sus hijos a la Oleander desde los comienzos de la creación de la Orden. Estábamos familiarizados con cada recoveco, así como con cada oculto y perverso secreto que atesoraran los pasillos.

Tampoco nos tomó por sorpresa cuando un hombre con una capa plateada salió de un panel secreto en la pared.

—Síganme —dijo en voz baja y ominosa.

Aunque todos sabíamos que el hombre era el padre de Walker, por esta noche era un anciano: no tenía nombre y no tenía rostro, pero era poderoso. Tenía una de las posiciones más altas en la Orden del Fantasma de Plata, y se esperaba que lo tratáramos con el mayor de los respetos, admiración y hasta temor.

En total y completo silencio, lo seguimos obedientemente en fila por un pasillo estrecho que nos llevaba a la sala blanca.

El salón de baile blanco. El epicentro de todo.

Con columnas corintias, arcos hechos a mano y una extensión en forma de L que formaba un ventanal curvado, el propietario original y fundador de la orden lo había pintado completamente de blanco, incluyendo el piso. Se rumoreaba que el motivo era para resaltar la belleza natural de las mujeres que bailaban en su interior, pero también para exponer las almas oscuras y negros secretos de todos los invitados. El fundador no se guardó nada para contrastar el bien y el mal en tal magnífica opulencia.

Tenía dos chimeneas enormes con repisas de mármol blanco rococó tallados a mano, así como también un espejo original importado de Francia, que habían colocado para que las mujeres pudieran advertir si sus tobillos o miriñaques se veían por debajo de sus faldas.

Tal escándalo nunca habría sido tolerado. Oh, cómo habían cambiado los tiempos.

Sobre una de las chimeneas, había otra pintura del fundador, cuyos ojos definitivamente te seguían por la sala. Odiaba que el bastardo siempre observara cada uno de mis movimientos. De niño el retrato me daba pesadillas y, para ser sincero, la imagen fantasmal seguía dándomelas.

Los pomos de las puertas de porcelana alemana de Dresde pintados a mano y las cerraduras cubiertas a juego eran la única forma de encontrar la salida, ya que la puerta parecía camuflarse sin ningún esfuerzo con la inmensidad blanca. La inquietante pureza de la sala envolvía a todos los que estaban dentro de ella.

Unas profundas voces masculinas cantaban en latín. Lo que se decía exactamente en murmullos silenciosos era confidencial y solo los ancianos estaban al tanto de esa información. Sus voces resonaban en las paredes cuando entramos en la sala y nos pusimos en fila como lo harían los reclutas del ejército ante su general. Con los brazos detrás de la espalda y las piernas separadas a la altura de los hombros, nos mantuvimos firmes.

Los diez ancianos estaban frente a nosotros, con sus capas plateadas ensombreciéndoles las facciones del rostro. Flanqueando ambos lados estaba el resto de los miembros, también vistiendo las capas plateadas que pertenecían a la Orden. Cada hombre sostenía un bastón intrincadamente tallado con una bola de ónix pulida en la parte superior. Con una perfección practicada, todos comenzaron a golpear el suelo con los bastones. El rítmico sonido de los bastones impactando contra el suelo me reverberaba por los huesos.

—Montgomery Kingston —bramó uno de los ancianos. Los bastones seguían haciendo impacto—. ¿Estás preparado para empezar las pruebas de iniciación?

Asentí. Ya sabía que los candidatos no tenían permitido hablar durante las ceremonias, a menos que se les diese permiso directo para hacerlo.

Miré adelante con una expresión impasible. Podía ver por el rabillo del ojo que los otros cinco hombres se lo estaban tomando tan en serio como yo, independientemente de que antes hubiesen hablado pestes. Era imposible no tomárselo en serio. Si no fuera por el hecho de que las ceremonias estaban tan arraigadas en nosotros que la sumisión era tan necesaria como respirar, la sofocante dominancia en la sala habría conquistado cualquier habilidad de resistir.

—Tienes dos días para hacer el trabajo preparatorio antes de que comience el Baile Espectral —continuó el anciano mientras los bastones sonaban al compás de la inquietante orquesta.

Volví a asentir.

—Esa noche tendrás en tu poder a una bella sin igual. Cuando la tengas, y nosotros la consideremos digna, la Orden del Fantasma de Plata la quebrará.

Los bastones comenzaban a sonar más rápido.

Con más y más fuerza.

El viento entró por las ventanas abiertas, arremolinándose a nuestro alrededor como si la Orden hubiese invocado al mismísimo Satanás. Los cánticos en latín se reanudaron mientras las luces a gas de la sala parpadeaban.

—Montgomery Kingston, tus pruebas de iniciación comienzan ahora.

CAPÍTULO 2

Grace

Alcé la vista cuando el timbre sonó por encima de la puerta de la cafetería, señal de que un cliente había llegado. Diablos, casi terminaba mi capítulo. Garabateé un par de notas más sobre la contabilidad de gestión antes de pegarme la sonrisa más grande que pude.

Solo para mirar y ver a mi colega, Delilah, precipitándose hacia el mostrador mientras hacía malabarismos con su sobrecargado bolso y se metía la delgada camiseta blanca por dentro de sus pantalones cortos: el uniforme estándar de todas las camareras de la Cafetería Bill.

—¡Lo siento! Perdona, sé que juré que ya no llegaría tarde.

Era una chica delgada a la que le gustaba teñirse el cabello de negro. Había estado unos años por detrás de mí en el instituto, pero nos habíamos hecho amigas en poco tiempo desde que empezamos a trabajar aquí.

Miré el reloj que estaba sobre la puerta principal, por encima de su cabeza. Había llegado veinte minutos tarde.

Las gafas de sol oscuras cubrían lo que sin duda eran ojos enrojecidos. A nadie le gustaba ir de fiesta más que a Delilah. Solo tenía diecinueve años, pero parecía diez años mayor. Me volví hacia la cocina y levanté una ceja.

—Alégrate de que Bill aún no haya llegado.

Ella soltó una carcajada.

—Como si fuera a levantar su gordo culo y ponerse a trabajar con la parrilla. —Se inclinó sobre el mostrador y saludó hacia la cocina por la ventanilla—. Eh, Darnell, ¿cómo estás hoy?

Agarró un delantal de detrás del mostrador mientras se inclinaba sobre él.

La cafetería estaba bastante vacía ya que eran las diez de la mañana de un martes, pero el señor Simmons era un cliente habitual. Mientras se tomaba su café, les echó un vistazo a los pantalones extremadamente cortos de Delilah mientras ella se inclinaba. Era un viejo y sucio bastardo que me pellizcaba el trasero cada vez que podía.

—Estoy bien, Lilah —agregó Darnell y le devolvió la sonrisa.

Solo le negué con la cabeza.

—No dejes que Jimmy te pille tonteando con Darnell de nuevo.

Delilah se apartó del mostrador y me miró.

—Jimmy puede irse a la mierda. Tienes mucha suerte de tener a Kyle.

Kyle. Mi novio de tres años. Hubo un tiempo en el que solo su nombre habría hecho que sintiese mariposas en el estómago, ¿pero ahora?

Ahora pienso en cuando lo encontré inconsciente en mi sofá anoche después de haber trabajado un turno doble, con el mando de videojuegos todavía en la mano, recipientes con sobras de comida para llevar en la mesa y saliva cayéndole por la barbilla.

Las solicitudes para trabajos locales en la ciudad estaban intactas sobre la mesa de la cocina, donde las había dejado. Ni siquiera las había movido, mientras yo trabajaba duro para mantenernos a los dos. Y le había dicho que no pidiera comida para llevar, pues era lo último que podíamos permitirnos.

Pero cada vez que trataba de sacar a colación el tema del dinero, me decía que le gustaba más cuando no me quejaba sin parar todo el tiempo. Por lo general, a aquello le seguía sacar una cerveza del refrigerador y salir de la sala.

—Sí —murmuré, pasando un paño sobre el mostrador—. Tengo tanta suerte.

—Oye. —La voz de Delilah era seca—. Lo digo en serio, tienes un novio de los buenos.

Arrojé el paño contra el mostrador y me sujeté las manos, mirándola.

—¿Sí?

Luego negué con la cabeza.

—Siempre juré que no sería como mi madre, pero mírame, viviendo con el primer chico que se fija en mí. —Agarré el paño y comencé a fregar de nuevo, más fuerte que nunca.

—Si sigues fregando así, vas a quitarle la fórmica a la encimera —dijo Delilah, pero se cruzó de brazos—. Y algún día tendrás que bajarte de tu pedestal y darte cuenta de que eres como las demás. Sí, eres súper bonita, pero no hay nada especial en ti, ni en mí, ni en ninguna otra chica que haya nacido en este condado. Nacimos en la pobreza y pobres moriremos. Leer todos estos libros solo te hace sentir miserable por esa verdad.

Sacudió y cerró de un golpe mi libro de economía.

—Eh. —Cogí el libro, pero ella me lo quitó de un tirón.

La miré.

—Zorra.

—Esnob.

Entonces ambas nos echamos a reír.

Volvió a poner mi libro en el mostrador y metió la mano en su enorme bolso de Mary Poppins. Juro que su brazo entero desaparecía dentro cuando buscaba un artículo en particular u otro, y siempre estaba a rebosar. La correa de un sujetador de leopardo colgaba del bolsillo delantero, un paquete de pañuelos se salió junto con varios usados mientras buscaba y finalmente sacó un labial rosa brillante.

Ya llevaba puesto un labial color rojo sirena, pero frunció los labios y se lo puso encima. Cuando sonrió, sus dientes amarillentos por los cigarros desentonaban con el color, pero mi sonrisa seguía siendo genuina.

—Estás preciosa como siempre, pero quítate esas gafas de sol. —Alargué la mano y se las quité del rostro—. Bill podría llegar luego y sabes que detesta...

Me quedé sin aliento y paralizada una vez que vi su rostro debajo de las gafas... y el hematoma gigantesco que ocupaba los alrededores de su ojo derecho.

—¡Delilah! ¿Qué diablos te ha pasado? —Dejé las gafas en el mostrador y me acerqué a ella.

Ella se apartó y volvió la cara.

—No es nada.

—¡No es nada!

Se dio la vuelta y me miró con la mejilla hinchada.

—Jimmy y yo discutimos anoche y se nos salió de las manos.

—¿Jimmy te ha hecho esto?

Iba a matar a ese cabrón. Era el doble de grande que Delilah.

—No es lo que crees —suspiró—. Yo le hice enojar. Estaba espiando su teléfono y me pilló. En verdad no debí haberlo hecho. Estaba enojado y todo fue de mal en peor. Yo lo empujé primero, no fue su culpa.

No podía creerme la mierda que estaba escuchando, y al mismo tiempo lo entendía demasiado bien. ¿No había oído las mismas cosas salir de la boca de mi madre una y otra vez?, ¿novio tras novio?

«Me ama, solo tiene un problema de ira».

«Solo pasa cuando se pone a beber, me jura que está recibiendo ayuda».

«Ha sido mi culpa. Yo le hice molestar. Le pegué primero. Nos estábamos golpeando los dos».

Qué curioso que los hombres nunca tuviesen moretones o huesos rotos.

—Vamos, Grace, no seas así. Tú sabes como son los hombres de aquí. A Jimmy lo despidieron del centro de envío hace un mes.

—Porque no dejaba de presentarse con resaca o borracho —la interrumpí, pero me ignoró.

—Como sea, no es que haya muchos trabajos buenos por aquí. Es más fácil beber y olvidarse de todo. ¿De verdad puedes culparlos?

Extendí la mano y cogí la suya. Su cardenal violeta oscuro se veía mucho más horrendo bajo la fea luz fluorescente de la cafetería.

—Sí, sí que los puedo culpar.

Ella se limitó a sacudir la cabeza y apartó su mano.

—En serio que eres estirada. Por lo menos Jimmy tiene un lugar estable donde vivir.

Delilah se encogió de hombros.

—Es mejor de lo que la mayoría de los hombres ofrece. Crecí con mis cinco hermanos y hermanas apiñados en una habitación de una casa rodante, así que parece que he dado un paso adelante.

Y tras eso, me quitó el paño y fue a limpiar las mesas cerca del señor Simmons, cuyo rostro se iluminó al verla llegar. Yo no lo aguantaba, pero Delilah sabía cómo controlarlo para que soltara cada centavo en propinas. En el segundo en que pasó al lado de su mesa, él estiró la mano. Me di la vuelta antes de poder ver sus rugosos y gastados dedos pincharle el culo. Después de todo, quería seguir teniendo en el estómago los pocos huevos que había podido digerir antes de salir corriendo por la puerta en la mañana.

Pronto las cosas se animaron más por la hora del almuerzo y Delilah y yo nos encontramos rompiéndonos el lomo para seguir el ritmo.

No fue hasta las tres de la tarde que me tomé otro descanso. Me estiré. Cielos, no parecía que llevar bandejas de comida fuese tan agotador, pero cuando las mesas se acumulaban, esas bandejas podían ponerse bastante pesadas. Sin mencionar el constante ajetreo. La gente te cortaba la propina por la falta de servicio más mínima que percibiese. A veces, si terminaban su café y no se intuía el preciso segundo en el que la última gota bajaba por sus gargantas para poder estar allí con la jarra humeante lista para servir, se molestaban y usaban aquello como una excusa para no dar propina en lo absoluto. Pero si se les fastidiaba muy seguido preguntándoles si querían otra taza, se quejaban de que eras molesta e intrusiva. A los hombres le gustaban los escotes a la vista, pero si estaban con sus esposas o novias, a las mujeres les enojaba pillar a sus chicos mirando nuestras camisetas apretadas. Algunos días no había forma de ganar.

Le eché un vistazo al reloj. Solo me quedaban quince minutos de turno y luego al fin podría irme a casa. Me apoyé del mostrador e incliné la cabeza hacia el techo. ¿Por qué demonios había invitado a Kyle a vivir conmigo? En ese entonces tenía sentido por el dinero. Él tenía trabajo y podíamos permitirnos alquilar una casa prefabricada si combinábamos nuestros salarios.

Quizás era tan ingenua como Delilah, porque también había pensado que estaba un peldaño más arriba en el mundo. Había pasado de una casa rodante angosta a una el doble de grande. Claro, seguía siendo una casa sobre ruedas, pero los metros cuadrados que tenía eran imbatibles. Iba a montar una oficina en la habitación adicional para poder hacer mis deberes.

Casi iba a terminar mi licenciatura en administración de empresas.

Bueno, algo así. Era una titulación que había diseñado para mí misma basándome en las clases de negocios gratuitas y en línea de las mejores universidades en el país. Era increíble la cantidad de información que había y que no hacían más que regalar. Había recibido clases de Harvard, MIT, Stanford, Yale; cursos de emprendimiento; análisis de ventas; mercados financieros.

Hacía cada deber (a pesar de que nadie más que yo las corregía), y leía cada libro (sin importar lo mucho que tuviese que esperar para tenerlo por préstamo de la biblioteca). Hacía ensayos y proyectos, y trataba de participar en cada foro gratuito de estudiantes que pudiera conseguir para discutir ideas o intercambiar deberes y así corregir nuestros trabajos.

No iba a tener un pedazo de papel que dijera que había aprendido algo o que estaba calificada, pero al diablo con eso. Yo sí lo sabía. Sabía que había trabajado lo suficiente para tener un título técnico en administración de empresas, y ahora estaba estudiando para mi máster.

Era inteligente, y no iba a ser una camarera humilde que

ganaba sueldo mínimo toda mi vida. Miré alrededor de la mugrienta cafetería. Algún día tendría un restaurante propio y lo administraría bien: estaría limpio, luminoso; sería un lugar al que la gente querría ir para descansar de sus vidas de mierda. Sería un sitio en el que la gente pudiera pasar una hora o dos e inspirarse para saber que era posible conseguir mejores cosas.

Vendería café gourmet y ofrecería un amplio y emocionante menú de platos para que mis clientes pudiesen experimentar un sabor que no fuese la fritura. Avivaría los paladares y entusiasmaría las imaginaciones, y afuera construiría un área de juegos cerrada para que fuese un sitio bueno, limpio y seguro en el que las madres pudiesen reunirse y tener una hora o dos de cordura.

—Otra vez tienes esa sonrisa soñadora en la cara. —Delilah me dio un codazo en el costado y salí de mi ensueño.

—¿Qué? —Sentí que me ruborizaba y busqué el paño para volver a fregar el mostrador, lo cual era una tarea interminable.

Pero Delilah se limitó a sonreír.

—¿Soñabas con Kyle? Ya es hora de que se asienten y empiecen a pensar en tener una familia.

Me quedé boquiabierta y solo pude observarla horrorizada. ¿Hablaba en serio? Apenas tenía veintitrés. Entonces sus ojos se volvieron añorantes y se acarició la panza.

—No puedo esperar a tener un pequeño al que cuidar.

Miré su ojo morado. Hace un momento había pasado veinte minutos en el baño tratando de cubrirlo con maquillaje, pero su ojo seguía viéndose ensombrecido por la contusión. No podía estar pensando en tener un bebé con Jimmy.

—Anne-Marie acaba de tener una niña y no puede ser

más dulce. Estaba muy contenta cuando la vi. La pequeña duerme en la cama con ellos. Pude cargarla y cambiarle el pañal, y parecía una muñequita. ¡Es tan tierna! Y sabes, Joe estaba a punto de dejarla, pero entonces ella quedó embarazada, él se quedó, y ahora ambos son tan felices.

Delilah se inclinó y apoyó los codos en el mostrador, mirando con melancolía por la enorme ventana frontal de la cafetería.

—Siempre he querido ser así de feliz.

Cielos, ¿había alguna manera de hacer entrar en razón a mi amiga? Delilah tenía un buen corazón, pero si llevaba un niño a ese apartamento con Jimmy...

Al mirarla, de repente tuve la espeluznante sensación de estar viendo a mi propia madre hace veinte años. ¿Alguna vez fue una mujer joven con tantas esperanzas y sueños? ¿Había estado tan hambrienta por amor como Delilah? Por otra parte, sin importar cómo es que mamá haya empezado, el resultado había sido una infancia desastrosa para mí.

El zumbido de una notificación en mi teléfono hizo que me detuviese antes de poder responderle a Delilah, lo cual probablemente era bueno, pues si abría la boca en esos instantes, lo que sea que dijese sonaría mal. A veces me costaba mantener el pico cerrado, y gritarle por ser tonta, inmadura y desconsiderada con la vida de la que con tanta casualidad hablaba de traer al mundo difícilmente haría que ganara la discusión. Era por eso que tenía tan pocos amigos.

Saqué mi teléfono, le eché un vistazo y fruncí el ceño. Era una notificación de una aplicación que había descargado para que supervisase mi historial de crédito. Había sido meticulosa al aumentar mi puntaje de crédito desde que cumplí los dieciocho. Todos los libros de negocios, sin excepción, hablaban sobre la importancia de tener un buen historial. Nadie me daría un préstamo para abrir un negocio más adelante si no tenía un buen puntaje. Era tremendamente pobre, así que no podía tener líneas de crédito muy altas, pero me aseguraba de abrir varias tarjetas de crédito, usarlas para comprar comestibles y pagar el monto completo hasta dejarlo en cero cada mes.

Entonces, ¿por qué diablos mi historial de crédito había bajado tantos cientos de puntos y de repente aparecía en rojo? Sentí que me había lanzado por un tobogán de agua totalmente seco. Me quedé sin aire, tropecé hacia atrás hasta chocar con el mostrador y tomé una bocanada de aire.

—Es un error —murmuré con la voz entrecortada—. Tiene que serlo.

Desbloqueé mi teléfono y lo manejé con dedos temblorosos para ver más detalles. Diez minutos después me encontraba en la acera, haciendo mi mejor esfuerzo por no gritarle al representante bancario al otro lado de la línea.

—No, le he dicho que no hice esos gastos. ¿Qué haría yo con una lancha rápida? Vivo en Barnwell, estoy a horas de la costa. Estos son cargos fraudulentos, y no abrí esas cinco tarjetas de crédito que tiene registradas.

Caminé de un lado a otro en la acera.

—¿Cuántas veces debo decírselo? Me han robado la identidad. No, ¡no sé cómo ni quién ha sido! ¿Estaría al teléfono con usted si lo supiera? He intentado llamar a la policía y dijeron que está fuera de su alcance. ¡Usted no use ese tono de voz conmigo! No se atreva, no se atreva a...

La llamada se cortó y me aparté el teléfono de la oreja violentamente. Me quedé viéndolo con incredulidad. La zorra me había colgado. Mi vida se estaba desmoronando, ¡y ella me colgaba! Solté un grito de furia, ignorando las miradas de la gente en el aparcamiento y en la calle. Había leído sobre la usurpación de identidad como parte de mis estudios. No era algo de que te pudieras recuperar. Una vez que tu historial de crédito se arruinaba, incluso si no fue tu culpa, era casi imposible arreglarlo, y a veces tomaba años.

—¡Mierda, mierda, mierda!

Pateé una piedra con tanta fuerza como pude, pero lo único que conseguí fue darme un golpe en el pie. Volví a encender mi teléfono y me conecté al banco para ver mi balance. Quienquiera que haya robado mi identidad había usado mi tarjeta de crédito para comprar las cosas más ridículas. Además de la lancha, prácticamente se habían fundido la pasta en compras en un centro comercial en las afueras de Atlanta la semana pasada, hace tres días. 552.98 $ gastados en Ulta. 3809.52 $ en Artículos Deportivos Dick's. 2300.36 $ en Mundo Musical. 274.94 $ en P.F Chang's.

Vaya, qué curioso. Una vez había llevado a Kyle a P.F Chang's cuando ahorré un poco y nos fuimos a unas vacaciones en Atlanta. Él alucinó por lo mucho que le gustó, y juró que, si alguna vez se volvía rico, comería en aquel sitio cada noche. Era una de las razones por las que quería tener un menú más diverso en mi restaurante.

Eché la cabeza hacia atrás y miré con detalle lo demás que había en el historial de compras cuando una idea apareció en mi cabeza. No, no podía ser. Era ridículo. Claro, Kyle se preocupaba bastante por su régimen de cuidado de la piel más de lo que pensaba que los hombres hacían. Siempre trataba de meter costosos artículos para la piel en nuestro carrito de compras antes de que yo los pusiese de vuelta en el estante, pues la única forma de que pudiéramos pagar el alquiler era ciñéndonos a un estricto presupuesto. Kyle siempre decía que yo no sabía cómo disfrutar de la vida.

Y sí que solía hablar de comprarse un bote algún día para «pasar el verano en el mar», aunque no sabía nada sobre navegar, de nudos o de manejar un barco, ni tampoco vivíamos cerca de algún lago o del océano. Sin mencionar que no podía conservar un empleo por más de seis meses, así que, bueno, no éramos exactamente el tipo de personas que se van a pasar el verano en el mar.

En fin, estaba exagerando. Fui a mis contactos de todas formas y busqué el nombre de Kyle. El teléfono sonó, pero él no contestó. ¿Por qué demonios no contestaba?

—Bien, sigues aquí. Necesito que hagas turno doble.

Levanté la vista para ver a Bill saliendo de su vieja Toyota Camry. Bill era demasiado obeso para ese auto tan pequeño. Primero salió su grueso muslo, luego se sujetó a la puerta y empujó el resto de su voluminoso cuerpo. Se secó el sudor que le caía de la frente por el esfuerzo una vez estuvo en pie, y cerró la puerta detrás de él.

—Lo siento, esta noche no puedo trabajar.

Joder, debí haberme ido cuando tuve la oportunidad en vez de quedarme por ahí tratando de descifrar todo lo que había pasado. Bill te consideraba como un blanco fácil para que hicieras lo que se le diera la gana si te encontrabas presente en su propiedad. Que les dieran a las leyes laborales.

—He dicho que necesito que hagas turno doble —vociferó—. Y si no quieres quedarte sin empleo, te vas a quedar a trabajar.

Me detuve en seco y maldije por lo bajo. Apreté los puños. Sin volverme a mirar a Bill, le respondí:

—Bill, estoy teniendo un muy mal día. ¿Puedo cogerme libre lo que queda de día, por favor?

Ni siquiera transcurrió un segundo antes de su réplica:

—No. Paula ha llamado otra vez para avisar que está enferma. Te necesito.

Juraba que empezaba a encenderme de la ira. Paula era

una borracha que siempre se metía cosas cuando podía ponerles la mano encima. Como camarera era una auténtica mierda, pero Bill no la despedía porque cada vez que la amenazaba con hacerlo, ella se tomaba media botella de tequila y le hacía una paja.

A veces odiaba mi vida de mierda. Me volví, fulminé a Bill con la mirada y me puse las manos en la cintura.

—Lo que yo entiendo es que estás jodido a menos que yo te ayude. —Ni siquiera le di una oportunidad para responder—. Volveré en media hora, debo comprobar algo en casa que no puede esperar. Delilah se encargará hasta entonces. Nos vemos.

—Gordo de mierda —murmuré entre dientes mientras me daba la vuelta y daba pisotones para llegar hasta mi auto.

CAPÍTULO 3

Grace

Era oficialmente un día horrible.

Quince minutos después me encontraba sentada con las piernas cruzadas en mi sofá, bebiendo directo desde la botella de vodka.

Kyle me había arruinado. A mi alrededor quedaron los vestigios de su precipitada salida: su ropa estaba desperdigada por toda la caravana; la que no cupo en su equipaje, supongo, y su Xbox había desaparecido junto con la tele.

Había dejado una nota. Su caligrafía era pésima —siempre lo fue— así que fue un poco difícil de leer. No decía que lo sentía. Como siempre, no era más que una excusa.

Nunca me has dejado vivir mis sueños. Sandy dice que a veces debo elegirme a mí mismo, así que eso es lo que hago. Que tengas una buena vida. Adiós. –Kyle

Sandy. Conocía a esa raposa. Había sido la zorra de la clase en el instituto. Gracias al cielo que siempre había obligado a Kyle a usar condones. A veces se quejaba por ello, pero no iba a arriesgarme: tomaba la píldora y aun así hacía que los usáramos. Era doble protección. Me negaba en redondo a recrear la vida de mi madre.

—Ah —susurré mientras miraba la botella de vodka en mi mano. Estaba haciendo un trabajo estupendo de no parecerme a mi madre bebiendo alcohol así, en pleno día. Dejé la botella en la mesa de un golpe y me sequé la boca.

Diablos, ¿por cuánto tiempo había estado aquí? Bill me iba a matar si no volvía. Aletargadamente bajé la vista hacia mi teléfono y lo manejé con torpeza hasta que al fin presioné el icono de Uber. Estar ebria en el trabajo no era muy profesional, pero no era como si Delilah no se presentase medio borracha de vez en cuando. Y Paula era una alcohólica apenas funcional que tenía una botella guardada debajo del armario del baño de empleados a todas horas.

Solo había un par de personas que eran conductores de Uber en la ciudad, así que golpeteé con el pie impacientemente mientras esperaba a que una de ellas me recogiese.

Por fin. Y entonces vi que era un Nissan Sentra el que venía en mi dirección, a no más de quince minutos de distancia. Mierda. Eso significa que el conductor era Jeremy Paulson, un imbécil en el mejor de los días. Dios, detestaba vivir en un pueblo en el que todos se conocían. Jeremy era diez años mayor que yo, pero siempre que me tocaba como chófer. Pasaba una buena mitad del recorrido comiéndome con los ojos por el retrovisor en vez de enfocarse en la vía.

No debí haber tomado esa botella de vodka.

Agarré mi bolso y salí para esperarlo. Música *country* salía con estruendo de la caravana que estaba a dos solares, y el esposo de Lucía estaba afuera con sus colegas de la planta procesadora de carne. Estaban todos en sillas de jardín alrededor de una fogata improvisada, bebiendo cerveza y gritando para oírse por encima del otro. Todo ese ruido casi aplacaba el sonido de Barry y Sheila, de la casa de al lado, gritándose por la ventana abierta. Me puse los audífonos y subí el volumen de la música en mi teléfono, aunque solo uno de los lados funcionaba, así que no sirvió de mucho para ahogar lo que ya había denominado la banda sonora del parque de caravanas. Por lo menos todos me habían dejado sola y, finalmente, el auto de Jeremy se detuvo enfrente.

Me acerqué y tiré de la puerta de atrás, pero estaba trabada y no abría. Jeremy bajó la ventanilla.

—¿Es usted Grace Morgan?

—Vamos. —Puse los ojos en blanco—. Fui a la escuela con tu hermanita menor. Siempre me estás llevando en tu auto.

—Represento una compañía global, es nuestra política verificar la identidad de nuestros pasajeros. —Me dedicó una sonrisa de satisfacción y me miró lentamente de arriba abajo antes de silbar por lo bajo—. Se ve bien, señorita... ¿cómo es que dijo que se llamaba?

Imbécil. Ya iba tarde y no estaba de humor para lidiar con Bill y su posible rabieta cuando al fin llegase. Al parecer necesitaba mi trabajo de mierda ahora más que nunca, ya que mi crédito se había ido al traste, y todo gracias a mi estúpido novio. ¡Ah! Todo era tan exasperante. ¿Me prestaría atención la policía si les presentaba toda la evidencia de que había sido Kyle quien me robó? ¿Podrían rastrearlo por toda Georgia? Inclusive si lo encontrábamos a él y a esa zorra con la que estaba, ¿cuánto tiempo llevaría que mi historial de crédito volviese a la normalidad?

—Si no confirma su identidad, tendré que cancelar esta llamada y atender la siguiente. —Jeremy se dio un toque en la muñeca, donde no tenía ni reloj—. Mi trabajo es vital para esta comunidad, ¿sabe?

Fulminé a Jeremy con la mirada y logré escupir entre dientes:

—Grace Morgan.

Él entrecerró los ojos. No le gustaba mi tono, pero le quitó el seguro a la maldita puerta y la abrí de un fuerte tirón antes de que pudiese cambiar de opinión. Todos estos tontos canallas tenían delirios de poder. Bill no era diferente. Sus vidas eran tan insignificantes que tenían que sentirse superior a los demás obligándolos a hacer las cosas más ridículas que existiesen, y pensaban que eso los hacía hombres.

Lo que en realidad hacía era revelar lo débiles que eran.

Si me diesen a un hombre al que valiese la pena respetar, caería rendida ante sus pies. Vaya pena que no existiesen.

—Llévame a la cafetería de Bill —le dije sin quitarme los audífonos. Con suerte Jeremy lo captaría y no trataría de parlotear conmigo.

Sus descontentos ojos se encontraron con los míos por el retrovisor.

—¿No querrás decir que por favor te lleve a la cafetería de Bill?

Cada mala palabra que existía se encontraba en la punta de mi lengua, pero había practicado lo suficiente en el trabajo para saber cómo contenerlas. Aun así, no pude evitar poner una sonrisa exageradamente melosa al mismo tiempo que le miraba por el espejo, me llevaba una mano al pecho y le decía:

—Por favor, queridísimo Jeremy, ¿podrías llevarme a la cafetería de Bill en este más que digno vehículo, por favorcito?

Él frunció el ceño al percibir que me estaba mofando de él, pero no era lo suficientemente listo como para estar seguro de ello. De igual modo, por fin puso el auto en marcha y empezamos a andar por la carretera del condado rumbo a la cafetería. Gracias al cielo. Me recosté en el asiento, eché la cabeza hacia atrás y cerré los ojos. Subí el volumen de la música y fingí que estaba dormida o que la música estaba demasiado alta cuando Jeremy trató de entablar una conversación algunos minutos después.

Solo abrí los ojos cuando el auto se detuvo. Me incorporé y miré a mi alrededor, quitándome los audífonos.

—¿Dónde estamos? —le pregunté, frunciendo el ceño cuando vi que estábamos en el pueblo, pero que seguíamos a casi un kilómetro de la cafetería.

—Deberías tratarme mejor.

Me senté más erguida. ¿Estaba de coña?

—Voy tarde. Llévame al trabajo ahora.

Golpeó el volante yo me sobresalté al oír el ruido.

—Me refería a ese tipo de mierda. Debes ser agradecida. No habrías podido llegar al trabajo si yo no hubiera ido a recogerte.

—Es tu trabajo. Trabajas para una empresa y ese es el servicio que ofrece.

Soltó un bufido.

—Sí, pero quienes conducen somos solo Terry, Ramírez y yo, así que lo más probable es que me veas bastante seguido. Pienso que es hora de que empieces a mostrar un poco más de gratitud.

Me enfurecí por segunda vez aquel día.

—Y yo pienso que es hora de que te vayas a la mierda.

Abrí la puerta de golpe y salí del auto, halando mi bolso en el proceso. Pero no había terminado.

—No voy a soportar más este acoso de un imbécil al que le mide tres centímetros, y tampoco lo harán las otras mujeres del pueblo.

En este punto estaba gritando y captando la atención de los demás otra vez, pero no me importaba.

El rostro de Jeremy se puso rojo de la ira, pero también se dio cuenta de que la gente nos estaba viendo. Seguía con la ventana abajo por lo de antes.

—Todos en el pueblo piensan que eres una zorra estirada, así que a bajar de ese pedestal. —Su rostro se torció para mostrar una sonrisa desdeñosa—. Estás buena, pero nadie quiere una quejica de mierda. Se dice que Kyle se ha ido del pueblo con Sandy, y ahora entiendo el porqué.

Entonces aceleró, elevando polvo y gravilla al aire. Di un respingo cuando las partículas me dieron en el rostro y levanté las manos para protegerme la cara.

Durante un segundo no pude hacer más que quedarme viéndolo después de que se hubiese ido, y en lo único que podía pensar era que mi auto seguía en mi casa. ¿Y si Jeremy atendía cuando pidiera un Uber para volver? Ya estaba, oficialmente no volvería a tomar vodka nunca más.

Empecé a avanzar por la acera rumbo al trabajo. No había nada más que hacer aparte de avanzar, ¿cierto? Un pie y luego el otro. Me tomó doce minutos recorrer el kilómetro que faltaba para llegar a la cafetería, y para cuando entré ya estaba sudando. Me aparté el largo y rubio cabello del cuello y lo acomodé en una coleta al mismo tiempo que abría la puerta con el trasero. Una fuerte cacofonía de voces me recibió de inmediato. Mierda. Eso quería decir que ya estábamos en la hora pico de la cena.

—¿Dónde coño has estado? —La voz de Bill salió de la cocina—. Ponte un delantal y encárgate de la sección 4.

Excelente. El día horrible se estaba poniendo cada vez mejor. Pasé junto a Delilah y ella levantó las cejas, la cual era la mirada de advertencia que nos dábamos cuando Bill estaba de un humor especialmente malo. Asentí y me di prisa para ponerme el delantal. Con una libreta y bolígrafo a mano me dirigí a la sección 4.

—¿Cómo puedo ayudarles hoy? —pregunté, exhibiendo una de mis más brillantes sonrisas para los cuatro cuarentones o cincuentones que se habían apiñado en la mesa más próxima a la tele que encendíamos por las noches y que emitía ESPN a todo volumen.

—Hemos estado esperando por diez minutos y nadie nos ha preguntado qué queremos de beber —se quejó el tipo que estaba en la esquina, con su gorra de camionero ligeramente ladeada.

Seguidamente habló el hombre con el rostro enrojecido que estaba más cerca de mí. Era calvo en la parte superior de la cabeza, excepto por unos cuantos mechones que peinaba horizontalmente por su grasosa y lustrosa cabeza.

—Pero ahora tenemos este bombón que trabajará muchísimo para compensárnoslo, si es que quiere recibir propina, ¿o no, muñeca?

Ni siquiera fue disimulado cuando alargó la mano para pellizcarme el culo. Y me lo pellizcó con fuerza. No pude evitar el pequeño chillido de sorpresa que se me escapó, pero aquello solo hizo que su sonrisa se ensanchara aún más.

Le devolví una sonrisa igual de amplia, pues ya preveía pedirle a Darnell que le agregase algo de esa «salsa especial» a lo que sea que este cabronazo pidiera.

—Me contenta alegrarles el día —dije entre dientes—. ¿Qué desean que les traiga? ¿Por qué no les cuento sobre nuestros especiales del día?

Y así es como logré superar las siguientes horas: corriendo de un lado al otro, diciendo chorradas para superar el mal comportamiento de los clientes y evitando a Bill a toda costa. O por lo menos así fue hasta que este me arrinconó luego de que la hora pico pasara y yo me detuviese un momento para ir al baño.

Salí del baño y Bill estaba de pie, impidiéndome el paso.

—¿Qué clase de jugarreta te crees que has hecho al irte cuando te necesitaba?

Dios, estaba exhausta. No alcanzaba a recordar la última vez que me había sentido tan agotada.

—Mira, Bill, estoy exhausta. ¿Podemos hablar mañana cuando llegue?

No debí haber dicho aquello. Lo supe de inmediato por la forma en que su rostro se oscureció.

—¿Quién te crees que eres? Yo soy el dueño de este sitio y tú eres nada. Menos que nada. Puedo reemplazarte en esto. —Chasqueó sus dedos.

Me mordí la lengua porque Bill no era Jeremy, así que no podía estallar con él. Por mucho que apestara, necesitaba este trabajo de mierda. Había tan pocas oportunidades de trabajo en el pueblo que me había tomado cuatro meses que me contratasen en la cafetería. El único otro lugar en el que contrataban era el centro de envío, pero había escuchado historias de pesadilla de los que trabajaban en ese sitio. Lo mismo sucedía con la planta procesadora de carne, para la que se necesitaba casi cuarenta y cinco minutos para llegar. Sin mencionar que, cuando sí recibía buenas propinas y hacía turnos dobles seguido, podía permitirme pagar el alquiler y quizás algo más.

Bajé la mirada, fingiendo una sumisión que no sentía en lo absoluto.

—Lamento haber llegado tarde. —Las palabras se sentían como ácido en mi lengua, pero las dije de todas formas—: Puede que lo hayas oído, pero Kyle me ha dejado. Tuve que ir a casa y ver si era cierto.

A juzgar por el sonido de sorpresa de Bill, supuse que lo había pillado de improvisto.

—¿Te ha dejado?

Asentí con vehemencia. Bill no era un tipo en exceso compasivo, pero tal vez tendría consideración conmigo por esta vez. Tenía una causa legítima para mis problemas emocionales, aunque extrañar a Kyle no fuese la razón por la que estaba alterada.

—Y me ha robado también. Siento haber estado tan distraída hoy, es solo que tenía demasiadas cosas en la cabeza.

—Bueno. —Bill pestañeó—. Que no pase de nuevo.

Asentí. Gracias a Dios. Quizás Bill me dejaría en paz; pero no me estaba dejando pasar, así que aguardé para oír qué más me diría.

—Sabes, he estado esperando por este día —dijo al fin.

¿Qué? ¿A qué se refería con eso?

Cuando volví a levantar la vista, Bill ya estaba poniendo una mano en la pared por encima de mí. Una ráfaga de olor corporal me embistió con su acción, pero Bill parecía ajeno a ello.

—Ese chico nunca fue bueno para ti. Eres muy bonita, ¿sabes? Siempre te imaginé con un hombre mayor, con alguien que pudiese cuidarte bien. Alguien que tenga una propiedad y que sea el dueño de un negocio respetable.

Bill se inclinó y entonces pude oler su apestoso aliento aunado al mal olor de sus axilas. Sus dientes se vieron amarillentos cuando me sonrió. Cielos, no podía estar sugiriendo que...

—Siempre he pensado que tú y yo tenemos un tipo de relación especial, y ahora que Kyle ha salido del medio, creo que deberíamos...

La campana de la puerta de la cafetería repiqueteó.

—Cielos, le había dicho a Delilah que no la dejaría sola con todo.

Sin decir más, me escapé decididamente por debajo del brazo de Bill y traté de correr hasta la parte delantera de la cafetería, pero él se movió y frotó su cuerpo contra el mío cuando pasé por su lado. No se me escapó el rígido bulto en sus pantalones que presionó contra mi pelvis cuando trataba de escapar.

Puaj. Me estremecí por completo. Tendría que remojarme en cloro cuando llegase a casa.

Estaba tan concentrada en lo que había ocurrido en las afueras del baño de empleados que me tomó un segundo percatarme del hombre que acababa de entrar a la cafetería, pero cuando lo vi me quedé inmóvil, al igual que todos los que estaban dentro.

Porque, ¿qué estaba haciendo un desconocido vestido de esmoquin —y uno tan formal que incluso tenía cola, ni más ni menos— en una cafetería de pueblucho en el medio de la nada, en Georgia? Por la expresión en el rostro del hombre mayor, él se sentía tan desconcertado de estar aquí como lo sugería su atuendo.

—¿Estás perdido? —alguien le gritó.

—¡Acepto!

Giré la cabeza y me quedé perpleja al ver que era Delilah la que le había gritado al elegante desconocido. Estaba sacándose el delantal y corriendo al otro lado de la cafetería para acercarse al hombre del esmoquin.

—¡Estoy aquí! ¡Acepto! Soy Delilah Monroe a tus órdenes.

En todo el tiempo que llevaba conociendo a Delilah, nunca la había visto tan emocionada. El rostro se le había iluminado, sus facciones infantiles rebosaban de alegría y estaba dando saltitos de arriba abajo.

—¡Acepto! ¡Acepto!

¿Este tipo era de la lotería? ¿O era de algún sorteo que Delilah había ganado?

Ella extendió una mano hacia el rostro del hombre.

—¿Dónde está mi invitación? ¡Acepto! —Se rio con regocijo.

Pero la expresión del hombre no cambió. Miró a Delilah como se miraría a un animal en un zoológico: como si fuera una criatura de escaso interés de la que ya se había aburrido. Mientras ella seguía dando saltos, el hombre de mirada fría empezó a inspeccionar el resto de la cafetería. Parecía tener cincuenta y tantos años, o por lo menos no más de sesenta. Su piel tenía un bronceado que contradecía su fino traje, como si pasara mucho tiempo en el exterior; pero la forma en que se presentaba y la elegancia de su grisáceo cabello engominado revelaba un origen culto que no concordaba con la quemadura de sol que tenía en su nuca.

En definitiva, era lo más fascinante que había ocurrido en la cafetería de Bill en los últimos años, y siendo sincera, luego del día que había tenido, me daba gusto la distracción que proporcionaba aquel desconocido. Me incliné contra el mostrador y esperé para ver qué sucedería después.

Pero no estaba preparada para que el desconocido posase sus ojos sobre mí y me reconociera. Miré a mis espaldas, pues estaba segura de que debía estar mirando a alguien más, pero no había nadie. Y cuando volví la vista, él ya estaba caminando hacia mí.

—Señorita Grace Magnolia Morgan, para mí es un honor extenderle esta invitación.

Hizo una reverencia —una reverencia de verdad— y entonces me entregó un sobre grueso y de color crema.

—¿Qué es...?

Pero recibí el sobre pues, ¿qué otra cosa se podía hacer cuando alguien te entregaba algo?

—Esperamos contar con su asistencia.

Y sin decir más, se dio media vuelta y se fue de la misma forma que había llegado. ¿Qué diablos había sido eso? La gente empezó a murmurar de inmediato en la cafetería. Las personas cogieron sus teléfonos y empezaron a escribirles a los demás. No tenía dudas de que el cotilleo sobre el misterioso extraño se expandiría por todo el pueblo en cuestión de una hora.

De repente el sobre en mi mano parecía como si pesara cien kilos.

Lo rasgué para abrirlo y me sentí mal por haber destrozado el precioso sobre de papel. Incluso había un sello de cera roja en la parte posterior. Sin embargo, no podía detenerme. Saqué la única hoja de papel que había dentro, que estaba hecha de cartulina gruesa y me recordaba a las invitaciones de bodas. ¿Era eso lo que era? ¿Era pariente de algún millonario y lo desconocía? Tal vez habían buscado hasta a los familiares más recónditos para invitarlos a alguna boda elegante que tendrían.

Pero cuando examiné el contenido de la invitación, mi confusión se hizo más aparente.

LA ORDEN DEL FANTASMA DE PLATA
Solicita el honor de su presencia

a

LA SEÑORITA GRACE MAGNOLIA MORGAN

Para la preparación de la celebración de las pruebas de iniciación

EL SÁBADO, DIECIOCHO DE SEPTIEMBRE
A las siete y media de la tarde

MANSIÓN OLEANDER
109 de la calle Oleander

La asistencia es obligatoria

¿QUÉ DEMONIOS SIGNIFICABA ESO?

—¿Qué dice? —alguien preguntó.

—¡Déjame ver! —dijo alguien más.

—¡Pásala por aquí!

Presioné la tarjeta en mi pecho y miré a mi alrededor: cada par de ojos dentro de la cafetería estaba puesto en mí. Busqué a Delilah con la vista. Unas lágrimas negruzcas por el rímel corrían por sus mejillas como tiznados riachuelos. Se veía destrozada.

Fui hacia ella, la cogí de la mano, la llevé hacia afuera, doblamos por el borde de la edificación y nos dirigimos hacia un callejón. Era la única persona que parecía saber qué estaba ocurriendo.

—Delilah, ¿qué quiere decir esto?

—Quiere decir... —Hipó y se secó los ojos, logrando que su rímel se corriese aún más—, que eres la chica más afortunada del mundo.

—Tenemos que volver —Miré la cafetería—. Bill...

—A la mierda con Bill. —Delilah descartó mi preocupación con un movimiento de su mano—. ¿Es que aún no te das cuenta de lo que ha pasado? Dios mío, tu vida acaba de cambiar y todavía no te enteras. A veces puedes llegar a ser tonta del culo.

—¡Eh! —Le di un golpe en el brazo.

—Lo siento —dijo cruzándose de brazos—. Es solo que mataría por tener la oportunidad que acabas de recibir.

Alcé la invitación.

—¿Qué es? Parece alguna clase de broma. —Bajé la mirada para verla.

Delilah me tapó la boca con la mano.

—No le faltes el respeto a la Orden del Fantasma de Plata. Probablemente nos están escuchando en estos instantes.

Le eché un vistazo al callejón abandonado y enarqué una ceja. Tal vez mi amiga había estado consumiendo algo más que licor fuerte últimamente.

—No me mires así. Hablo en serio. Son personas muy poderosas.

—¿Quiénes son?

—Nadie lo sabe. Es una sociedad secreta y se toman su clandestinidad muy en serio.

—¿Y cómo es que sabes de ellos?

—Ah, todo el mundo lo sabe. —Hizo otro ademán con la mano, dejando ver sus uñas pintadas de negro.

Solté un bufido.

—Pues vaya sociedad secreta.

—Cállate. —Se acercó—. Lo que quiero decir es que todos murmuran sobre ellos. Los hombres quieren ser miembros y las mujeres, bueno, ellas... Lo que estás sujetando en tu mano en estos momentos es el boleto de oro a una vida nueva —suspiró, se apoyó contra el lateral del edificio de ladrillos y miró la invitación en mi mano con anhelo.

—Pero ¿qué significa eso?

Delilah se apartó de la pared y se puso justo enfrente de mi cara.

—Significa que debes seguir las instrucciones de la invitación al pie de la letra: debes ir a donde te digan, debes vestir lo que te digan, debes hacer lo que te digan. No les puedes contestar. Por alguna vez en tu vida tendrás que cerrar el pico y obedecer, Grace.

Espera, espera, espera. Alto ahí.

—¿Obedecer?

Retrocedí un paso para alejarme de Delilah, pero ella me siguió con una expresión decidida en el rostro.

—Te darán todo lo que quieras. Si lo sueñas, ellos te lo darán. He visto que así pasa. Las mujeres se van y todos sus sueños se cumplen.

—¿De qué hablas? Nada de lo que dices tiene sentido.

—Oh, por Dios, no seas tan cerrada. —Delilah parecía estar disgustada conmigo—. ¿Y qué si debes chupar penes por unos meses y dejar que te lo hagan por el culo un par de veces? ¿Me estás escuchando? ¡Podrás irte de este pueblo! Después de tres meses serás libre para hacer lo que te plazca, y tendrás todo el dinero del mundo. Puedes poner tu propio precio y ellos te darán lo que sea. Lo que sea. El cielo es el límite con esos hombres.

No hice más que quedarme de pie, boquiabierta.

—¿Quieres que sea una... prostituta?

Delilah puso los ojos en blanco.

—Dios santo, no es así. Algunas mujeres dicen que es el mejor sexo de sus vidas. Además, los hombres son ricos. Tienen la sangre más azul de todas y son ultra millonarios. Se encargan de la política, de la policía, todo lo que se te ocurra. Solo piensa en lo que podrías hacer con tanto dinero e influencia. Una mujer inició una empresa multinacional que ayuda a los niños hambrientos en África. ¿No es ese el tipo de mierda altruista que tú quieres hacer?

Maldición, aquello hizo que me parara en seco. Tenía un alcance mucho más grande de lo que alguna vez hubiera imaginado. Mis sueños siempre habían sido pequeños y locales, pero ¿y si tenía dinero?, ¿dinero de verdad?

No tenía poder en el mundo. ¿Acaso lo de hoy no me había enseñado eso? Quería ayudar a los demás, pero ni siquiera podía ayudarme a mí misma. Pensé en lo que había ocurrido antes en la salida del baño: Bill al parecer había pensado que romper con Kyle significaba que tenía rienda suelta para estar conmigo. Asumía que tenía derecho por el mísero poder que ejercía sobre mí. Supongamos que seguía acorralándome hasta que, o me daba al fin por vencida y empezaba a hacerle pajas como Paula, o renunciaba y me iba a buscar otro sitio en el que trabajar.

Solo terminaría en otro trabajo sin futuro donde seguramente también me tocarían sin mi consentimiento.

Todos los hombres en el pueblo eran de lo peor, pero me gustaba el sexo. ¿Qué pasaría si alguno de ellos lograba embarazarme en algún momento? Los condones se rompían y la píldora no era cien por ciento efectiva. ¿Qué diablos haría entonces? Me quedaría atada a un perdedor con un niño al que nunca podría darle la vida que se merecía, trabajaría en un empleo que odiaría y me vería obligada a tolerar a idiotas manos largas toda mi vida porque no tenía poder.

O...

—¿Son solo tres meses? —Me mordí el labio.

A Delilah se le iluminó el rostro y asintió con vehemencia.

—Dios, dime que sí lo harás. Una de las dos tiene que salir de esta pocilga.

Rodeé a Delilah con los brazos y la atraje hacia mí. Olía a cigarrillos, a cerveza añeja y a café.

—Te juro que, si consigo dinero y logro salir de aquí, volveré a por ti. Si en verdad esto es un boleto dorado hacia mis sueños —dije, y hasta me sentía ridícula al decirlo—, entonces volveré y te llevaré conmigo a mi nueva vida.

Pero cuando me separé de ella, Delilah me estaba mirando con tristeza.

—No lo harás. Te olvidarás de mí. Borrarás este pueblo de tu memoria y no mirarás atrás, y yo no te culparé.

Me quedé mirándola fijamente, jurándome que estaba equivocada. No estaba segura en lo que me estaba metiendo. Dudaba que hubiese una olla de oro al final del arcoíris, como Delilah pensaba, porque, en mi experiencia, cualquier cosa que sonara demasiado buena para ser cierta, normalmente lo era. Pero la vida me tenía pillada. Sabía muy bien lo que me vendría si me quedaba en el camino en el que estaba ahora.

O podía arriesgarlo todo. Dar un salto hacia lo desconocido.

Y Dios sabía que era astuta, pero nunca había sido particularmente lista.

Porque iba a aceptar la invitación.

CAPÍTULO 4

Montgomery

Poner mis asuntos en orden no era tan difícil como uno se pensaría. Tal vez era porque me había estado preparando para este día toda mi vida, o quizá era porque, por mucho que quisiese creer que desempeñaba un papel crucial en el manejo de la empresa familiar, en verdad no era muy indispensable.

Por lo menos, no todavía.

También sabía que podía seguir haciendo mis ocupaciones cotidianas, en su mayoría, desde dentro de las paredes de la mansión Oleander. De hecho, en muchos aspectos, cerrar tratos y dirigir a los demás sería más sencillo. Ahora que realmente estaba en proceso de convertirme en miembro de la Orden del Fantasma de Plata, mi nivel de dominancia estaba a punto de intensificarse.

No solo me estarían entregando las llaves del reino; estaba a punto de tener instrumentos de destrucción masiva que me conferirían. Montgomery Kingston pronto sería un nombre del que toda alma habría oído hablar, y no tendría que hacer nada para ganarme esa notoriedad, aparte de existir. Pero sí había algo que debía haber antes de verme encerrado en mi jaula temporal: era imprescindible despedirme de mi madre.

¿Era un niño de mami? Lo pueden llamar como quieran. No me apenaba de mis acciones, mi devoción ni mi respeto por una mujer que se interpondría entre una espada y yo.

—Bueno, mira quién ha venido al fin —dijo mi madre cuando la abordé en el porche trasero—. Hoy tuve un asiento vacío a mi lado en la iglesia. Deberías haber visto al pastor Green mirándome con desaprobación por no tener a mi hijo presente.

Me incliné y deposité un beso en su mejilla.

—Lo sé, mamá. Lo siento. He tenido que hacer muchas cosas hoy para prepararme para...

No estaba seguro de cuánto sabía mi madre sobre las pruebas de iniciación. Sería complicado tantear el terreno para descubrirlo. Sabía que lo que estaba a punto de hacer debía ser confidencial, pero también sabía que mi madre no era totalmente ajena a la Orden.

—Es que tuve mucho trabajo que hacer y que no podía postergar.

—Bueno, ya que no vas a asistir a la iglesia por lo pronto, debiste haber hecho todo lo posible por ir hoy.

Me hizo un gesto para que me sentase en la mecedora a su lado; una pequeña mesa blanca estaba interpuesta entre nosotros. Era nuestro sitio habitual luego del servicio dominical.

—No obstante, oré por los dos. —Me miró con una sonrisa en los ojos, aunque trataba desesperadamente de no sonreír con sus labios fruncidos.

Podía fingir que estaba molesta conmigo todo lo que quisiera, pues me lo merecía. El domingo era el único momento de la semana que intentaba darle, y no esperaba que simplemente me dejara ir libre de culpa, sin importar la razón.

—Apuesto a que has orado por un buen rato —le dije, y por encima de su hombro vi a una mujer bajita y castaña con el uniforme de los Kingston que todo el personal debía usar, pero no la reconocí. Era joven y bonita, aunque todas lo eran. Mi padre no permitía que fuese de otra forma.

La criada trajo una jarra de limonada y dos vasos, y los colocó en la mesa que estaba entre nosotros. Se negaba a hacer contacto visual y podía ver que las manos le temblaban con nerviosismo.

—Gracias, Eliza —dijo mi madre.

—Me llamo Liza, señora —corrigió con un tono de voz tan baja que, si no fuera por el hecho de que mi madre seguía teniendo una excelente audición, ella no la habría oído.

—Ah, sí, sí, lo siento. Gracias, Liza.

—¿Hay alguna otra cosa que pueda hacer por usted, señora Kingston? —Se sujetó las manos mientras miraba al suelo servilmente. Estaba seguro de que a mi padre le encantaba cuando hacía eso con él.

—Eso es todo de momento. —Mi madre hizo un ademán con la muñeca para despacharla, y aunque era una señal de una mujer que no había tenido que esperar en décadas, también era una muestra de que no estaba encariñada con la mujer, y con buena razón.

—Es nueva —dije mientras servía la limonada.

—Es la tercera en el mes. Ha llegado un punto en el que ni siquiera me preocupo por recordar sus nombres, pero si no lo hago entonces me veré como una anciana que está perdiendo la memoria. Ya conoces a tu padre, es muy particular y exigente.

Tuve que emplearme a fondo para no poner los ojos en blanco y soltar un bufido. Sí, conocía a mi padre, y sí, era muy exigente. Todas sus exigencias implicaban aprovecharse de su pobre personal doméstico. Estaba muy seguro de que no pasaría mucho tiempo antes de que viera el rostro de la criada en los pasillos de la Oleander. Había visto a tantas de nuestras empleadas domésticas convertirse con el tiempo en amantes de mi padre o de sus colegas. Era un secreto que le ocultaba a mi madre, pero no realmente. Ella lo sabía. Yo sabía que sabía. Todos lo sabíamos, pero la costumbre de los Kingston era actuar como si lo desconociéramos.

Si no se habla de ello, entonces no existe.

—¿Por qué siempre le has permitido que se encargue de contratar y despedir? —le pregunté.

Encogiéndose de hombros, replicó:

—Él es quien lleva esta nave en orden, y solo hay sitio para un capitán. Así es más sencillo elegir las batallas, y quienes trabajan para nosotros no es una batalla en la que me importe involucrarme.

A menudo me irritaba lo mucho que mi madre permitía que mi padre tomase el control, pero al mismo tiempo admiraba su gracia y habilidad de evitar las peleas y tensiones en la casa. Había sabiduría en la forma en que trataba a mi padre; una aceptación que yo mismo había tratado de dominar, pero en la que con frecuencia fallaba.

Mi madre no era una mujer débil, ni tampoco particularmente sumisa. Simplemente estaba cómoda en el papel que eligió. Es como si ambos tuvieran un contrato secreto que los unía en la vida, sociedad y familia, pero no era devoción. Y si se amaban o si alguna vez se habían amado, bueno, eso no era algo que se preguntaba en la alta sociedad.

Mi padre era un hijo de puta que la engañaba constantemente, pero nunca lo hacía en público, sino en la mansión Oleander, y jamás para avergonzarla. Y tampoco trataba mal a mi madre, pues ella era su posesión más preciada, su diamante. La ponía en un pedestal y la encerraba en vidrio, como se hacía con las obras en los museos.

Si mi madre se había cuestionado su suerte en la vida, yo nunca lo había presenciado. Había tenido una infancia feliz en la que ella siempre tuvo una sonrisa para mí. Fue solo cuando crecí que me di cuenta de que sabía todo lo que ocurría —lo cual era bastante— cuando papá se iba de la casa. Lo reconocía por lo que era, y decidía dejarlo estar. Hacer eso requería fuerza, no debilidad.

Pero él seguía siendo un hijo de puta.

—109 días es mucho tiempo —dijo mientras contemplaba nuestra extensa hacienda.

Un enorme sauce llorón hacía que lo demás se viese pequeño en comparación, y resultaba difícil tratar de mirar algo que no fuese el árbol.

Asentí, agradecido de que supiera lo suficiente para no tener que andarme con cuidado y evitar revelar secretos de la Orden mientras me despedía de ella.

—¿Te ha dicho mi padre que es mi turno? He recibido la invitación.

—No hizo falta. Sé que estás en edad, y he vivido en este mundo por el tiempo suficiente para saber qué sucede exactamente en los pasillos de la Oleander.

Me miró y debí haber tenido la expresión de sorpresa escrita en el rostro. Sospechaba que tenía una vaga idea de lo que sucedía, pero la convicción con la que hablaba sugería que había un conocimiento más íntimo.

Ella se rio por lo bajo.

—No estés tan sorprendido. Aunque las esposas no sean

parte de la Orden, no estamos completamente ciegas. Sin mencionar que sucede que soy muy buena amiga de la señora Hawthorne. No creerás que te hubiera dejado ir a la mansión de niño si la criada no fuese una mujer en la que confiara para que los vigilara a ti y a los otros niños, ¿o sí? Su temperamento irlandés los mantenía a todos a raya, y sé que te seguirá cuidando de la misma forma.

Recordar a la señora H persiguiéndonos por los pasillos con amenazas de zurrarnos si rompíamos algo mientras jugábamos al pillado me hizo sonreír.

—No tengo duda de que no te perderá de vista por el tiempo en que estés allá.

Ya no era un niño que necesitaba que lo cuidasen, pero saber que por lo menos habría una cara conocida mientras residiese en la mansión ayudaba a calmar mi ansiedad. Porque sí, 109 días era mucho tiempo para estar apartado de todo lo que conocía y quería.

—¿Padre te ha dicho algo al respecto?

Quería saber cómo se sentía por estar tan cerca de entregarme la empresa. Era adicto al trabajo, tenía hambre de poder y no daba nada a menos que eso le beneficiara. No podía imaginar que estuviese muy satisfecho con la tradición.

Ella bebió un sorbo de la limonada, y el hielo chocando contra el cristal fue el único sonido que se pudo oír por varios minutos.

—No tienes que preocuparte por lo que tu padre piense. Eres un hombre adulto.

En otras palabras, estaba enojado. Mi madre nunca me mentía, pero no sería tan honesta para decir lo que yo ya sabía.

—He trabajado para él durante toda mi vida adulta. Estoy listo.

—Lo estás.

—Y tienes razón, no tengo que preocuparme por sus sentimientos, pero sería agradable que se comunicara conmigo, o que me diese algún consejo paternal, o inclusive un mínimo elogio por lo menos una vez en mi maldita vida. —Me empezó a hervir la sangre, y beber de la limonada no me ayudaba a enfriarme.

—Eres el hombre que eres por tu padre. No serías igual de fuerte, capaz ni decidido si no fuera por el hecho de que quieres demostrarle algo. Tu necesidad y deseo es lo que te ha dado todo el poder que tienes.

—Mamá, claro que...

—Déjame terminar. —Me cogió de las manos—. No solo estoy orgullosa de todos los éxitos que has logrado a simple vista, también eres un hombre muy muy bueno. Tu alma, tu corazón, tu mente. He criado a un hombre insuperable. Eres un verdadero caballero sureño en todo sentido de palabra.

—No creo que pensaras eso si verdaderamente supieras lo que se espera que haga en estas pruebas.

Ni siquiera yo estaba completamente seguro de lo que requerirían de mí, pues a los futuros invitados solo se les permitía asistir a algunos eventos de la invitación, pero conocía suficientes rumores y cuentos como para saber que no era algo de lo que una madre se sentiría orgullosa.

—Sé más de lo que crees, y quiero pararte en este instante si empiezas a sentir la más mínima culpa. Esas mujeres que van al baile y la mujer junto a la que elijas pasar por las pruebas no están obligadas. Ellas saben muy bien por qué están ahí. En la Orden del Fantasma de Plata son hacedores de reyes y confeccionistas de sueños. Saldrás de esa mansión hecho un rey.

Apretó más mis dedos entre los suyos.

—Esa mujer saldrá de ahí con sus sueños hechos realidad. Estará allí porque así lo decidió. Lo decidió. Quiero que lo recuerdes.

Los hacedores de reyes y confeccionistas de sueños. Qué cierto era aquello.

—¿Y si me piden hacer algo con lo que no esté de acuerdo moralmente?

La mandíbula se le tensó y los ojos se le oscurecieron.

—No lo estarás.

—Tú misma has dicho que soy un buen hombre —le recordé—. ¿Se supone que olvide esa parte de mí por la Orden?

Negó con la cabeza.

—Hay una línea divisoria muy fina entre la bondad y la maldad. Todos tienen un asiento en sus almas para el diablo. Las pruebas sacarán esa silla e invitarán al ángel oscuro a que tome asiento. —Se inclinó hacia adelante—. Y aunque al hombre que irá mañana a la mansión lo llevarán hasta su punto límite, y sin duda bailará tango con los demonios en su interior, saldrá más poderoso y en armonía con la verdadera persona que es. Verás el retrato completo; todos los matices y sombras combinados con la luz que había antes.

—¿Y qué hay de la pobre mujer que acepte eso?

Se sentía liberador y un tanto atemorizante siquiera hacer esas preguntas en voz alta. Eran vacilaciones que ni siquiera me había admitido a mí mismo. Siempre pasaba esto con mi madre, la única persona en la Tierra a la que podía decirle cualquiera cosa.

—Tal vez no tenga idea de lo que signifique su aceptación a la invitación.

—Es así, no tiene idea. No de verdad. Pero ese es el punto: ella también tendrá que bailar con el demonio, y el objetivo será quebrarla, hacer añicos a la mujer que creía que era. No será la más bella del baile sin habérselo ganado, y el precio es alto.

Suspiré. Detestaba la Orden, despreciaba la tradición y por primera vez aborrecía mi linaje. ¿Por qué no podían entregarme el negocio familiar como un hombre normal que se había ganado el título? ¿Por qué mi padre no podía darme una palmada en la espalda y decirme lo honrado que se sentía por tener a su hijo justo a su lado?

En cambio, tenía que pasar por este ritual del pecado.

—Quiero que recuerdes algo, Montgomery. Todas las niñas crecen amando el cuento de la Cenicienta o el de la Bella y la Bestia. Todas quieren a su Príncipe Encantador y su felices por siempre. Algunas mujeres nunca tendrán esa narrativa perfecta, y para muchas no será más que un cuento infantil para dormir. Cuando las invitaciones se envían a todos los condados vecinos, esa es la oportunidad de tantas jovencitas de que las saquen de la nada y les den todo lo que habían soñado. Todos salen ganando.

Asentí en silencio, pues estaba de acuerdo con lo que había dicho.

—Y sí, lo que las Orden les hace, lo que tú le harás a alguien, puede que la lleve por un camino peligrosamente corrupto, pero no dejes de recordar que al final esa mujer tendrá su final feliz.

—¿Lo habrías hecho antes de casarte con mi padre? ¿Habrías aceptado la invitación?

Ella se rio por lo bajo y posó la vista en el sauce, como si estuviese reviviendo tiempos pasados.

—Yo era una adinerada y bella señorita sureña de nacimiento, y ya habían decidido cuál sería mi camino. A diferencia de las mujeres que reciben las invitaciones, yo no pude elegir mi destino. El dinero, los arreglos y las costumbres del sur lo eligieron por mí.

Se meció en su silla, y la madera de las tablas debajo de ella crujieron sonoramente.

—Aunque tú hayas crecido con privilegios por haber sido el único hijo de los Kingston y hayas tenido tantas oportunidades en la vida, a menudo me pregunto cómo habría sido todo para ti si el dinero, los arreglos y las costumbres del sur no hubieran controlado tu vida también.

Me quedé mirando a mi madre, consternado por sus palabras una vez más. Pensaba que estaba satisfecha con los sacrificios que había hecho en la vida, que estaba más que conforme con su lugar en la sociedad y las obras de caridad con las que ocupaba sus días. Por otra parte, últimamente pasaba más tiempo ensuciándose las manos en nuestros vastos jardines en vez de estar en los circuitos de la sociedad.

—Señora Kingston —dijo la criada en voz baja mientras subía al porche, interrumpiendo así nuestra conversación—. El señor Kingston ha llamado para informarle que no vendrá a cenar a casa esta noche. Ha dicho que llegará tarde y que no se le espere.

Mamá siguió meciéndose en su silla. Su fría elegancia fue tan señorial como siempre cuando inclinó la cabeza sutilmente, sin mirar a la muchacha.

—Gracias, Liza.

—¿Hay alguna cosa en particular que quiera para la cena, señora Kingston?

—No importa. Lo que tengamos en el refrigerador.

—¿La acompañará su hijo?

Me aclaré la garganta.

—No, gracias. Tengo que irme en breve.

Liza se fue y volví a volcar mi atención en mi madre.

—Me has dado una vida maravillosa, mamá. Te amo por eso.

Ella alargó la mano y me dio una palmada en la espalda.

—Sé que aún tienes mucho por hacer, así que no quiero que sientas que debes visitar a tu vieja madre por más tiempo. Pero prométeme algo.

—¿Sí?

—Cuando sientas que has perdido tu alma en las habitaciones de la Oleander, y créeme que lo sentirás, quiero que sepas que no es así. Todo ese proceso es un cuento de hadas. Lo que experimentarás será un oscuro, retorcido y depravado cuento, pero habrá un final feliz. No dejes de repetírtelo para mantener la cordura.

—Lo prometo.

—Y prométeme otra cosa —añadió—. Permítete explorar los deseos profundos y ocultos que están en tu interior. No te contengas. Descubre lo malo. Explora el lado de ti al que siempre ha sofocado tu encanto sureño. Este también es tu momento para quebrarte. No te resistas.

—De acuerdo, eso haré.

Lo dije porque sabía que era lo que ella quería oír. Pero, para ser honesto, no tenía idea de si realmente creía aquello. No tenía idea de a qué me enfrentaba.

Solo sabía algo: tenía 109 días.

109 días para sobrellevar una arraigada historia entrelazada con espinas y asfixiada por hiedra venenosa.

CAPÍTULO 5

Grace

Me desperté a la mañana siguiente y, obviamente, todo seguía siendo igual.

Anoche Delilah había hecho que todo pareciera tan urgente e importante, pero ahora que podía pestañear y ver la sórdida habitación principal de mi caravana, la alfombra sucia y marrón, el linóleo desconchado del cuarto de baño que podía ver desde mi cama...

Volví a recostarme en la almohada. Vaya idiota que fui. Un tipo raro vestido con un disfraz de Halloween y que probablemente había consumido metanfetaminas fue a la cafetería ayer y me había entregado un lindo pedazo de papel; y, por supuesto, Delilah había romantizado todo el asunto y tenido sueños de grandeza. Lo más seguro era que todo fuese una broma.

La Orden del Fantasma de Plata. El nombre me sonaba conocido, así que lo busqué por Internet apenas llegué a casa. Había teorías conspirativas al respecto, pero parecían tan falsas como las tonterías acerca de los Illuminati. Me encontraba tan desesperada por dejar mi vida que estaba dispuesta a agarrarme a un clavo ardiendo. Pero yo no era Cenicienta, y no existía nadie que pudiera hacer realidad mis deseos.

De repente, unos golpes en la puerta hicieron que me sobresaltara.

—¡Cielos! —Me llevé una mano a mi palpitante corazón mientras salía de la cama y sacaba la bata de la percha que estaba detrás de la puerta.

—¡Ya voy! —llamé mientras entrecerraba los ojos cuando me dio la luz de media mañana.

Dios, ¿qué hora era? Era el primer día en mucho tiempo que no tenía que trabajar, y me apetecía muchísimo quedarme durmiendo hasta tarde. El reloj del microondas indicaba que eran las 9:23. ¿Quién diablos estaba tocando a la puerta a las 9:23 de la mañana?

Abrí la puerta de un tirón sin siquiera mirar y me quedé paralizada.

Era el tipo del disfraz de Halloween de anoche, con su almidonada camisa de esmoquin blanco, faldón trasero negro y cabello canoso peinado a la perfección. Llevaba en manos una gigantesca caja blanca que casi lo tapaba.

—¿Qué demonios está haciendo aquí? —dije cruzándome de brazos.

Él alzó la enorme caja blanca y me la enseñó.

—¿Acepta el vestido? El baile es esta noche. Debe llegar tres horas antes, estar preparada y usar todo lo que está dentro de la caja.

Solo me quedé viéndolo por un largo rato hasta que, por fin, volvió a insistir:

—¿Acepta, señorita Morgan?

—¿Esto es en serio?

Una leve sonrisa apareció en los labios del viejo.

—Le aseguro que todo es muy en serio, al igual que la invitación que recibió ayer. ¿La acepta?

Tragué en seco y entonces me reí y me aparté el cabello del rostro para luego inclinarme y ver a mi alrededor. ¿Dónde estaban las cámaras? ¿Dónde estaba el hombre que saldría diciendo que todo era una broma o alguna clase de raro programa de telerrealidad?

Sin embargo, no había nadie. Solo el mayordomo Jeeves aquí presente y, por primera vez, un parque de caravanas en silencio. A esta hora de la mañana todos seguían durmiendo para pasar la resaca de la noche anterior, pero pronto empezarían a despertar, ¿y qué pasaría si alguien veía a este tipo?

—Pensé que la invitación decía que la asistencia era obligatoria.

¿Estaba tratando de ganar algo de tiempo mientras decidía qué hacer? Pues sí.

El doble de Jeeves se limitó a mirarme con una expresión indescifrable.

—Siempre hay elección. —Entonces volvió a su línea de siempre—: ¿Acepta?

Se oyó un ruido al final de la calle. Maldición. La señora Brown siempre había sido madrugadora. Nada le gustaba más que difundir sus cotilleos en la comunidad del parque. Y con este tipo refinado con su esmoquin elegante afuera de mi puerta a las 9 de la mañana, todo el pueblo se habría enterado para el mediodía si no me libraba de él rápido.

Así que tomé una decisión arbitral. En fin, lo más seguro era que todo fuese un fraude.

—Acepto. —Le quité la enorme caja a Jeeves, la metí dentro de la casa y le cerré la puerta en la cara.

DIEZ MINUTOS después seguía con la boca abierta.

Era el vestido más exquisito que alguna vez hubiese visto. Pensaba que había visto vestidos elegantes, en el centro comercial, y una vez cuando fui a Atlanta y pasé frente a unas tiendas lujosas. Vamos, algunos de esos vestidos superaban los 100 $. Inclusive me había atrevido a tocar uno que costaba 180 $. Pero este vestido...

Estiré la mano y el dedo índice para acariciar las delicadas piedras preciosas que se habían cosido a mano en el corpiño, pero la aparté a último momento. ¿Y si la grasa de mi dedo dañaba la prenda? Parecía una obra de arte que podría dañar en cualquier momento, así que de inmediato corrí al lavabo, me lavé las manos y luego me las lavé una vez más.

Entonces volví con la caja.

Aguantando la respiración, saqué el vestido de su caja. Me quedé sin aliento, pues nunca había sujetado nada tan lujoso ni hermoso en toda mi vida. Era un vestido para una princesa; como algo sacado de Disney, pero en la vida real. Me temblaron las manos al sostener el vestido entre mis manos. No estaba segura, pero parecía que me quedaría a la perfección. No era una talla estándar, sino que tenía las medidas de una mujer humana real con caderas y busto.

¿Cómo habían sabido mi talla? Volví a bajar la vista hacia la caja y mis ojos se abrieron de par en par. El vestido no venía solo; también había ropa interior.

Miré a mi alrededor para encontrar un sitio en el que poner el vestido, pero ninguna parte de mi mugrienta caravana se veía lo suficientemente limpia. Al fin lo llevé a mi habitación, eché el edredón hacia atrás y lo dejé en la sábana. Me conseguiría unas sábanas nuevas, pues quería exorcizar la presencia de Kyle de mi hogar. Era el sitio más limpio de la casa.

Con una última mirada prolongada hacia el vestido, volví a inspeccionar la caja y me doblé otra vez. Tragué con fuerza y metí la mano con lentitud. El vestido era de un delicado color azul claro. Pero la ropa interior era de un rojo intenso.

Primero cogí el sujetador. Era un sujetador *balconette* bastante estándar que haría que mis pechos se vieran increíbles, pero entonces vi que también había un endemoniado corsé. Un corsé de verdad. Fruncí el ceño y alcé unas tiras que estaban en el fondo de la caja. ¿Qué diablos?

Las solté de inmediato cuando me di cuenta de que era la tanga más diminuta que hubiera visto en toda la vida. Y... ¿eran esas medias y un liguero?

Solté un largo y grave suspiro. Mierda. Si todo esto era... real, entonces era demasiado para mí. ¿Verdad? Porque puede que el vestido sea de Cenicienta, pero esto se correspondía más con la versión indecente de Anne Rice sobre la Bella Durmiente. Sí, había leído los libros, y sí, eran tan ardientes como el mismísimo infierno.

Pero solo había tenido sexo con un par de chicos; algunos novios del instituto y después Kyle. Y aunque a Kyle le gustaba hacerlo al estilo perrito de vez en cuando, la mayor parte de mi experiencia era bastante aburrida. Uno de mis novios del instituto era adicto a la pornografía y le resultaba difícil mantener sus erecciones cuando estaba conmigo, una chica de verdad, así que lo hicimos un par de veces, aunque él prefería que lo masturbara. Kyle normalmente se ponía encima y me lo hacía hasta que terminaba, se cansaba o se dormía. Yo alcanzaba el orgasmo a veces, aunque fue más al principio que en el último año.

Me aparté de la caja. Todo esto estaba avanzando demasiado rápido.

Delilah había mencionado algo sobre sexo anal. Me

llevé la mano al trasero y me estremecí. De todas formas, esto era ridículo. Traté de reírme de ello, pues no era real, y entonces volví a mi habitación y contemplé el vestido que debía valer más que dos meses de mi salario o tal vez tres.

—Mierda —susurré mordiéndome el labio inferior; luego, cogí el teléfono y le marqué a Delilah.

———

—CLARO QUE ES REAL —dijo Delilah mientras ponía los ojos en blanco una hora más tarde y me hacía a un lado para así poder entrar a mi casa—. Obviamente. Dios, déjame ver el vestido.

Le quité la taza de café de la mano.

—No bebas café cerca del vestido. Está en la habitación del fondo, ¡y lávate las manos si vas a tocarlo!

Pero ella ya había salido disparada como un rayo y, un segundo después, todo lo que pude oír fue un grito chillón.

—¡Dios mío, es un vestido de Arístides de la Fiallo! ¿Sabes cuánto cuestan? ¿Te lo has probado ya?

Volví rápidamente a su lado.

—No, no me lo he puesto. Claro que no me lo he puesto.

Delilah me miró como si hubiera enloquecido.

—¿Por qué no? ¿Cuánto tiempo te queda antes del baile?

—El baile comienza a las 7:30 y debo estar tres horas antes, así que tengo que estar lista a las 4:30.

Delilah ahogó un grito.

—Haberlo dicho antes, ¡apenas tenemos tiempo!

Enarqué una ceja.

—¿De qué hablas? Ni siquiera es mediodía. Estaba pensando que podríamos ir a la Casa del *Waffle* y discutir mis opciones, porque todavía no estoy segura de que sea algo que quiera.

Pero Delilah solo se echó a reír.

—No seas tonta. Has aceptado el vestido, así que ya has decidido.

—¿Cómo? Jeeves ha dicho que era mi elección.

—¿Quién es Jeeves?

Hice un gesto con la mano.

—Así le digo al tipo del esmoquin con la invitación.

—En fin —continuó como si no hubiera dicho nada—, la elección era tuya, pero luego decidiste aceptar la caja, así que estoy segura de que empezaron con el proceso.

—¿Qué proceso? ¿Cómo es que sabes tanto al respecto?

Me sentía perdida en el desierto, pero Delilah actuaba como si todo fuese muy normal. Estaba empezando a pensar que habían seleccionado a la chica incorrecta. Ella habría sido perfecta; era aventurera en lo sexual y, tal como yo, no tenía nada para perder.

—Bueno, estás empezando una nueva vida y no puedes tener dos al mismo tiempo. Entonces, si te eligen, tendrán que cancelar esta. —Delilah hizo un gesto a nuestro alrededor—. Y si quieres saber la verdad, lo sé porque le sucedió a una amiga de mi tía favorita. Recibió la invitación cuando tenía tu edad.

—Espera, ¿qué? ¿Hace cuánto tiempo fue eso?

—No lo sé, quizás veinte años.

—¿Esto lleva pasando desde hace veinte años?

Delilah se rio ante mi expresión crédula.

—¿Es que no lo entiendes? Ha sido así por mucho más tiempo que eso, por cientos de años. Es un estilo de vida para esos hombres ricos.

Cientos de...

—¿Van por ahí comprando mujeres? Eso es despreciable.

—La amiga de mi tía no pensó lo mismo, en especial

cuando se fue a vivir el resto de su vida en una mansión de la Riviera Francesa, donde, si me permites decirlo, se enamoró de un duque que vacacionaba en Francia. Ahora viven felices por siempre.

—Suena a que te lo has inventado.

Delilah alzó las cejas lo más que pudo.

—¡Es cierto! Mira, mi tía aún la tiene como amiga en Facebook. Te la mostraré.

Delilah sacó su teléfono, dio unos toques y me lo puso enfrente del rostro. Yo fruncí el ceño, pero acepté el aparato. En la pantalla había una mujer que lucía como una modelo envejecida: su belleza seguía siendo claramente visible, solo que un poco desgastada. Había puesto una gran sonrisa para la cámara mientras se apoyaba contra un caballero de aspecto distinguido que tenía un brazo puesto alrededor de sus hombros. Se veían tan... felices.

Y ricos. Se veían extremadamente ricos. En el fondo se divisaba un chalet en la cima de la montaña. Seguramente era fácil ser tan feliz cuando también se era tan rico.

—Créeme, Grace, estarás con hombres muy poderosos e influyentes. Puedes tener lo que quieras.

—Le dijo la araña a la mosca —murmuré.

—¿Qué?

—Nada. —Hice un gesto con la mano y solté un suspiro sonoro—. Vale, ¿por dónde empezamos?

Bajé la mirada hacia el vestido y entonces pensé en la caja llena de ropa interior. Nunca sabría si podía hacer esto hasta que lo intentara.

—Primero debemos empezar con tu cabello y tu maquillaje. Ve a darte una ducha y sécate el pelo mientras yo saco la caja de maquillaje que he traído conmigo. ¡Siempre he querido hacerte un cambio de imagen! —Delilah aplaudió con entusiasmo e hizo un bailecito espontáneo.

Di un vistazo rápido a sus ojos fuertemente maquillados, que lucían como los de un mapache, e hice una mueca. Solo podía esperar lo mejor, ¿no? Apenas usaba maquillaje y ciertamente jamás me había pintado con glamur.

Tendría que confiar en que Delilah podría contenerse. Le sonreí.

—Me pongo en tus hábiles manos.

Delilah asintió, pero ya estaba sacando todo tipo de cremas y sombras de ojos de su estuche de maquillaje.

—No te preocupes por nada. Me aseguraré de que seas la reina del baile.

CAPÍTULO 6

Grace

Me parecía a la novia de Frankenstein. Triste, pero cierto.

No tuve el corazón para decirle a Delilah que se había pasado con el maquillaje de ojos, sobre todo porque había estado extremadamente orgullosa de sí misma cuando dio un paso atrás y exclamó «¡tachán!», instándome a que fuera a verme en el espejo del cuarto de baño.

Era verdad que no me parecía en nada a mí. Si lo de esta noche salía tan catastrófico como me lo imaginaba, entonces tal vez era algo bueno. Nadie sabría quién era yo y podría huir con el rabo entre las piernas. Sin embargo, era una auténtica pena por el vestido, pues era una obra de arte. Y la forma en que me quedaba...

Delilah había hecho que me pusiera el vestido antes de mirarme al espejo para que pudiera ver el estilo completo, y gracias al cielo por eso, porque estuve a punto de llorar apenas vi el maquillaje de payaso que tenía puesto.

Y también estaba el vestido. Se ceñía a las curvas de mi cuerpo antes de extenderse como una nube de organza.

Parecía que bailara, aunque estuviese inmóvil. El más mínimo movimiento hacía que la prenda resplandeciera.

Entonces se oyó un golpe en la puerta y Delilah empezó a chillar sobre una limusina que estaba aparcada afuera. Nunca había visto una en vida real ni mucho menos me había subido a una.

Pero heme aquí, dos horas después, tratando de no mirar embobada, pero me resultaba imposible. Levanté la mano inconscientemente para tocar el vidrio de la ventanilla del asiento trasero. El viaje había sido bastante impresionante: al principio el paisaje me era conocido, normal. Aparte del hecho de que me encontrara dentro de una limusina, porque ¿quién diablos tenía una en Barnwell, Georgia?

Pero al rato dejamos de estar Barnwell, ¿o no? No, señor, ahora estábamos en Darlington.

Todos en Georgia sabían por lo menos algo sobre Darlington. Era parte de la corta franja en el medio de Georgia que no se había quemado en la Guerra Civil. La gente rica de Atlanta tenía sus segundas viviendas en ese sitio; eran casas inmensas que contradecían en gran parte la pobreza del resto del sur. Era el Mar-a-Lago de Georgia, ubicado justo en el centro del estado. No tenía playas, pero sí muchas partidas de golf y té dulce a más no poder.

Debí haber adivinado que vendría a este lugar. Me moví con incomodidad dentro de mi vestido esponjoso y traté de alisar cualquier arruga que tuviera. La invitación decía que lo llevara puesto, ¿pero tal vez debí haber usado ropa normal y llevar esto en la caja en la que vino? Porque mientras pasaba por la puerta de hierro forjado, las cuales abrieron dos criados vestidos como si hubieran salido de *Downton Abbey*, de repente caí en cuenta de algo.

Esto era real. Muy muy real.

Unos hombres ricos querían comprarme —presumiblemente ya me habían comprado—, y me harían lo que les diese la gana detrás de esas puertas. Yo era una doña nadie sin voz, y ellos simplemente podrían...

«Hacen que tu sueño, cualquier sueño, se convierta en realidad». Las palabras de Delilah se cruzaron por mi mente. Maldije por lo bajo mientras la limusina seguía su recorrido por un camino recto y recién pavimentado a cuyos lados se alineaban hileras de antiguos robles, plantados cada uno en intervalos regulares, a seis metros de distancia del otro. Sus ramas se extendían como brazos envolviéndose alrededor del dosel arbóreo que se levantaba por encima del camino y que ocultaba la luz del sol. Era una vista impresionante e imponente. Aquellos árboles habían sido plantados deliberadamente hacía cientos de años, y así seguían y seguían, como una avenida de cedros que me llamaba para que me aproximara a mi destino. El corazón se me aceleró cuando doblamos por la última esquina y la casa o, mejor dicho, la mansión, se hizo visible.

No creía haber respirado por varios segundos.

Nunca había visto nada similar, ni en las películas, ni en los cuentos de hadas, ni siquiera en mis sueños. No sabía cómo soñar tan a lo grande.

Miré hacia arriba, y luego más arriba.

Unas enormes, cuadradas y majestuosas columnas blancas se izaban hacia el cielo como una especie de coliseo moderno, excepto que todo estaba perfectamente intacto. Era como entrar a un sitio histórico. No tenía más de dos pisos de altura, pero cada piso era descomunal y tenía una enorme terraza cubierta. La edificación tenía una paleta de elegantes blancos y grises, con rejas de hierro forjado negro en los balcones y patios. Las contraventanas negras le daban el toque final al aspecto dramático.

¿Y ya he mencionado que era colosal? Porque joder, a

medida que nos acercábamos seguía viendo más y más edificaciones. ¿O es que tal vez había varias casas? No sabría decir si era una sola estructura gigante que se extendía por los lados o si era una red de casas interconectadas. De cualquier manera, debía tener miles de miles de metros cuadrados.

¿Quién diablos vivía aquí? Estaba claro que una sola persona no podría ser dueña de un lugar así, pero la mansión tampoco era un monumento histórico. Al menos no uno del que hubiera oído hablar. Por estos lados la gente estaba enamorada de su historia sureña, y este lugar nunca había sido sugerido en ninguna de las excursiones de clase ni en ninguna otra cosa de la que hubiera oído hablar, a pesar de que quedaba a un par de horas del pueblo donde crecí.

No sabía mucho de arquitectura, pero esta mansión debía tener ¿cuántos? ¿Al menos 100 años? Por lo grande que era, lo más probable era que datara de antes de la Guerra Civil, así que quería decir que tenía más de 150 años.

Sin embargo, dejé de mirar como boba la mansión cuando la puerta se abrió de repente. Allí estaba Jeeves, tan tranquilo e impasible como siempre. Me extendió un brazo.

—Señorita Morgan.

Mierda. Había intentado distraerme con los detalles de la casa, pero Jeeves volvía a echarme en cara mi situación actual.

—¿Qué pasa si no salgo del auto? —chillé—. ¿Y si te pido que des la vuelta y me lleves a casa, lo harías?

Él suspiró con impaciencia. Era la primera vez que lo veía saliendo de su personaje.

—¿A casa? ¿Y qué te espera en casa exactamente?

Me quedé boquiabierta por un momento.

—Tengo una vida. Puede que no sea rica. —Hice un

gesto de forma poco convincente hacia la inmensa mansión que estaba frente a nosotros—. Pero es una vida, y es mía.

—Señorita Morgan, el procedimiento adecuado es esperar hasta que esté adentro, pero ya que se encuentra aquí, se lo preguntaré ahora. ¿Qué es lo que quiere?

—¿Qué quieres decir? Mira, solo pregunto si podrías llevarme a casa.

—¿Es eso lo que quiere? —Me observó con curiosidad —. ¿Es lo que quiere en la vida? Volver a su vida, una vida que es «suya», como ha dicho. Nadie la está obligando a estar aquí, señorita Morgan. Si se queda, lo hará por su propia voluntad, pero ¿de verdad era libre antes?

Se inclinó levemente. Tenía que estar muriéndose de calor bajo el sol de septiembre, vestido de punta en blanco tal como lo estaba, pero ni siquiera se inmutó.

—He podido vislumbrar una parte de su vida, señorita, y perdóneme si no es asunto mío, pero no se asimilaba en nada a la libertad.

Se echó hacia atrás.

—Dentro la entrevistarán y le volverán a preguntar qué quiere. Puede pedir cualquier cosa. Usted es como Aladdín y nosotros su lámpara mágica.

—Pero viene con un precio —dije categóricamente.

Jeeves se limitó a mirarme como si hubiera dicho una tontería.

—¿Cree que se merece que le demos algo a cambio de nada? Así piensa un crío, señorita Morgan.

Asentí y me mordí la lengua para contener las malas palabras que amenazaban con salir. Quería desquitarme con el hombre, decirles a todos que se podían ir al infierno y huir antes de que me metiese en esto hasta el cuello. Tal vez era cobardía, o tal vez era prudencia. Quizás era mi instinto diciéndome que me largara de este lugar.

Pero Jeeves sí tenía razón en algo: vivir de sueldo en sueldo no era libertad. Y ya no podía seguir yendo de un lado a otro, así que tragué con fuerza y subí la vista para mirarlo. El sol del mediodía era tan fuerte que tuve que entrecerrar los ojos.

—Esos hombres..., ¿son muy terribles?

No podía asegurarlo, pero ¿su rostro se había tensado un poco o me lo estaba imaginando?

—Hay reglas para protegerla, como la palabra de seguridad que podrá usar en cualquier momento. —Se enderezó más—. Pero ha de saber que, si usa la palabra de seguridad, todo habrá acabado. Tendrá que irse de inmediato de la mansión y renunciar a su premio. No recibirá nada. No hay crédito parcial, pero la elección siempre es suya. Puede irse cuando quiera.

Pestañeé varias veces.

—¿Las... chicas renuncian seguido?

—He trabajado aquí por once años y solo ha sucedido una vez.

—¿Una de cuántas? ¿Cuán a menudo pasa? ¿Qué le pasó a la chica que se fue?

Él sonrió y no pude interpretarlo.

—Por ahora es suficiente. ¿Va a entrar? —Volvió a extenderme su brazo.

Me sentía como Alicia mirando por el agujero donde se fue el conejo. Una parte de mí deseaba nunca haber visto a este hombre, que nunca hubiera entrado a la cafetería con aquella estúpida carta ni me hubiera ofrecido esta agobiante elección.

Pero entonces me sujeté de su brazo y él me guio por el camino hacia la intimidante mansión. Iría un poco más lejos. Siempre podía decir la «palabra de seguridad» y detener todo en cualquier momento, ¿no? Podría volver a mi monótona vida en la que nunca pasaba nada emocionante, en la que tenía pocas elecciones y muchas menos opciones para salir adelante en este implacable mundo.

—Déjeme presentarle a la señora Hawthorne —dijo Jeeves.

No confiaba en mi voz, así que asentí. En vez de hacerme subir la docena de escaleras que conducían hacia el enorme pórtico con columnas, Jeeves se desvió a un lado sin previo aviso. Marché, tambaleante y de forma desigual, tras él. No estaba habituada a los tacones de ocho centímetros que también habían venido en la caja. Jeeves tuvo que darme la mano varias veces para evitar que cayese, pero fue bastante cortés y no lo mencionó. Me condujo por un sendero de adoquines que llevaba más allá de la entrada este de la mansión, justo enfrente de una pequeña puerta blanca con una placa encima que rezaba «Entrada de la servidumbre».

¿Es que siquiera se permitía tener placas como esa hoy en día? Llamar servidumbre a alguien no era políticamente correcto en lo absoluto.

Pero cuando Jeeves tocó una vez a la puerta, una regordeta y pálida mujer la abrió de inmediato. Debía tener unos cincuenta años y su rojizo cabello canoso estaba recogido en un moño que la hacía lucir seria. Llevaba un vestido gris almidonado con un cuello y delantal blancos, y no parecía feliz de verme. De hecho, no dudó en fulminarme con la mirada mientras me echaba una ojeada de arriba abajo.

—Tan pronto como atravieses este umbral... —dijo al fin. Sus palabras eran tan serias como su peinado—. Cada segundo se convertirá en una prueba. Tal como te han probado desde el momento en que recibiste la invitación.

Sus palabras me tomaron desprevenida y miré a Jeeves, pero su cara permanecía impasible. No daba información de ninguna forma.

—La invitación decía que debías prepararte de forma apropiada. —Volvió a echarme otro largo vistazo—. Una instrucción en la que has fallado. Apenas tendremos tiempo para arreglarlo además de la entrevista y la inspección.

Miró por encima de mi hombro para enfocarse en Jeeves.

—Al menos habría podido conducir más deprisa cuando vio este desastre. —Me hizo un gesto vertical.

—Eh, no ha sido su culpa —dije defendiendo a Jeeves—. Y... —Me avergoncé un poco al pensar en mis ojos de mapache—. ¿Tal vez podrías ayudarme a quitarme el maquillaje de ojos?

—Tú —agregó la señora Hawthorne volviendo a posar la mirada en mí—. De ahora en adelante harás silencio. —Su marcado acento irlandés hizo que su orden sonase más autoritaria.

Miré a Jeeves, quien hasta ahora había sido mi guía, pero estaba revisando su teléfono. Quedaba claro que había terminado conmigo ya que me había entregado a la mujer y su responsabilidad había finalizado. Él mismo me lo había dicho, ¿o no? Llevaba once años trabajando aquí. ¿A cuántas mujeres habría visto entrar y salir?

—¿Cuál es mi palabra de seguridad?

La señora Hawthorne enarcó una de sus finas cejas.

—Es obvio que eso es un asunto entre los caballeros y tú. Mi trabajo es prepararte y asegurarme de que estés limpia y sana.

Vale, puede que mi maquillaje se viese un poco mal, ¿pero creía que no había tomado una ducha? ¿Qué le pasaba? Era pobre, pero me aseaba.

—Ven por aquí. —La señora Hawthorne me agarró de la muñeca y cerró la puerta en las narices de Jeeves.

Solo alcancé a ver la cocina y a un montón de personal moviéndose de un lado para el otro y vestidos con impecable ropa blanca de cocina. Mientras tanto, me conducían por unos escalones empinados y estrechos que debieron haber sido para la servidumbre y, anteriormente, para los esclavos.

Tampoco pude vislumbrar mucho del segundo piso, pues me metieron a una pequeña habitación. La señora Hawthorne me dio la vuelta para que estuviese de cara a la puerta que acababa de cerrar tras nosotras y llevó las manos a la cremallera de mi elegante vestido. Traté de ver por encima de mi hombro; en la habitación había un catre estrecho, pero nada más.

—¿Qué está pasando?

—Ya me he explicado y no gasto saliva diciendo las cosas dos veces —espetó la señora Hawthorne.

Me bajó el vestido por los hombros hasta que este se me amontonó en la cintura.

—Sal. —Extendió uno de sus robustos brazos para que no perdiera el equilibrio, pero en su lugar me apoyé de la pared.

Se llevó el vestido en el momento en que lo desocupé, y lo colgó de una percha en el diminuto armario de la habitación.

—Quítate las bragas —me ordenó sin mirarme ni un segundo. No lo hacía desde que habíamos subido las escaleras.

—Esto... ¿qué?

Al fin me miró, y tenía en el rostro una expresión de irritación.

—No me digas que eres modesta. No puedes serlo si vas a ser una de las chicas de la Orden. —Puso los ojos en blanco—. Cada temporada nos llega alguien como tú.

Se puso las manos en la cintura y me miró de arriba abajo con desaprobación.

—Estás aquí para el sexo. Los muchachos están pasando por las pruebas más importantes de sus vidas y tú no vas a arruinarlo. —Dio un paso al frente, apuntándome al rostro con un dedo amenazante—. Te repito, tú no les vas a arruinar esa oportunidad. Harás lo que te digan. Chuparás penes, te follarán más veces de las que puedas contar, y todo lo harás con una sonrisa en el rostro.

Parpadeé conmocionada al oír sus directas palabras. La primera vez que la vi en la puerta me había parecido tan... maternal, como una abuela malvada que les grita a los niños del barrio cuando se divierten, pero, aun así, oír las palabras «pene» y «follar» salir de su boca...

—Sigue así —continuó la señora Hawthorne—. A muchos hombres de la Orden les gusta esa mirada de cervatillo inocente que tienes. Y uno de mis muchachos favoritos alcanza la mayoría de edad esta noche. Si Montgomery Kingston te elige, más te vale que le trates bien. Tiene mucho que demostrar, y necesita una puta que abra las piernas, le chupe el pene y haga todo lo que pueda para ayudarlo a tener éxito en cada desafío.

—¡No soy una puta! —exclamé, impactada.

La señora Hawthorne bufó y soltó una risa antipática.

—Hay un motivo por el que no se casan con las de tu clase. Pero la Orden es justa, así que recibirás tu cheque al final.

Pestañeé y me mordí el labio inferior ante sus desagradables palabras. Ella se inclinó más hacia mí. Su nariz de halcón se veía más marcada de cerca.

—¿Vas a llorar, niñita? Pensé que investigaban bien y que solo elegían a las más resilientes.

Apreté la mandíbula y alcé la cabeza. No era más que

una vieja bruja a la que le gustaba meterse con los demás cuando se sentían mal. Había conocido a personas así toda mi vida, incluyendo entre esas a mi madre.

Por lo tanto, en vez de soltar insultos, sonreí con dulzura.

—Bueno, supongo que entonces tengo que asegurarme de pedir un cheque lo bastante grande, ¿eh? Si voy a chupar todos esos penes, mejor hago que valga mi tiempo. ¿Eres la persona a la que le digo cuánto quiero, o debo discutir eso con mis...? —¿Cuál era la palabra que había usado antes? Ah, sí—. ¿Mis caballeros?

Ella volvió a fulminarme con la mirada.

—Es parte del proceso de admisión. —Bajó la vista y volvió a mirar su reloj—. Proceso del cual nos estás distrayendo. Prosigue y quítate toda la ropa. Tendrás que volver a bañarte porque también has hecho un desastre con tu pelo. No hay nada que podamos hacer para salvarlo, así que quítate todo y espera al doctor en la cama. Vendré a por ti luego para bañarte.

¿Bañarme? Ni que tuviera cinco años. Y...

—¿Un doctor? —chillé confundida, pero ella ya había salido por la puerta en un revuelo de faldas grises y traqueteo de prácticos zapatos.

Un doctor vendría a «inspeccionarme». Dios mío. Sabían que no era virgen, ¿verdad? ¿Qué otra cosa podría hacer un...? Oh, ¿era eso a lo que se refería cuando había dicho lo de asegurarse de que estuviera limpia?

Me sentía estúpida. Estaba aquí para tener sexo, así que claro que querían asegurarse de que no tuviese ninguna enfermedad. ¿Pero no era ya un poco tarde para eso? ¿No debía haber sido una de las primeras cosas que pidieran en vez de la última?

Me miré vestida con la lencería cara. Mierda. La señora Hawthorne no había parado de hablar sobre lo tarde que iba y del tiempo que estábamos perdiendo, ¿pero de verdad iba a desnudarme para un desconocido que decía que era doctor para ponerme las manos encima?

Por otra parte, ella había dicho que todo sería una prueba. Y no me estaba yendo tan bien con lo de seguir las instrucciones, ¿o sí?

Sin pensarlo mucho más, comencé a quitarme la ropa. Sin embargo, sí saqué la manta de ganchillo que estaba al pie de la cama y me la puse encima con holgura para cubrirme una vez quedé completamente desnuda. El doctor no llamó a la puerta antes de entrar, pero me sentí aliviada cuando vi que era una mujer.

—Hola, soy la doctora Nichols.

Era joven, quizá de no más de treinta años, y también increíblemente hermosa. Se quitó el estetoscopio que tenía alrededor del cuello y alargó la mano para estrechar la mía. Su piel era de un profundo color ébano y tenía cabello corto que no hacía más que acentuar la belleza de su cuello, largo y como de una gacela. Sonrió con tranquilidad. Era una amplia y brillante sonrisa que, muy a mi pesar, logró que bajara la guardia.

—Soy Grace —dije con vacilación.

—Hola, Grace. Hay demasiadas cosas pasando al mismo tiempo, ¿no? Entiendo que todo esto sea intenso y de locos. Estoy aquí para comprobar tu salud vaginal y hacerte un par de exámenes de sangre rápidos. La Orden tiene tus análisis de sangre de cuando viste a tu doctor hace seis meses, pero quieren volver a verificar que sigas limpia y sin enfermedades. Los hombres pasan por los mismos exámenes. Están centrados en que todos salgan de esta experiencia sin recordatorios permanentes.

Su sonrisa era compasiva.

Solo me quedaban noventa y nueve mil preguntas.

—Entonces comenzaremos con tu análisis de sangre y lo enviaremos al laboratorio. —Abrió un maletín que traía con ella y empezó a sacar suministros.

—¿Cómo sabes todo eso? —solté—. ¿No toma mucho tiempo que los análisis de laboratorio envíen los resultados? Y espera, ¿cómo tuvo la Orden acceso al informe médico de mi doctor personal? Eso es información confidencial.

La doctora Nichols me sonrió al mismo tiempo que hizo que me sentara, y entonces ató el tubo de goma por mi brazo. Seguía aferrándome a la manta que me envolvía.

—No puedo contarte mucho, pero sí puedo decirte que yo pasé por este mismo proceso. Y, como puedes ver, salí de allá bastante bien.

—¿Qué? —Me sobresalté un poco cuando introdujo la aguja en mi brazo, y ella me acalló.

—Shh, no te muevas o tendré que seguir pinchándote para encontrar la vena.

Yo asentí y me quedé quieta. Encontró la vena en el segundo intento. Mi sangre empezó a llenar el vial.

—Te lo contaré, pero solo si no te mueves.

Estuve a punto de asentir, pero me detuve a tiempo.

—Me quedaré quieta —susurré, apenas moviendo los labios.

—Excelente. Mira, entiendo que estés asustada y confundida. Créeme que sí lo entiendo, pero solo debes dejarte llevar por todo el proceso. No trates de anticipar, solo cede. Aquí no existen ni la vergüenza ni las críticas. Por más trillado que suene, trata de vivir día a día.

—¿Cómo fue? —susurré. Ahora que tenía enfrente a una persona de carne y hueso que de verdad había pasado por esto, lo que sea que «esto» fuere, quería saberlo todo.

Ella se limitó a dedicarme una sonrisa evasiva y hermosa.

—Para serte sincera, es diferente para cada una. Depende del caballero que te seleccione. Pero créeme, querrás que te seleccionen. Te cambiará la vida.

Los ojos se le nublaron y parecieron hacerse distantes.

—No tuve una buena infancia... —Era la primera vez desde que entró a la habitación que no estaba sonriendo.

Pero entonces sacudió la cabeza, como si estuviese saliendo de un trance.

—Entonces recibí mi invitación y todo cambió. —La sonrisa regresó—. Ahora soy una respetada ginecóloga en la ciudad. Estoy comprometida. Me siento más feliz de lo que pensé que tendría derecho a sentir, así que vuelvo aquí para ayudar y animar a las chicas.

Terminó con el último vial de sangre y me puso una bolita de algodón en el brazo antes de colocarme una tirita. Mientras trabajaba continuó hablando:

—Puede que la señora Hawthorne parezca una tirana, y así es. Algunos de los hombres de la Orden son unos canallas y no te tratarán mucho mejor, pero hay reglas, y los que están iniciándose no son como los hombres más mayores que han estado en la Orden desde siempre.

Por fin se encontró con mis ojos.

—En resumen, Grace, debes tener cuidado. Tienes que confiar en tus instintos y ser inteligente. ¿Puedes hacerlo? Si no crees que puedas, deberías irte ahora.

Alcé la vista para mirarla. Estaba feliz de tener a alguien que al fin me dijese las cosas sin rodeos. Entre ella y la señora Hawthorne, sentía que tenía una perspectiva mucho más clara de la situación en la que me estaba metiendo.

Si iba a meterme en esto, sería con los ojos bien abiertos. Asentí lentamente.

—Vale. —dijo con una sonrisa amable—. Si estás lista

para seguir, entonces túmbate en la cama y yo volveré enseguida.

Colocó los viales de sangre en un pequeño contenedor refrigerado y fue a entregárselos a alguien que aparentemente aguardaba justo afuera de la puerta. Volvió y me instó a sentarme en el borde de la cama para que pudiera comenzar con la examinación.

—No tenemos mucho tiempo, así que me han pedido que combinemos tu entrevista con la inspección. Tengo una grabadora de voz que puedes sostener. —Me dio el aparato de bolsillo antes de cambiarse los guantes.

—Abre las piernas. —Tenía un tono de voz profesional cuando me separó las piernas y buscó el espéculo.

—Di tu nombre completo claramente en el dispositivo, y también lo que quieres al final de esta experiencia. —Levantó la cabeza para que pudiera verla por encima de la manta—. Y no olvides soñar en grande. —Me guiñó el ojo.

Pensé por algunos segundos y presioné el botón en el lateral del aparato.

—Me... esto, me llamo Grace Magnolia Morgan, y yo...

El frío espéculo hizo que me sobresaltara cuando hizo contacto con mi piel, y mucho más cuando ella hizo que se abriera poco a poco. No pude evitar sisear sorprendida. Había pasado un tiempo desde la última vez que tuve sexo. ¿Ella se daría cuenta? ¿Era obvio? Y si lo era, ¿eso me sumaría o restaría puntos? ¿Tenía alguna importancia?

—Solo diles lo que quieres, Grace —dijo la doctora Nichols desde entre mis piernas.

Vale. No era para nada incómodo. «Grace, solo habla sobre tus metas de vida con un espéculo metido dentro de tu vagina. No es para tanto».

Así que, como pude, intenté contar cada esperanza que

alguna vez había tenido para mí misma, y finalmente les puse un precio a mis sueños.

Todas las personas con las que hablaba me decían que soñara en grande, así que eso hice.

Para tener una licenciatura en administración de empresas en una universidad respetada y para abrir un restaurante en Atlanta con suficiente capital para superar los primeros dos años críticos sin miedo a quedarme sin dinero, además de para vivir...

—Diez millones de dólares —solté con un jadeo cuando la doctora Nichols sacó el espéculo—. Pueden tenerme por diez millones de dólares y obedeceré cualquier orden que me den. Pero ese es mi precio. Diez millones.

CAPÍTULO 7

Montgomery

Perfección. Impecabilidad.

Eran las dos palabras que usaba para describir cómo funcionaba en la vida.

Dos palabras que eran tanto mis fortalezas como mis debilidades. La necesidad de alcanzar las dos cosas al mismo tiempo podía incapacitar a un hombre débil, pero yo distaba mucho de ser débil. Sabía que nacer en una cuna de oro haría que varias personas creyeran que me daban todo en mano, cuando, de hecho, era todo lo contrario: mi padre hacía que me ganara todo.

Cada una de las cosas. Hasta su amor, y aquello aún no lo había conseguido.

No era un niñato rico que nunca había tenido que trabajar ni un solo día de su vida. Inclusive a los veinticinco sentía que había trabajado durante toda mi vida. Me sentía curtido, experimentado.

Perfección. Impecabilidad. Mi lema de vida me había traído hasta este momento.

Sin embargo, aquí, de pie con mi esmoquin blanco hecho a medida y pajarita a juego, me sentía lejos de ser perfecto e impecable. Las níveas y puras paredes casi me asfixiaban y, aun así, me sentía sucio y tiznado por el alquitrán de las malas acciones del pasado, presente y futuro.

El salón de baile era blanco y los candidatos que pronto tendrían su propio baile también vestían con esmoquin blanco. El único color en la sala eran las capas plateadas que usaban los ancianos y los miembros.

Blanco y plateado. Tonos fantasmales de una manera elegante.

—¿Estás listo para elegir a la desafortunada bella? —preguntó Sully mientras se acercaba hacia donde estaba y me daba una palmada en la espalda—. ¿Será rubia, morena o te gustan más las pelirrojas?

No respondí. Me repugnó la forma en que Sully lo hizo sonar como si estuviera a punto de elegir ganado para uno de los ranchos de mi familia. No podía dejar que me liara. Estábamos todos reunidos y listos, y era cuestión de minutos antes de que comenzaran la ceremonia.

—¿Quieres algo de beber? —preguntó Sully mientras sostenía su whisky—. Estoy seguro de que a mí me haría falta si estuviera en tus zapatos.

Negué con la cabeza y miré el albo reloj de pie, intrincadamente tallado, que controlaba la sala. Las manecillas eran sables dorados, adornadas con diminutos rubíes. De niño me encantaba aquel detalle, pero esta noche me parecía mortal.

—Estoy bien.

—Deja al hombre en paz —dijo Walker cuando se paró junto a Sully y a mí—. Que esta mierda es intensa. —Me miró de cerca, examinando mi rostro—. ¿Estás bien? ¿Necesitas algo?

—Lo que el hombre necesita es un trago, joder —dijo Sully mientras terminaba el suyo de un gran trago.

Yo no estuve de acuerdo. Era necesario que hoy permaneciera sobrio y en estado óptimo. En verdad no tenía idea de qué esperar. Tenía una idea bastante clara de los conceptos básicos, ya que gran parte de la ceremonia y las tareas de la iniciación estaban detalladas en el libro de leyes de la Orden. Pero no era tan ingenuo como para creer que estaba preparado para lo que vendría, y no solo esta noche, sino durante los próximos 109 días.

No creo que nadie pudiese estar preparado para la Orden del Fantasma de Plata. La malicia heredada de la ceremonia se sentía como una soga alrededor de mi cuello. No obstante, estaba a punto de ocurrir, estuviese listo o no.

El reloj marcó la medianoche, y si no hubiera sido por el fuerte martilleo de las doce campanadas que resonaban en la sala para notificarnos de aquel hecho, los ancianos y sus bastones seguramente lo habrían hecho. Con cada repique de la hora, los bastones golpean con cadencia contra el níveo suelo.

—Traigan a las bellezas —dijo uno de los ancianos después del duodécimo golpe de su bastón.

Los candidatos se alinearon conmigo en el centro de la sala, nos paramos firmes y esperamos. Me preguntaba si los demás estaban conteniendo la respiración como yo, o si eso solo ocurriría en su noche. Quizás estaban agradecidos de que me tocara a mí y no a ellos. De hecho, deseaba no ser el primero de mi grupo para al menos saber qué esperar, pero al mismo tiempo, saber podría ser peor que ir a ciegas. Había una razón por la que la gente se convertía en piedra cuando miraba a Medusa. Nunca se miraba al mal directo a los ojos.

Mejor quedarse a ciegas.

La sala quedó en silencio hasta que el sonido de tacones —delicado, tímido— rasgó la asfixiante anticipación.

Veinte mujeres jóvenes. No sabía el número porque estuviese contando, sino porque la Orden del Fantasma de Plata lo había decretado así hacía siglos.

Eran veinte, pero solo una sería mía, también por decreto de la Orden del Fantasma de Plata.

Cuando entraron en la sala, formaron una fila frente a nosotros. Por sus movimientos nerviosos se notaba que, aunque se les había instruido sobre lo que debían hacer, todavía no estaban seguras de estar siguiendo los pasos correctamente.

Los largos y ondulados vestidos de un sinfín de tonos eran un estallido de color en comparación con el color blanco que los rodeaba. Pequeños y ajustados corsés, enormes cantidades de telas, abalorios y diamantes cosidos a mano; vestidos hechos a medida para que se adaptaran a cada mujer. Eran princesas creadas con la mayor belleza.

Observé a las mujeres y sentí curiosidad por saber qué debían estar pensando. Algunas de las mujeres serían pésimas jugadoras de póquer, pues el miedo y el nerviosismo estaban pintados en sus rostros. Otras eran imposibles de analizar porque mantenían la mirada fija en el suelo, ensombrecidas por sus propias inseguridades.

Pero había una bella, la única vestida de azul, que hizo un fugaz contacto visual conmigo mientras analizaba a los hombres que estaban frente a ella. La observé escudriñar la ropa que llevábamos y cómo nos parábamos. Estaba más concentrada en los hombres que en el enorme y macabro escenario del salón de baile que parecía mantener tan fascinadas a sus compañeras. Fue una jugada astuta y desde aquí notaba la inteligencia en sus brillantes ojos verdes.

—Exhiban a las bellas —exigió el anciano con un golpe de bastón.

La profunda voz y la forma en que el bastón acabó con el silencio hizo que las mujeres se sobresaltaran o estremecieran. Sin embargo, los candidatos se mantuvieron firmes porque estábamos acostumbrados al sonido de los bastones. Otro de los ancianos dio inicio a la procesión de las bellas guiándolas en fila por el salón de baile. Primero las hizo marchar frente a los ancianos encapuchados, luego frente a los miembros, y luego frente a nosotros.

Repitieron el acto tres veces, dando vueltas por la sala como si estuvieran bailando. La única música era la del traqueteo de sus zapatos y el sonido de los pliegues de sus vestidos. Algunas sonrieron mostrando todos sus dientes, como si fueran concursantes de un certamen; los labios de otras temblaban, y algunas mostraban poca o ninguna emoción en absoluto.

La bella de azul volvió a sorprenderme al hacer contacto visual conmigo en cada desfile. Sus labios permanecían separados, sus brazos a los costados, el mentón elevado con una confianza en sí misma del que las demás parecían carecer o que, como mínimo, estaban fingiendo. Sabía que cada una de las veinte mujeres venía de la peor zona del pueblo. Los vestidos que llevaban valían más dinero del que la mayoría ganaría en todo un año.

No eran bellezas sureñas a las que habían criado con instructores de etiqueta y con un rico encanto sureño tan concentrado que podría ahogar a la Reina de Inglaterra en un mar de mermelada espesa y té dulce. Este cortejo era tan desconocido para ellas que no les echaba en cara que tropezaran o parecieran tambalearse sus talones.

Pero la bella de azul parecía diferente. Lucía regia mientras marchaba ante nosotros.

Sobresalía entre las demás como si su sangre fuese tan azul como el color de su vestido; sin embargo, la forma en que mantenía los hombros hacia atrás señalaba resistencia a gritos. El orgullo parecía ser la fragancia que emanaba de su piel nívea y cremosa. No podía decir que la culpaba. ¿Quién no se resistiría a esta locura?

—Montgomery Kingston —vociferó el anciano mientras las mujeres se alineaban una vez más frente a los candidatos, quienes no se habían movido ni un centímetro—. Es hora de que elijas a una bella.

El anciano que había estado encabezando la procesión de las bellezas se acercó a donde yo estaba y abrió el puño. Descansando en su palma había una cinta de satén negra. No necesitaba ninguna instrucción para saber qué hacer a continuación, ya que, una vez más, este proceso estaba establecido con claridad en el libro que regía cada aliento que tomábamos.

Cogiendo la cinta, inhalé profundo y me salí de la fila. Luego, caminé hasta la fila de mujeres y comencé a hacer lo que llamábamos «el toque de las perlas». Una por una, me acerqué a cada mujer y toqué brevemente el collar de perlas que llevaban.

Este era mi momento para reflexionar, pensar. Tenía un par de minutos antes de tener que elegir, y aunque hacía contacto con la tersura de las perlas de cada mujer, no sentía nada. Todo lo que podía hacer era cumplir con las formalidades, aplicar mis nervios y enfocarme en el acto ceremonial. Centrarme en cualquier otra cosa era un imposible.

Un hombre más sabio se habría tomado este tiempo para estudiar sus rasgos; para tratar de elegir a la mujer con la que tuviera la mayor química sexual, ya que en los próximos 109 días se esperaría que yo llegara más lejos sexualmente con ella de lo que nunca lo había hecho con otra persona. Debería estar eligiendo a la chica más bonita, pero la verdad era que todas eran impresionantes. Nuevamente, me concentré en la tarea que tenía entre manos: seguir los pasos que había leído en el libro. Como todo en mi vida, efectuaría la ceremonia a la perfección.

Y luego llegué a donde estaba la bella del vestido azul.

Ella fue la primera de las mujeres que me miró a los ojos cuando extendí la mano para acariciar su collar. Era la primera vez que estuve lo bastante cerca para ver cómo un color áureo danzaba con el color verde de sus ojos. El tono dorado de sus iris hacía juego con los reflejos dorados de su cabello rubio. Su creador había pintado su belleza con mano hábil.

Unas largas pestañas le arropaban la mirada, lo que mitigó la seriedad con la que me contemplaba; pero pude ver que me estaba evaluando tal como yo lo hacía con ella.

No pestañeaba. Era como si me estuviese desafiando.

Una conversación tácita me desafió a hacer algo más que acariciarle el collar y continuar como lo había hecho con todas las chicas antes que ella.

Fui el primero en romper el contacto visual al mirar la cadena de esferas blancas que descansaban en su delicada piel. Alcé su collar y apoyé una perla en su brillante labio inferior. No sé qué era lo que esperaba, pero la acción me parecía tan natural como respirar.

La bella del vestido azul abrió los labios levemente. Sus ojos todavía estaban fijos en mí. No se movió, no se acobardó, no se resistió. Empujé la perla un poco más. La acción entre nosotros era tan sutil y tan privada que estaba seguro de que los ancianos no serían capaces de percatarse de lo que estaba sucediendo.

Era nuestro secreto. Un acto clandestino que nos pertenecía solo a nosotros en un mundo de mantos y puñales.

Ella sacó la lengua y lamió la perla mientras un tierno aliento le seguía.

¿Estaba intentando acallar mis pensamientos o dispersarlos?

Moví la perla en su lengua e hice que la suavidad de esta le acariciase los labios. El acto fue breve, pero lo bastante largo para que yo lo supiera.

Quería a la bella vestida de azul.

Sin necesidad de seguir avanzando en la fila de las demás bellezas, le quité la perla de la boca y tiré de ella con fuerza. El collar se rompió y las pequeñas perlas se desparramaron alrededor de nuestros zapatos. Ella abrió los ojos, pero permaneció en su lugar.

Romper el collar. Era un acto para demostrar lo sencillo que era para la Orden del Fantasma de Plata dar riquezas solo para arrebatarlas después. Lo que crees que es tuyo se puede arruinar con tanta facilidad.

Años de perlas de collares rotos se escondían en los rincones y recovecos del blanco salón de baile. Cuando éramos niños, nos gustaba entrar a hurtadillas en la sala mientras nuestros padres llevaban a cabo sus reuniones o se encontraban con sus amantes. Buscábamos las perlas y luego nos las arrojábamos mientras jugábamos con nuestra propia versión de *paintball* para niños ricos. Que te diera una de las diminutas cuentas blancas dolía de cojones, pero nos encantaba el juego de todos modos.

Con el único ruido de la sala siendo las perlas rodando contra el piso incoloro, reemplacé el blanco que había estado en su cuello con la prenda de color negro. Me encontré con sus ojos, até la cinta en su garganta y la afiancé con fuerza. Me tomé un momento para apretar el satén con más y más fuerza de la necesaria a modo de advertencia.

Esta era su oportunidad. Podía huir. Podía negar con la

cabeza. Podía darme alguna señal de que no quería esto. Le habría concedido aquel deseo si hubiera visto el más mínimo atisbo de miedo. Habría pasado a buscar a otra bella más dispuesta.

Pero su expresión nunca cambió. No parpadeó.

Ella me eligió tal como yo la había elegido a ella.

Mientras ataba la cinta en forma de lazo alrededor de su cuello, escuché:

—Montgomery Kingston, ¿ha elegido a su bella para la iniciación?

Di un paso atrás para alejarme de la bella de azul y asentí.

—La he elegido.

CAPÍTULO 8

Grace

Diez minutos antes

«MANTENDRÁS LA CALMA Y LA SERENIDAD», me dije a mí misma a medida que nos hacían a entrar al blanco salón y pude ver por primera vez a los miembros con capuchas grises de la Orden del Fantasma de Plata.

El corazón latiéndome latía a mil por hora, aunque rezaba para que no se viese en mi rostro. «Calma y serenidad, joder». No iba a dejar que ninguno de esos hombres me intimidase. Al menos eso es lo que me había dicho a mí misma unas horas antes, luego de los lacayos de la señora Hawthorne terminasen de sacarme brillo y rociarme hasta quedar perfecta.

Todavía parecía yo misma cuando al fin se me permitió mirarme en el espejo al mismo tiempo que la misma señora Hawthorne alzó el collar de perlas y cerró el broche que estaba por detrás de mi cuello. Pero era como si fuese un filtro de Instagram andante: mi piel era impecable y mis ojos nunca habían parecido tan grandes o luminosos.

Pensé que las perlas no eran más que la cereza de un pastel elegante. Cuando al fin conocí a las otras bellezas que contendían por el «caballero», eso fue lo que me recordó: a preciosas magdalenas. Nos habían cubierto con capas de glaseado de seda, todo en aras de hermosas a la vista. Pero era una ilusión; en realidad, estábamos aquí para que nos devorasen.

Era otra prueba. No sabía a cuántas elegirían esta noche, pero algunas se irían a casa con las manos vacías. Cuántas serían, tampoco lo sabía.

¿Qué era lo que sí sabía?

Que si iba a seguir adelante con esto, tenía que ser con el hombre adecuado. Nos hicieron desfilar frente a ellos, dando vueltas y más vueltas, y el único ruido era el escalofriante golpeteo de los bastones de madera. Sentía como si fuese una ceremonia pagana; una regresión a algo antiguo pero muy muy primitivo.

«No pierdas la cabeza, Grace». Solo tenía que ser analítica en mi elección del hombre. Pensaban que eran ellos quienes elegían, pero esta también era mi elección, maldita sea. Podría hacer lo que me pidieran, o por lo menos esperaba poder hacerlo. Pero solo con el hombre adecuado. Tendría que haber confianza. De lo contrario, no pensaba que pudiera soportar tres meses de maltratos y luego estar bien al terminar todo. ¿Qué mujer podría?

Quería el futuro que vislumbré esta tarde cuando lo describí en la grabadora. Hablar de mi sueño en voz alta me había hecho desearlo más que nunca.

Pero no tenía tanta confianza como para fingir que no podía quebrarme.

Sí, solo podría hacer esto si elegía al hombre adecuado.

Un hombre parado entre un grupo de jóvenes atrajo mi atención, pero lo descarté de inmediato. Era demasiado guapo. Increíblemente guapo, en realidad. Y vale, sí, lo miré al principio, pero en serio, ¿qué tan seguido se veían a tipos así en la vida real?

Sus ojos de color gris azulado eran tan claros que casi se veían traslúcidos cuando la luz se reflejó en ellos. Tenía el pelo despeinado y rubio, pero sus cejas eran oscuras y gruesas, y ensombrecían sus intensos ojos. Todos los demás hombres llevaban el pelo peinado hacia atrás con esmero, pero el suyo era rebelde de una forma elegante. ¿Era por un acto de rebelión, o es que era tan rico que incluso entre la élite más exclusiva se le permitía romper las reglas?

Seguro tenía que ser un imbécil. Nadie que fuese lo bastante rico como para estar aquí y además tan bien parecido podría ser un buen tipo. Nunca habría tenido ninguna razón para serlo. Se le debe haber dado todo en la vida, y ¿cómo podría un hombre desarrollar compasión cuando nunca había conocido la necesidad?

Escudriñé todos los demás rostros. En su mayoría eran hombres blancos, pero también había algunos con más melanina. Por lo que pude ver, eran los hombres más jóvenes quienes vestían esmoquin blanco, y luego el resto de los hombres mayores miraban lascivamente desde debajo de sus capuchas plateadas. ¿Cuántos hombres se estaban iniciando esta noche? No lo sabía y nadie me había explicado los detalles de esta «ceremonia de elección».

Posiblemente habría más de un hombre para tantas mujeres que se presentarán esta noche. Algunos de los chicos me miraban como si ya me estuvieran desnudando, mientras que otros parecían estar aburridos. Traté de concentrarme en uno de los otros hombres. Había uno de aspecto tímido detrás de los demás. No era guapo, pero tampoco feo. Era simple. Podría con alguien simple.

Pero mi mirada se centró en el dios griego rubio. Por alguna razón, sentí que él tenía más poder. Era como si supiera que se le daría la primera opción, que le seleccionarían de primero en un juego muy importante. Y también había algo en su forma de comportarse: tenía presencia.

Pero luego sentí sus ojos en mí. Juro que sentía un hormigueo en todos los lugares de mi piel en que me acariciaba su mirada. Era una reacción completamente inapropiada para la situación. ¿Qué me pasaba? Se trataba de una especie de trato comercial. No era momento para... para...

—Montgomery Kingston, es hora de que elija a una Bella.

El hombre mayor de la capa plateada pronunció esas palabras y, sin embargo, yo solo tenía ojos para lo que esas palabras evocaban.

¡Dios mío! No podía serlo, y, sin embargo, sí lo era. ¡Era él! El hombre al que la señora Hawthorne había llamado su muchacho. Hasta su nombre era ostentoso: Montgomery Kingston. Era un nombre que me decía «tenemos dinero viejo, inclínate a nuestros pies».

No, nunca podría permitir que Montgomery Kingston fuera el indicado.

Pero entonces Montgomery comenzó a caminar frente a cada mujer y a acariciarlas perlas idénticas en cada uno de sus cuellos. Y me tomó toda la voluntad que tenía quedarme donde estaba y no echarme hacia atrás para que él no pudiera tocar las mías.

Cuando alcanzó las perlas de la bella a mi lado, me encontraba lo bastante cerca para oír su jadeo de alegría. Ella lo deseaba. Era una morena bonita. Bonita estándar, no espectacular, pero los pechos casi se le salían del escote de su vestido y aún no había conocido hombre que no eligiera unos buenos atributos por encima de todo lo demás.

Aun así, la miré. Tal vez incluso la fulminé con la mirada.

«No la escojas. No la escojas. Ven conmigo».

Espera, ¿de dónde había salido eso? ¿No acababa de decidir que él era el único hombre al que no quería? Pero entonces, con tan poca vacilación como se había alejado de cada una de las chicas antes que ella, Montgomery retiró la mano y levantó la vista hacia mí.

Era demasiado. No pude mantener su mirada.

Mierda. ¿Ahora qué? ¿Me descartaría con la misma facilidad que a todas las demás? ¿Era eso lo que quería?

Traté de mirar por encima del hombro de Montgomery en busca del chico tímido y simple, pero ahora Montgomery estaba de pie justo frente a mí, y cuando miré hacia arriba, todo lo que podía ver era a él. O mejor dicho, todo lo que pude hacer fue verle los labios.

Era mucho más alto que yo y sus labios estaban a la altura de mis ojos. Eran gruesos y carnosos, y los rodeaba una imperceptible barba incipiente que, debajo de la falda, me provocaba un temblor en las piernas.

Reacción incorrecta. ¡Reacción incorrecta! «Enderézate, Grace». Este hombre parecía un ángel esculpido, pero podría muy bien ser un demonio. Por otra parte, no había segundas oportunidades en este juego peligroso. Respiré rápido y alcé la cabeza para así poder mirar a Montgomery a los ojos. Tenía unos cinco segundos para tantearlo o lo perdería. Tuve que mirar más allá de su rostro impecable e intentar ver al hombre que estaba dentro.

Pero no tenía idea de lo que vi en sus ojos, porque yo......

Repentinamente no pude pensar con claridad.

Tenía un plan. Se suponía que debía... ¿qué? ¿Qué se

suponía que debía hacer? Estrategias. Claro, las estrategias eran importantes. Parpadeé, pero no pude apartar la mirada. La electricidad que pasaba entre nosotros la sentía con fuerza en los oídos. Ahogaba cualquier otro pensamiento.

Y luego alargó la mano para tocar mi collar de perlas.

Lo único que impidió que jadeara fue que no estaba respirando. Él levantó las perlas y colocó una contra mi labio inferior. Su dedo corto y calloso rozó mi mullida carne y abrí la boca. No pude no hacerlo.

Sus ojos habían exigido y yo cedí.

Mi lengua se asomó entre mis labios y sus ojos se oscurecieron.

Sí. Eso. Quería más de eso. Lo necesitaba.

Cuando me provocó al juguetear con la perla en mi lengua, el aliento que había estado conteniendo salió de repente con un fuerte suspiro. Sus fosas nasales se ensancharon, y cuando súbitamente apartó la mano de mi boca, me quedé temblando y pestañeando con consternación.

¿Q-qué había sido eso? No se suponía que reaccionara así. Se suponía que debía ser seductora y tentadora, pero en la forma en que lo era una escultura de hielo: intocable y fría. No debía tener lava hirviendo que me recorría las venas.

El sitio en el que nos encontrábamos regresó de repente al siguiente momento. Volvía a estar en el prístino salón blanco. A nuestro alrededor, la gente nos observaba en silencio. No era la única que esperaba con la respiración contenida.

Y luego la mano de Montgomery volvió a posarse en mi collar, pero esta vez no fue suave. Arrancó las perlas de alrededor de mi cuello. El hilo de seda era delicado y se rompió con el más mínimo tirón. Y las perlas, las hermosas y delicadas perlas, cayeron al suelo como elegantes casquillos que ya habían sido usados.

Miré a Montgomery y sentí la devastación desgarrarme el estómago.

¿Había fallado la prueba? ¿Fui demasiado atrevida? ¿No debí haber respondido cuando él...?

Pero entonces Montgomery empezó a atarme una cinta negra alrededor delcuello. No sabía lo que significaba, y rápidamente me di cuenta de que no sabía nada en cuanto a la Orden del Fantasma de Plata. Recordé las palabras de la doctora Nichols: «No trates de anticipar, solo cede. Aquí no existen ni la vergüenza ni las críticas».

Entonces, no me permití rendirme. Nada de vergüenza. Nada de miedo. Si la cinta negra significaba que me marcaba para que me echasen, que así fuera. Me quedé de pie con orgullo. Intenté intimidar a Montgomery Kingston con la mirada, sin ceder ni un poco. La electricidad seguía presente entre nosotros. No le demostraría miedo. Lo tenía a él o no tendría a nadie. Fue una decisión repentina, pero era la correcta. Lo sabía hasta en lo más profundo de mi ser.

Me merecía mi lugar aquí y merecía ser suya. Tendría suerte de tenerme. Esperé a que él también se diera cuenta de aquello, y vi el momento en que lo hizo. La intensidad de su mirada escrutiñadora menguó un poco, como si le hubieran quitado un peso de los hombros.

Y luego dijo las palabras que sellarían nuestro destino:

—La he elegido.

Sus palabras me provocaron un torbellino de júbilo como nunca antes había sentido en toda mi vida, seguido de una saludable dosis de miedo.

Ahora era el momento de ver exactamente en qué diablos nos habíamos metido los dos.

CAPÍTULO 9

Montgomery

Ni siquiera sabía su nombre.

Estaba a punto de follar a una mujer momentos después de «conocerla», y no sabía absolutamente nada sobre esta chica aparte de su belleza y la forma en que se comportaba.

Nos encontrábamos uno al lado del otro y marchábamos detrás de los ancianos mientras estos nos llevaban a nuestra habitación. Intenté recordar si había alguna regla que nos permitiese o prohibiese hablar antes de consumar la selección, pero me arriesgué y le susurré:

—¿Cómo te llamas?

Supuse que, si los ancianos nos oían y no estaba permitido, me callarían rápidamente.

—Grace —replicó en voz baja.

—Yo soy Montgomery —le dije, aunque estaba muy seguro de que ella ya estaba consciente de ello. Aun así, parecía lo más cortés.

Los rollos de una noche y los ligues sin sentido no eran

de mi particular gusto. En realidad, prefería por lo menos saber algo sobre las mujeres con las que me acostaba y, a menudo, prefería repetir varias veces. A pesar de que lo de hoy no sería algo de una sola vez con esta mujer, pues la Orden se aseguraría muy bien de ello, la situación se sentía como tal.

Se sentía frío, sin ninguna emoción. Faltaba una conexión real o del deseo de ir más allá que el acto sexual en sí. No quería que lo de hoy por la noche sucediera; sin embargo, tenía la sensación de que esto era solo el comienzo de las cosas que no querría hacer.

Cuando entramos en la amplia habitación del segundo piso, la reconocí al instante. Lo cierto era que yo había estado en todas las salas de la Oleander en un momento u otro de mi infancia jugando a pillarnos o al escondite. Era raro verme entrando como un hombre a punto de iniciarme.

Esta habitación era, de lejos, una de las más grandes, y hasta tenía su propia chimenea. La cama extra grande con dosel de cuatro postes apenas ocupaba el vasto espacio. Había espacio de sobra para una sala de estar con un pequeño sofá y dos sillones de respaldo alto frente a la chimenea. La ventana grande con cortinas daba a la piscina y a los rosales de los extensos terrenos. La habitación tenía alfombras de colores, muebles de madera de tonos intensos, libros de colección en una estantería personalizada y antigüedades que databan de la época de la Guerra Civil.

Mi parte favorita de la habitación siempre había sido la colcha que exclamaba a gritos que pertenecía a la Orden del Fantasma de Plata. Era de un color plateado intenso que combinaba con las capas que llevaban los miembros, y su bordado dorado había sido cosido a mano por una costurera hace mucho tiempo. Se rumoreaba que, en realidad, el hilo de oro que se había usado lo habían conseguido en los tesoros saqueados durante los días medievales en que se libraban y ganaban batallas. Nunca había llegado a imaginar que no solo estaría durmiendo debajo de aquella tela, sino que también tendría sexo sobre ella.

No había mirado bien a Grace desde que salí del salón de baile, exceptuando alguna que otra mirada fugaz por el rabillo del ojo. Nos quedamos uno al lado del otro mientras los ancianos se reunían a los pies de la cama, y entonces supe que la pobre muchacha tenía que estar aterrorizada. ¿Cómo podría no estarlo? Pero quería verlo por mí mismo y lancé una mirada a su rostro.

Si tenía miedo, lo escondía bien. Tenía una belleza estoica.

Sabía lo que me esperaba porque la Orden había descrito claramente este ritual en el manual de nuestra sociedad. Sabía cada paso que daría, y no estaba seguro de que fuese una bendición o una maldición que Grace no tuviera una idea verdadera de lo que se avecinaba.

El primer impacto del bastón anunció que era hora de que iniciara la consumación. Las capas plateadas, ojos redondos y brillantes, y apetitos retorcidos miraban la cama vacía esperando...

No habría privacidad. Prolongar lo inevitable solo nos torturaría a los dos, así que sujeté a Grace por los hombros y la volví hacia mí. Le ofrecería una última oportunidad para que me diera alguna señal para detenerme. Si me mostraba su angustia, la sacaría de la mansión yo mismo. Esta era su oportunidad de usar su palabra de seguridad, de gritar, de hacerse entrar en razón; de hacer cualquier cosa menos seguir avanzando por este camino tortuoso.

Pero la belleza estoica no flaqueó, así que no tuve más remedio que continuar.

Paso uno: desnudar a la bella.

Lo de esta noche no tenía que ver con el arte de la seducción. Ir despacio no nos beneficiaría a ninguno de los dos, pues teníamos una fila de hombres observando cada uno de nuestros movimientos. Así que cogí su vestido azul y comencé a quitárselo como si fuera un robot. No quería concentrarme en el cómo, sino más bien en la tarea. Solo era un paso. El primer paso. Tenía que desnudarla y terminar con esto para que los ancianos nos dejaran en paz.

El silencio de la habitación era exasperante y necesitaba moverme rápido. Grace se quedó quieta con los brazos a los costados. Estaba claro que no iba a resistirse, pero desde luego que no me iba a ayudar, y no la culpaba en lo absoluto. Cuando el vestido cayó a sus pies, no pude evitar admirar a la mujer con ropa interior sensual que tenía ante mí. Estaría mintiendo si dijera que mi cuerpo no reaccionó al verla. También estaría mintiendo si no sentí un poco de alivio cuando mi miembro se endureció, porque en verdad había considerado robar una pastilla azul del botiquín de medicinas de mi padre para ayudarme a superar lo de hoy, pero no pude hacerlo. Lo último que necesitaba era tener problemas de rendimiento mientras follaba, o intentaba follar, frente a los ancianos durante mi iniciación. No tenía idea de si mi cuerpo se rebelaría o reaccionaría.

Claramente, por la forma en que mis pantalones se tensaron, mi cuerpo optó por reaccionar independientemente de la retorcida situación voyerista en la que me encontraba. Podría haberla mirado por más tiempo. Podría haber bajado mis labios hasta el encaje de sus bragas y su sujetador, y lamer los extremos como me apetecía hacer, pero este no era el momento. Puede que nunca hubiese un momento, pero sabía que ahora mismo definitivamente no lo era.

Para terminar el paso uno, la despojé de su lencería, di

un paso atrás e inhalé profundamente para calmar mis nervios. Ahora todo su cuerpo estaba a plena vista ante mí. Lo único que llevaba era la cinta negra que le había atado al cuello. Ella era mi paquete. Un regalo oscuro. Era mía.

Aquel momento no duraría mucho rato. Los ancianos seguían mirando la cama vacía, esperando, así que, por este corto tiempo, Grace era solo mía. Solo yo podía contemplarla mientras ella se ponía firme frente a mí. Tenía pechos empinados que me cabrían en las manos, curvas en todos los lugares correctos y un sexo liso que pedía ser devorado. Sus gruesas pestañas cubrían sus ojos entrecerrados y le temblaban los labios. Podía verlo y sentirlo... Estaba luchando contra la vergüenza.

No iba a aceptar aquello. Necesitaba aliviar la carga de la vergüenza de sus hombros si me era posible. Si ella estaba desnuda, yo también lo estaría.

Yo no tenía que quitarme toda la ropa. En ninguna parte del manual se decía que tenía que estar desnudo. Podría haberme bajado los pantalones y meter el pene en su interior como estoy seguro de que muchos candidatos habían hecho en el pasado, pero yo no era ese tipo de hombre.

Le debía algo más. Merecía igualdad.

Si ella tenía que estar desnuda y expuesta, entonces yo también lo estaría. Y, además, había un lado enfermo de mí que quería que esos viejos cabrones que estarían mirándonos tuvieran que verme el culo. Quería que se sintieran incómodos, y ciertamente que sintieran envidia, mirándome el pene, que sin duda era mucho más grande que cualquiera de los suyos. Estaba orgulloso de mi cuerpo delgado, tonificado y musculoso, y lo usaría a mi favor para jugar con los hombres que se veían obligados a verme follar como lo habían fanteaseando mientras acariciaban sus miembros flácidos y arrugados, como si miraban pornografía.

Paso dos: inclinarla sobre la cama y reclamarla desde atrás.

Lo bueno de follarla en esta posición era que no tendría que verle el rostro. No sentiría su aliento en mi boca tentándome a besarla cuando la penetrara. No tendría que sentir su cuerpo en mis brazos ni abrazarla de una manera íntima que sabía que ninguno de los dos quería ni esperaba. Esto no era hacer el amor. Era sexo de la forma más cruda, primitiva y depravada mientras los demás nos miraban. Bien podríamos follar como animales, ya que prácticamente estábamos en una jaula rodeados de nuestros cuidadores.

La tomé de los brazos y la llevé al borde de la cama. Ella no se resistió ni tampoco se tensó. De hecho, fue ella quien se inclinó y colocó las palmas de las manos sobre la colcha plateada y dorada. Y gracias a Dios que hizo eso, pues hubo un breve momento en el que me paralicé y casi se me doblan las rodillas. No debí haber mirado a los ancianos. No debí haberlos mirado.

¡Hijo de puta!

Sabía que estaría allí. En el fondo lo sabía. Por supuesto que estaría allí. Él era uno de los ancianos. Pero no quería ver su rostro, sus ojos críticos, sus labios torcidos con una sonrisa maliciosa. ¡No quería verlo!

Mi padre.

Mi padre me miraría mientras follaba con esta mujer.

Era enfermo, repugnante, retorcido, y no tuve más remedio que cerrar rápidamente los ojos y obligarme a apartar la imagen de mi mente. Tuve que bloquear la visión de mi padre mirándome. Tenía que hacerlo. Tenía que hacerlo. Él no iba a quebrarme, y si fallaba en acostarme con esta mujer... fallaría en la primera noche.

«No, padre, no. No ganarás, así que mira todo lo que quieras. Mira cómo lo hago mejor de lo que nunca podrías hacerlo tú. Mírame. Completaré cada paso de esta iniciación y no hay nada que puedas hacer para detenerme. Mírame, hijo de puta. Mírame».

Su culo. Sí, era mejor concentrarse en su culo, porque así, inclinado sobre la cama, tenía el poder de cautivar por completo toda mi atención. Su cremosa tez me llamaba. Sus delgados muslos estaban sellados herméticamente, pero sabía que me permitiría separarlos, pues ya habíamos cruzado una línea irreversible; pero independientemente de aquello, quería más.

Me puse a sus espaldas y presioné mi rígido miembro contra la hendidura de su culo. Me incliné por encima de su cuerpo en posición, posé los labios en su oreja, envolví mi brazo alrededor de su cuerpo y acaricié su sexo en busca de su clítoris.

Cuando hice contacto con mi destino, y sentí que su cuerpo se ponía tenso, hice círculos y apliqué presión para, con suerte, despertar una necesidad sexual en ella que bien podría ser hielo.

Con los labios todavía en su oído, le susurré:

—Di que sí. Necesito escucharlo. Di que sí.

La escuché jadear y decidí bajar mi mano hasta su entrada y cubrir mi dedo con su humedad. No la penetraría… Todavía no.

—Dilo —exigí de nuevo. Tal vez los ancianos podían oírme, o tal vez no. No me importaba.

Mi dedo esperó. Yo esperé. Pero tenía tantas ganas de introducirme en ella que mi miembro palpitaba con impaciencia.

—Sí —susurró por fin—. Sí —repitió en caso de que no la hubiera oído.

No con facilidad, sino por la fuerza, enterré mi dedo en lo más hondo de ella. Lo metí y lo saqué, y me enorgullecí del hecho de que su sexo se humedecía con cada movimiento. Me negaba a follar una vagina seca. Ella se merecía algo mejor. Ambos nos lo merecíamos.

Se quedó callada, pero pude oír el cambio en su respiración cuando introduje un segundo dedo a modo de preparar su cuerpo para el tamaño de mi miembro. Su cuerpo temblaba debajo del mío cuando acerqué mi pene a su abertura mientras esperaba su turno.

Paso tres: consumar la unión.

Sin más control en mí, guie la punta de mi pene hacia su entrada. Me aferré a sus caderas y la embestí hasta lo más profundo. Estaba tan deliciosamente apretada que un gruñido se escapó de mis labios, lo cual era la señal que estaban esperando los ancianos.

Comenzó el golpeteo de los bastones.

Una y otra vez, una cadencia rítmica marcaba el compás. El sonido de los bastones parecía controlar mi velocidad mientras follaba a la mujer debajo de mí.

Adentro y afuera, impacto tras impacto.

Ella sacudió las caderas, conectando con mi pene con cada embestida y obligándome a entrar más en ella. Mis pelotas chocaron contra su firme trasero y me preocupó no poder aguantar mucho tiempo. Nuestros cuerpos danzaron al ritmo del inquietante *staccato*. Vi sus dedos clavarse en el colchón mientras arqueaba la espalda en —lo que pude asumir que era— placer.

Los bastones parecían hipnotizar nuestros cuerpos, y las miradas hambrientas de los ancianos actuaban como catalizadores de nuestra actuación. Follábamos para los demás, pero, al mismo tiempo, follábamos para nosotros mismos.

Sus gemidos se aunaron a los míos, y recompensé nuestra necesidad animal de ser uno penetrándola con más fuerza. Los bastones hacían impacto contra el suelo a mi ritmo, coincidiendo con cada embestida.

Adentro y afuera.

Golpe tras golpe.

Estaba listo para terminar, para llenar su pequeña y apretada cueva con mi semen, pero estaba decidido a hacerla alcanzar el clímax primero. Su vagina empezó a contraerse y supe lo cerca que se encontraba. Alargando la mano, puse el dedo sobre su clítoris y le exigí un orgasmo. Solo hizo falta un rápido roce para que sus gemidos se convirtieran en un maullido y su cuerpo temblase debajo de mí.

Fue todo lo que necesité para explotar dentro de ella al mismo tiempo que mis gruñidos se veían ahogados por el fuerte impacto de los bastones. No podía escuchar nada más que el martilleo causado por los ancianos en un nivel caótico de locura. No había orden ni ritmo como antes; en su lugar existía una cacofonía que rodeaba el final de nuestra consumación.

Permanecí quieto para recuperar el aliento, al igual que Grace. Esperamos. Escuchamos. Nos quedamos paralizados y conectados mientras esperábamos que los bastones se detuvieran.

Y luego se hizo el silencio. Mi pene seguía dentro de la desconocida que estaba debajo de mí, y miré a los ancianos una vez más cuando estos se giraban para salir de la habitación. Mis ojos se encontraron con los de mi padre una vez más, pero esta vez...

Fui yo quien le dedicó la sonrisa malvada.

Con un impacto final de sus bastones, los ancianos de la Orden del Fantasma de Plata salieron de la habitación.

CAPÍTULO 10

Grace

A la mañana siguiente, la señora Hawthorne dejó bruscamente una bandeja llena de comida delante de mí antes de
volver al aparador y llevar la bandeja de Montgomery al
otro extremo de la larga mesa. Y hago énfasis en que era una
mesa bastante larga. Irónicamente larga, si se suponía que él
y yo debíamos intentar mantener alguna conversación
desde el otro extremo.

O tal vez la idea era darnos un poco de distancia después
de nuestro íntimo encuentro de anoche. Tragué con fuerza y
empecé a airearme. ¿No podíamos encender el ventilador o
algo? Me había sentido febril desde que desperté junto a
Montgomery por la mañana.

—Aquí tienes tu desayuno, muchacho.

Miré, sorprendida, mientras el rostro de la señora Hawthorne se suavizaba, lo cual era algo de lo que no la creía
posible, en el momento que dejó la bandeja de Montgomery
frente a él. Encima de su comida había una tapa de plata
que mi plato no tenía. La señora Hawthorne se la quitó con

gesto triunfal, le dio una palmada en el hombro y le lanzó una sonrisa radiante.

—Tu favorito.

—Gracias, señora H —dijo sin apartar la vista del periódico que aparentemente le absorbía.

Había estado así desde que nos habíamos despertado. Bueno, desde que yo me había despertado. Cuando por fin abrí los ojos y me hallé en su suntuosa cama, él ya estaba vestido con un traje y camisa almidonada y sentado junto a la ventana leyendo el periódico. Nos habían quitado nuestros teléfonos hasta que terminaran las pruebas, así que solo teníamos el clásico acceso al mundo exterior, además de su portátil del trabajo.

Por algún ridículo motivo me cubrí con las sábanas, a pesar de todo lo que habíamos hecho la noche anterior. Había estado... dentro de mí. Ya había tenido sexo antes, pero no fue nada, y lo digo en serio, nada en comparación con aquello. Él era tan... tan intenso y autoritario, pero delicado y considerado al mismo tiempo. Podía haberme penetrado rápido un par de veces y correrse para satisfacer a los ancianos, pero me había preparado y excitado con él hasta que yací temblorosa y necesitada debajo de su cuerpo.

—Hola —me atreví a decir en voz baja.

No estaba segura de lo que esperaba, pero fue más que su breve:

—Vístete. Llegaremos tarde para el desayuno si no te das prisa.

Eso fue todo. Dos oraciones por parte del hombre que había conocido mi cuerpo de una forma tan íntima la noche anterior.

Sin embargo, me puse en marcha. Todo era una prueba, ¿verdad? No quería fallar en mi primer día, así que tomé una ducha y me arreglé. Para cuando salí del baño con mi toalla, me habían dejado un vestido de día sobre la cama, además de ropa interior limpia. Cogí las prendas y me volví al cuarto de baño para vestirme.

Cuando salí, Montgomery había doblado el papel y lo había colocado debajo de su codo. Me extendió el otro brazo.

—¿Lista?

Era un gesto muy caballeroso, pero había algo raro en su voz. Estaba extrañamente distante y no entendía el porqué. ¿Había hecho algo mal? No podía imaginar qué sería. Aun así, decidí seguir la corriente, así que le cogí el brazo; luego, me llevó por el largo pasillo, bajamos la gran escalera y entramos a una sala con una mesa que debía tener al menos cinco metros de largo. Me depositó en un extremo y luego se dirigió al otro, donde se sentó.

Tuve que entrecerrar los ojos para distinguir su rostro, pues estábamos sentados muy lejos del otro, y solo lo lograba si me inclinaba para mirar por un lado de los enormes arreglos florales que actuaban como piezas centrales en medio de la mesa. Sin mencionar el hecho de que, tan pronto como se acomodó en la silla, sacó el periódico y se lo puso enfrente a modo de escudo entre nosotros.

Solo podía mirar a mi alrededor. El comedor parecía sacado de una revista; la mesa de caoba oscura había sido encerada y hecho brillar a la perfección, a pesar de que debía ser casi tan vieja como la casa. Cenefas lujosas cubrían la parte superior de las ventanas, pero las cortinas más pesadas estaban atadas por los lados, revelando una blanca cortinilla más ligera que dejaba entrar más luz y ondeaba en la brisa mañanera.

Aprecié el aire fresco y traté de llevarle lo más que pude a mis pulmones al mismo tiempo que clavaba los pies en la suntuosa alfombra. «Calmada y serena». Lo de anoche no fue tan malo. Algunas partes habían sido inesperadamente agradables. Me sonrojé agresivamente al recordar cómo me estremecí en los brazos de Montgomery mientras me corría.

Montgomery se comportaba como si este tipo de opulencia fuese su pan de cada día, y tal vez lo era. Quizás para él este era un típico sábado por la mañana.

Mi desayuno por lo general consistía en una tostada que cogía mientras salía de la casa porque iba tarde a mi turno de las siete de la mañana en la cafetería. No nos molestamos en tener un comedor en nuestro tráiler porque había poco espacio, y de todas formas siempre comíamos en el sofá mientras veíamos la tele. Sí, éramos bastante refinados.

A los diez minutos, la señora Hawthorne entró con nuestra comida. Me quedé mirando los pomelos picados en dos y los huevos que estaban puestos en unas pequeñísimas copas, de la forma y tamaño justos para sostenerlas. Aún tenían las cáscaras, así que, ¿cómo se suponía que se comían?

Observé con fascinación mientras Montgomery levantaba una de las muchas cucharas que se encontraban junto a su servilleta. Le dio un pequeño golpe al huevo, luego peló la parte superior y empezó a comerse el interior. Pero cuando yo intenté repetir su gesto, todo lo que logré fue causarle una grieta similar a una telaraña. Traté otra vez, y el costado del huevo se aplastó. De inmediato bajé la cucharilla y aparté el diminuto huevo.

El pomelo, eso sí sabía cómo comerlo. Con la salvedad de que no me gustaba, pues era demasiado ácido.

Montgomery cogió una segunda cuchara y comió la fruta con elegancia, separándola de la cáscara. Tal vez debería darles una segunda oportunidad a los pomelos; puede que fuesen más dulces de lo que recordaba. Valientemente clavé un pedazo de la fruta con la cuchara, pero parece que lo hice con demasiado vigor, pues el jugo me salpicó todo el vestido. No pude evitar soltar un gritito de sorpresa, que finalmente hizo que Montgomery me mirase.

—Perdona. —Me avergoncé y levanté mi cucharada de pomelo—. Sí que tienen jugo los cabroncillos, ¿eh?

No estaba segura, pues me encontraba muy lejos de él, pero me parecía haber visto una sonrisa en la comisura de sus labios. Pasado un segundo volvió a enfocarse en su periódico, así que yo puse los ojos en blanco y me llevé la cucharada a la boca.

Pero me atraganté con el pomelo. ¡Puaj! ¡Muy ácido! Logré tragar el bocado, pero no pude esconder la forma en que se me torció el rostro frente al sabor ácido. Enseguida levanté la taza que tenía más cerca y me la bebí de un trago en busca de alivio. Para mi mala suerte, pensé que la taza que había cogido era de zumo de naranja; pero cuando el zumo llegó a mi lengua, solo empeoró la sensación de acidez.

Cielos, ¿también habían mezclado el zumo de naranja con pomelo? ¿Quiénes eran estos infelices sádicos?

A duras penas conseguí no escupirlo, pero no pude evitar ahogarme y toser tan pronto como lo pasé por mi garganta. Una parte del zumo también se fue por mal sitio, así que estaba tosiendo con más fuerza.

Y de repente Montgomery apareció a mi lado y me dio palmadas en la espalda con su firme mano.

—¿Estás bien? Respira profundo.

Sabía que mi cara debía verse tan roja como una langosta jadeando por aire. Ah, sí, en estos momentos era la vívida imagen de la elegancia. Vaya vergüenza.

Se me humedecieron los ojos mientras echaba mi silla hacia atrás y me doblaba en un intento de recobrar el aliento, lo cual no hizo más que lograr que tosiera con más fuerza. Montgomery siguió acariciándome la espalda y de la nada hizo aparecer un vaso de agua helada. Lo cogí y bebí el frío líquido, y tosí un par de veces más antes de respirar por fin.

—Gracias —logré carraspear y miré a Montgomery entre mis pestañas húmedas. Dios, debía verme terrible. Si este desayuno era una prueba, acababa de fallarla estrepitosamente.

—De nada. Ten. —Me pasó una servilleta blanca, me sequé la cara, y me llené de vergüenza al ver el rímel que se quedó en la limpia y blanca tela de lino. Me limpié por debajo de los ojos tratando de minimizar el daño.

—Supongo que soy un fracaso con estas cosas de señoritas, ¿eh? —Mi sonrisa fue débil cuando alcé la cabeza para mirar a Montgomery.

Él frunció el ceño ligeramente.

—Lo haces bien.

Retrocedió y parecía que estaba a punto de volver a su extremo de la mesa, pero yo alargué la mano y la cerré alrededor de su muñeca.

—Espera —le susurré—. No te vayas.

Se vio sorprendido por mi petición.

—Me refiero, ¿no podemos hablar un poco? No estoy segura de lo que va a pasar ahora. Digo, lo que pasará a continuación. ¿Siempre va a ser como lo de anoche? Ellos... ¿van a estar mirándonos así?

No pude seguir manteniendo su mirada mientras pensaba en todo lo que ocurrió anoche. Fijé la vista en la mesa, pero no lo solté de la muñeca. Aun así, un segundo después, él retiró la mano.

—No. Será diferente.

Volví a mirarlo, sobresaltada.

—¿Qué quieres decir?

Él suspiró y se pasó una mano por el pelo.

—Pensé que te habrían contado más cosas para prepararte.

—No.

Su mandíbula se tensó y miró por la ventana.

—Empiezo a entenderlo.

Me quedé en silencio, aguardando sus siguientes palabras. Las dijo luego de un breve silencio, pero siguió mirando la ventana y no a mí.

—Será distinto. Seguiremos recibiendo invitaciones para diferentes tipos de eventos. Seguirán pidiéndonos que... actuemos. —Me miró por un breve instante—. Como lo hemos hecho anoche.

Actuar. Actuar mientras teníamos sexo. Parpadeé y volví a bajar la vista a la mesa.

—¿Cuál es mi palabra de seguridad?

No habíamos hablado al respecto anoche porque en verdad no hubo tiempo.

Montgomery pareció sorprenderse por mi pregunta.

—La que desees.

—Collar de perlas.

Él soltó una risa y sentí una calidez en mi pecho.

Un ruido a nuestras espaldas hizo que me volviese. Se oían pasos por las escaleras. Montgomery se movió y supe que también estaba mirando.

Era una de las mujeres de anoche, otra de las posibles bellas, y era evidente que estaba avergonzadísima, pues estaba descalza, con el cabello despeinado, y seguía llevando el vestido de la noche anterior. A su lado había un hombre alto y delgado con pelo corto y canoso. Él miró en nuestra dirección y sonrió. Pero no me la dirigió a mí, sino a Montgomery, al que sentí poniéndose tenso.

—Padre —logró soltar Montgomery.

La mujer nos miró, abrió la boca y se apresuró a bajar los últimos escalones de la escalera. Pero el padre de Montgomery bajó de prisa por los escalones restantes, la cogió del codo y la besó con intensidad, para luego extender la mano y darle nalgadas hasta que ella soltó un gritito y se rio. Cuando el hombre al fin se apartó de la mujer, miró fijamente a Montgomery y le dio un último apretón al seno de la muchacha antes de dejarla marchar. Pensé que se acercaría a nosotros, pero se limitó a hacer una mueca y a seguir a la mujer.

No me caía bien el hombre. El padre de Montgomery. Miré al susodicho y vi que su mandíbula volvía a estar fuertemente tensada, pero no tenía idea de lo que estaba pensando.

—No entiendo —dije en voz baja luego de que la puerta se cerrara de un golpe tras ellos—. Esa mujer... Pensaba que solo nos podían reclamar los que se están iniciando.

—A veces las chicas rechazadas piensan que acostarse con los ancianos es un pasaje a una mejor vida.

—¿Y lo es?

Montgomery me miró amenazante.

—Solo si crees que ser una puta a tiempo parcial a la que de vez en cuando dan brazaletes de diamantes u otras baratijas es una vida que te gustaría tener.

Sus palabras eran vehementes y estaban colmadas de ira. Puede que hasta de odio. No le comprendía. ¿Me detestaba? ¿Me veía como una puta? Prácticamente me estaba acostando con él por dinero.

—¿Por qué me has elegido? —La pregunta se escapó de mis labios antes de que la hubiera pensado bien.

Por la forma en que el rostro de Montgomery se torció de inmediato, supe que fue una pregunta que no debí hacer.

Su expresión se volvió mucho más seria cuando se volvió hacia mí.

—No te hagas ideas románticas. Los dos queremos algo y estas pruebas nos ayudarán a alcanzar esos objetivos. Estamos aquí para usarnos y triunfar. Nada más.

Sus palabras fueron como una bofetada.

—¿Quién dijo que me hago ideas románticas? —Me invadió una indignación fuera de proporciones y no sabía el porqué.

Pero nunca había sido buena mordiéndome la lengua.

—¿Crees que porque eres rico y algo guapo todas las mujeres en un radio de cien kilómetros quieren rendirse a tus pies y cubrirte de halagos como la señora Hawthorne? Ja. —Me enderecé en mi silla—. Solo pensé que podríamos ser educados con el otro ya que estamos en esto juntos.

—No estamos en esto juntos, sino por separado. Yo obtengo lo que quiero, tú obtienes lo que quieres, y ese es el fin del cuento.

—Bien. —Levanté la barbilla—. Entonces dígame las reglas para no provocar su ira, oh maestro mío.

Él entrecerró los ojos.

—No puedes ir a ningún lado de la mansión sin que yo te lleve. Vas a medir tus palabras. Entenderás que, durante los siguientes tres meses, estás en un mundo en el que las mujeres se quedan calladas y los hombres mandan. No me importa si no te gusta, nadie te está obligando a estar aquí. Entonces, o usas tu palabra de seguridad y lo pierdes todo, o harás lo que se te ordena.

—¿Porque quieres usarme como juguete sexual tal como tu padre usó a esa mujer?

Bueno, eso le hizo enojar.

—Nunca. No me parezco en nada a mi padre. —Las

palabras salieron en un siseo, y se había acercado tanto a mí que su rostro estaba a centímetros del mío.

—¿Por qué haces todo esto si tanto te disgusta? —le pregunté. Genuinamente no lo comprendía—. ¿Por qué estás aquí?

—Estoy aquí porque así son las cosas. Estoy aquí para que me den lo que se me debe. Entonces, ya no veo otra razón por la que debamos seguir discutiendo al respecto. Estamos aquí para cumplir con un trabajo y lo haremos. Eso es todo.

Fue mi turno de fulminarlo con la mirada. ¿Eso era todo? ¿Solo porque así lo decidía? Vaya pretencioso y despótico.

El timbre sonó y entonces la señora Hawthorne volvió a entrar al comedor con otra bandeja. Entró con una sonrisa, pero entonces nos vio a Montgomery y a mí frente a frente. Su sonrisa se transformó rápidamente en una mirada asesina que solo me dirigió a mí.

—¿Estás alterando la paz en tu primera mañana, niña? —escupió.

Levanté las manos.

—¡Yo no he hecho nada!

—Todo está bien, señora H. ¿Nuestro segundo plato está listo?

Su rostro volvió a suavizarse.

—Sí. Tu padre también me ha encargado que entregue las invitaciones para el evento de esta noche.

Montgomery le quitó la bandeja de las manos a la señora Hawthorne.

—Gracias, ya me encargo yo a partir de aquí.

La señora Hawthorne se quejó.

—Ese no es tu trabajo, muchacho. Estoy aquí para cuidarte.

Montgomery le sonrió, mostrando nuevamente la ternura que a veces dejaba entrever, lo cual hacía que su frialdad conmigo fuese más frustrante y confusa.

—Me has cuidado por años. ¿Por qué no te tomas la mañana libre?

—¡Nunca me he tomado la mañana libre en todos los años que llevo trabajando aquí!

La señora Hawthorne parecía ofendida ante la simple sugerencia, y su acento se oía más marcado que nunca cuando estaba iracunda.

Pero Montgomery estaba ocupado mirando la gruesa invitación color crema que había cogido de la bandeja después de dejarla sobre la larga mesa. También me pasó una segunda invitación.

—Te llevaré a la habitación. Tengo cosas que hacer hoy, así que puedes terminar tu desayuno allá y prepararte para las actividades de la noche.

Recibí la invitación con la más leve vacilación y la leí precipitadamente para ver lo que me depararía por la noche.

Al pie había instrucciones: *Servirás a tu maestro desde sus pies toda la noche como una mascota obediente.*

CAPÍTULO 11

Montgomery

Me pregunté qué sería peor, si las iniciaciones o esperar que llegaran. Matar tiempo en el incómodo silencio de nuestro calabozo era todo menos sencillo. El *tic-tac* que el reloj sobre la mesita de noche hacía cada vez que un segundo transcurría me tenía luchando contra la necesidad de arrojarlo a la pared. Grace parecía estar procesándolo todo bien, pues pasaba la mayor parte del día hecha un ovillo en una silla leyendo.

Yo me ocupaba con mi portátil, tratando de mantenerme al corriente con el trabajo. Me alegraba haber decidido reportarme, pues mi padre ya había dado un paso al frente y tratado de encargarse de los tratos y proyectos que yo supervisaba. Necesitaba marcar mi territorio y asegurarme de que el personal supiera que, aunque iba a estar fuera de la oficina por 109 días, seguía presente. Y ya que era cuestión de tiempo hasta que el negocio fuese completamente mío, harían bien en no extralimitarse ni permitir que mi padre los controlase. Este sería un buen momento para ver en quién podría confiar cuando todo el proceso llegase a su fin.

Nos habían traído una bandeja de carnes y queso para el almuerzo, y ya que teníamos un cuarto de baño conectado a nuestra habitación, no teníamos ningún motivo real para salir de ella. Creo que ambos estábamos agradecidos de tener tiempo de quietud para estar a solas con nuestros pensamientos y prepararnos mentalmente para lo que sea que nos trajese la noche.

Casi pegamos un salto cuando oímos un golpe a la puerta, y la señora H entró a la habitación con dos cajas en los brazos.

—Tengo tu traje para la noche —dijo mirándome con una sonrisa y pasando por delante de Grace como si ella no existiera.

—Gracias, señora H —dije en nombre de Grace y en el mío, pues imaginé que ella se quedaría en silencio.

La señora H ojeó a Grace rápidamente y volvió a centrar su atención en mí.

—Buena suerte hoy. —Se apresuró a salir de la habitación sin decir otra palabra.

—No sé por qué esa mujer me odia —dijo Grace mientras cerraba su libro y lo dejaba encima de la mesa que tenía al lado.

—Así es ella, le lleva algo de tiempo encariñarse con las personas. Recuerda que llevo toda mi vida conociéndola.

Grace se levantó y fue hacia las cajas que la señora H había depositado en la cama.

—Me pregunto qué vestido y joyas caras habrán planificado para mí esta noche.

Resistí las ganas de reír y también tuve que obligarme a no sonreír. Tenía la sensación de que Grace estaba a punto de volverse loca, y no pude evitar pensar que la sorpresa que se avecinaba sería desternillante... de una forma muy oscura y retorcida.

No debí haber hecho el buen trabajo que pensaba que hacía ocultando mi diversión.

—¿Qué? —preguntó ella—. ¿Qué es tan gracioso?

Me limité a negar con la cabeza y esperé que abriese la caja. No sabía qué es lo que habría adentro, pero tenía una idea bastante clara.

Cuando abrió la caja, sus ojos abiertos de par en par y su «¿qué coño?» hizo que me partiera de la risa. Sacó un collar negro y una correa dorada. Estaba boquiabierta y sostenía su atuendo con los dedos como si estuviera tocando fuego.

Me miró con horror y estupefacción.

—¿Es una broma o algo así?

Seguí riéndome y negué con la cabeza.

—¿Por qué te ríes? —me gritó—. ¡No pueden esperar que me ponga eso! ¿Dónde está la ropa de verdad? —Volvió a mirar dentro de la caja, como si esperara que algo se le hubiera pasado por alto—. ¿Quieren que vaya desnuda? ¡Estás de coña?

Me dolía la panza por la risa. Era un canalla muy cruel, pero su reacción era divertidísima y yo tenía un sentido del humor bastante enfermo.

Ella tiró el collar y la correa en la cama y abrió mi caja con fuerza.

—¿Y qué tienes que ponerte tú? —Puso los ojos en blanco cuando sacó un esmoquin blanco, una pajarita y zapatos negros lustrados—. No puedo creérmelo, joder. Tú sí podrás vestirte y yo tengo que ser un... ¿un perro? ¿Un perro desnudo?

—No esperabas que todo fuera sencillo, ¿o sí? —le

pregunté, y por fin pude parar de reír—. No es como si no hubieras estado desnuda frente a la Orden antes.

—¡Pero no en una cena! ¿Se supone que me coma mi pollo asado, agarre mis mil tenedores y trate de ser una señorita refinada con el culo al aire?

—Si eso es lo que tienen planificado para hoy, entonces sí.

Ella volvió a coger el collar y la correa.

—¿Y si me niego?

—Conoces la respuesta a esa pregunta —dije con expresión seria.

—No puedo creer que lo esté considerando siquiera —bufó.

—Podría ser peor —sugerí.

—¿Cómo?

—La correa podría haber salido por tu culo en vez de estar alrededor de tu cuello.

Abrió sus verdes ojos de par en par.

—Todos ustedes son unos enfermos de mierda, ¿lo saben?

Empecé a reír de nuevo.

—Nos declaramos culpables. Todavía no has visto nada, querida.

Sin decir más, Grace cogió su correa y collar y se dirigió al cuarto de baño. Sabía que superaría la noche; de hecho, estaba bastante convencido de que lograría terminar toda la iniciación. Podía darme cuenta de que era una mujer decidida que se rehusaría a rendirse o a permitir que los «enfermos de mierda» se apuntaran un tanto sobre ella, y la admiraba por ello.

Me puse mi esmoquin rápidamente mientras esperaba que Grace saliese del cuarto de baño. Para ser una mujer que tenía muy poca ropa que ponerse, se estaba tardando demasiado. Me acerqué a la puerta y la toqué.

—¿Grace? ¿Todo está bien?

—Sí —me contestó una voz apagada.

—Tenemos que irnos o llegaremos tarde. ¿Necesitas ayuda?

—Sí. —Escuché un sonido cuando quitó el seguro de la puerta, y la abrió un poco. Estaba de pie con una toalla cubriéndose el cuerpo, tenía el pelo suelto como doradas olas que caían en cascada por su espalda, y sus labios estaban pintados de rojo—. No puedo abrocharme el collar.

Cogí el collar y la correa y los abroché mientras miraba su reflejo en el espejo. Era deslumbrante. Nadie podía negarlo, y aunque nunca antes había deseado que una mujer estuviese a mis pies llevando un collar, de repente pude ver lo atractivo que sería si Grace lo hacía.

Y esos labios. Se me endureció el miembro al pensar en esos labios cerrándose a mi alrededor mientras me chupaba y lamía.

Mis pensamientos pecaminosos se esfumaron cuando me di cuenta de lo fuerte que se aferraba a la toalla que la rodeaba. No podríamos salir de la habitación si la tenía puesta, pero también entendía que dejar la toalla y actuar como si todo fuera normal mientras llevaba un collar y una correa atada también era imposible. Me quité la chaqueta del esmoquin y se la pasé por los hombros. Luego, alcancé la toalla y se la quité con el fin de que no tuviera que obligarse a reunir el valor para hacerlo por sí sola.

La miré directamente a los ojos a través del reflejo del espejo y le dije:

—Tenemos que irnos.

Ella asintió y apretó la chaqueta. Era lo bastante grande y larga como para cubrir la mayor parte de su cuerpo, y aunque no podría dejársela puesta para la cena, al menos la podríamos llevar por el pasillo y las escaleras, ofreciéndole así algo de dignidad.

Cuando nos acercamos a la puerta de la habitación donde se celebraba la cena, me detuve, le quité la chaqueta y me la puse de nuevo. Puse la mano sobre el hombro de Grace y la impulsé hacia abajo con firmeza.

—Tienes que ponerte a gatas —dije en voz baja para que solo ella y yo pudiéramos escuchar la orden.

Ella no se resistió, sino que se inclinó sobre manos y rodillas y aguardó a que yo tomara el control. Su trasero estaba firme y su cuerpo posicionado para atacar como un puma, y sentí la abrumadora necesidad de agacharme y acariciar su suave piel. También tuve la necesidad de darle una nalgada al mismo tiempo que una perversa lujuria recorría mis venas.

Era deliciosa. Y aunque no tenía hambre para cenar, a ella sí que quería comérmela entera.

Tendría que evitar mirarla durante la cena si quería poder controlarme. Tener a una mujer llevando un collar a mis pies nunca había sido uno de mis fetiches, pero al ver a Grace... una nueva llama emergió de la penumbra de mis oscuros deseos rogando que la encendiera.

Con la correa sujeta firmemente, abrí la puerta y entré a la sala. Los ancianos y miembros estaban de pie alrededor de la sala con bebidas en la mano, charlando como si se tratara de una cena de negocios normal. Nadie llevaba las capas, sino que estaban vestidos con esmóquines costosos, y relojes y gemelos aún más caros. El poder y la riqueza dominaban el espacio visual. Todo parecería normal excepto por un detalle importante: por toda la sala, las mujeres estaban arrodilladas a sus pies con nada más que un collar y una correa, tal como Grace.

Eran nuestras mascotas.

Al menos Grace no estaría sola en su desnudez ni todos la mirarían. Esperaba que sintiera lo mismo, y de alguna extraña manera oré porque esta escena que se desarrollaba frente a nosotros le ofreciese algún tipo de consuelo.

—Nuestro invitado de honor ha llegado —anunció St. Claire levantando su vaso de whisky escocés en mi dirección —. Caballeros, ¿empezamos? —Señaló la larga mesa con los platos ya colocados. Los enormes candelabros eran los únicos centros de mesa que le daban un elemento gótico a lo que de otro modo sería una presentación para una sala llena de multimillonarios.

Había tarjetas de comensales grabadas en oro en cada asiento, pero ya sabía que me sentaría al final de la mesa, frente a mi padre, que estaría del otro extremo. Algún día yo estaría a la cabeza, y tuve que recordármelo a mí mismo mientras tiraba de la correa para guiar a Grace, que gateaba hacia mi asiento. Marchaba lento debido a ella, pues sabía que el piso de mármol en sus palmas y rodillas debía sentirse frío y la podría lastimar, y mantuve la vista hacia adelante.

Sin embargo, no todos los hombres eran tan considerados como yo. Algunos de los ancianos tiraban de sus mascotas con fuerza, casi arrastrándolas detrás de sus rápidos pasos. Otras mujeres parecían saber exactamente qué hacer y se movían con un aura elegante. Aparentemente, esta no era su primera cena en la Oleander.

Mi padre, siendo el imbécil que era, agarró el pelo de su mascota en lugar de la correa y la llevó a la mesa mientras ella hacía una mueca y siseaba de dolor. Esperaba que Grace estuviese viendo cómo maltrataban a las mascotas para que pudiese presenciar la comparación.

Sí, no cabía duda de que Grace me consideraba un

monstruo; pero quería que viera la bestia que podía llegar a ser.

Cuando tomé asiento y Grace se arrodilló a mis pies, siguiendo el ejemplo de las otras mascotas, me agaché y le acaricié la cabeza. Mi acción no tenía la intención degradarla, sino elogiarla en silencio por lo bien que lo había hecho hasta aquel momento. Estábamos del mismo lado y necesitaba recordárselo para que esta iniciación llegara hasta su final.

Se entregó el primer plato y mi padre lo usó como una señal para comenzar la verdadera cena.

—Nuestra comida ha llegado —dijo con la misma sonrisa que reconocí de la consumación. Es interesante que haya conocido a este hombre durante toda mi vida y nunca lo había recordado de esta forma—. Vamos a satisfacer nuestra hambre, señores.

Llevó la mano debajo de la mesa, al igual que todos los hombres. Se desabrocharon sus pantalones; algunos miembros se levantaban lo suficiente de sus asientos para poder bajarse los pantalones, mientras que otros simplemente se sacaban los penes de los confines de sus cremalleras. Mi padre me miró y asintió con la cabeza, dejando en claro que yo haría lo mismo.

¿Nos íbamos a sentar alrededor de esta mesa con los penes afuera mientras cenábamos?

Pero encontré respuesta a mi pregunta cuando vi y oí el movimiento de rodillas mientras las mascotas se posicionaban en el miembro de su amo y comenzaban a chuparlo. Las que evidentemente no tenían tanta experiencia, como Grace, vacilaron al principio, pero al final hicieron lo mismo.

Incluso Grace...

Pude ver su mirada fija en las otras mujeres mientras las

observaba participando en este acto perverso. Contemplé cuando respiró hondo y se humedeció los labios. No esperó mucho, sino que imitó a las demás y gateó hasta mis piernas. Mirándome con sus grandes ojos verdes, bajó sus rojizos labios y besó la punta de mi duro pene, a modo de declaración para lo que estaba a punto de ocurrir.

Los hombres gruñían, otros se comían su sopa de almejas mientras les chupaban el pene, y algunos charlaban de forma casual con sus vecinos como si no hubiera una mujer haciéndoles sexo oral debajo de la mesa. No pude hacer nada más que sujetarle el cabello a Grace con ambas manos y ayudarla a guiar su cabeza para que llegara hasta la base de mi miembro. Hice que me engullera completo desde el principio.

Sin provocaciones. Sin delicadeza. Todo mi miembro.

Ella sujetó mi pene con sus delgados dedos y me acarició mientras subía con sus labios y me lamía por todo el camino. Comenzó a moverse de arriba abajo. Hacía círculos con la lengua, apretó el puño, su boca me acariciaba y yo gruñí sin vergüenza ignorando a los invitados que estaban a mi alrededor.

Éramos solo Grace y yo. Su boca y mi pene.

Se sentía tan bien, aunque estuviese muy mal.

—Nuestras mascotas necesitan su leche, señores. Lo justo es que ellas también tengan su festín —escuché decir a mi padre, pero rápidamente volqué toda mi atención en Grace y en cómo dominaba mi cuerpo con la forma en que adoraba mi pene.

Cuando abrió la boca un poco más y casi engulle mi miembro, sentí que mi control flaqueaba. Me negaba a darle su leche a esta gatita bajo sus términos.

Sería bajo los míos. Siempre los míos.

Le agarré el pelo con más fuerza y me encargué de

controlar la cadencia mientras le follaba la cara. Arriba y abajo, rápido y duro, y yo gobernándolo todo. Sí, me habían enseñado a ser un caballero, pero cuando se trataba de sexo, yo era el que dominaba siempre. Me correría en su boca, pero aún no. Necesitaba saborear la hermosa vista que tenía ante mí por un poco más de tiempo.

Los sonidos aumentaron en intensidad; gruñidos guturales de éxtasis me rodearon y pude ver a las mujeres poniéndose en cuclillas y limpiándose los restos del semen de sus amos de sus labios.

Pero yo todavía no estaba listo. Aún no.

Sabía que estaba llevando a Grace al límite con mi pene. Lo metí más profundo con cada embestida, y aunque sus ojos se humedecieron y su rímel comenzó a correrse por sus perfectas mejillas ahuecadas, no se resistió en lo más mínimo.

Sus ojos se encontraron con los míos como si me desafiara a hacer algo más: a embestirla más fuerte, a reclamar su boca como había reclamado su sexo hace menos de veinticuatro horas.

El segundo plato llegó a pesar de que todavía no había tocado el primero, pero no importaba. Mi hambre se estaba satisfaciendo de una manera mucho mejor.

Mi Grace. Mía.

No pude soportarlo más, y así, cuando ella bajó hasta la base una vez más, derramé mi semen en el fondo de su garganta. Me sonaron los oídos, se me curvaron los dedos de los pies y no pude recordar la última vez que tuve un orgasmo con tanta intensidad. Grace hizo una pausa mientras tragaba, aún con mi miembro en la boca; luego, se apartó con delicadeza y me miró seductoramente mientras se limpiaba la boca y sonreía.

Sonrió.

Fue en aquel momento que supe que tenía a la bella perfecta. Se encontraría bien en todo este proceso. No podrían quebrarla.

Oh, sí que lo intentarían. Pero nunca podrían quebrar a esta bella.

CAPÍTULO 12

Grace

Después de la escena en el banquete, creo que los dos necesitábamos tomar distancia y recobrar el aliento. Todo se puso muy intenso demasiado rápido. Y entonces me encontré desnuda a sus pies, chupándolo hasta el fondo. Pero, por primera vez en mi vida, el acto no se había sentido como una obligación.

Había sido la situación más extraña y descontrolada de todas, aunque los demás estuviesen sentados tan tranquilamente. A nuestro alrededor, todos comían de sus platos de porcelana como si nada estuviese fuera de lugar, y los cubiertos y copas de champán tintineaban.

Mientras tanto, las mujeres que estábamos entre sus piernas...

Pude sentir cada reacción de Montgomery por la forma en que flexionaba las piernas. Mis cuidados lo estaban matando, pero seguía resistiéndose al orgasmo. No sé por qué me excitó tanto como lo hizo, pues hacer una mamada por lo general era agotador; pero la manera en que me acarició la cabeza con una mezcla entre delicadeza y dominancia... hacía que conectara con algo en mi interior. Entonces dejé de pensar. Dejé de juzgarme por lo que pensara que debía o no ser mi reacción ante la situación. Y me dejé llevar. Me dejé llevar mientras él me miraba con aquellos ojos severos, pero apasionados.

Sin embargo, cuando nos preparamos para ir a la cama, todo lo que se había abierto y dejado al desnudo durante la cena repentinamente se volvió a esfumar. Montgomery se resguardó dentro de sí mismo y no salió durante toda la semana. A pesar de que compartíamos la habitación, bien podríamos haber estado en continentes distintos.

Únicamente había una cama doble, pero Montgomery cogió toallas adicionales para hacerse un saco de dormir en el piso junto al ventanal. Había dormido ahí toda la semana. Y a pesar de que había mostrado una dominancia impenitente sobre mí frente a los otros hombres en cada evento, cuando estábamos en privado era respetuoso y callado. Solía sostener la puerta en silencio si veía que me dirigía al cuarto de baño.

Limpiaba su saco de dormir todas las mañanas y me ayudaba a hacer la cama, a pesar de que nunca durmiese en ella. Por el día trabajaba diligentemente con su portátil en la mesita de la esquina mientras yo pasaba mis horas leyendo. Parecía ser un hombre ocupado e importante, y quise hacerle un millón de preguntas sobre su vida y lo que hacía para ganarse la vida, pero había una división entre nosotros. No sabía quién la había establecido, aunque, en realidad, suponía que no era cierto. Había sido él.

Había puesto límites, pero no podía decir que no me sintiese agradecida por ellos. Con cada complejo plato que llegaba entre cada comida, me daba más y más cuenta de que estaba fuera de mi elemento. Montgomery era de una raza distinta, y ese era el tema: le habían criado para que fuese de ese modo. Este era un pequeño grupo de personas cuyo linaje había sido cultivado y, en sus erróneas mentes, perfeccionado, a lo largo de generaciones con tradiciones y rituales que eran casi tan sagrados como la iglesia. O tal vez más, pues su poder y dinero los hacía señores de este reino de la Tierra. Así que sí, era mejor que no me mezclara demasiado con los de la clase de Montgomery. El aura de distante cortesía que habíamos creado en los últimos siete días me venía bastante, bastante, bastante bien.

A excepción de un pequeñísimo detalle.

De vez en cuando, podía ver que Montgomery no tenía la cabeza enterrada en su trabajo. De vez en cuando, lo pillaba mirándome.

Vale, puede que a veces, solo a veces. Cuando lo atrapaba mirándome, era él quien me atrapaba a mí, pues yo ya estaba mirándole. ¡Ah! Todo sería perfecto si no fuese por la endemoniada electricidad que había entre nosotros. Puede que no estuviese conmigo en la cama, pero en ocasiones no podía dormir al saber que su sensual y masculino cuerpo estaba a metros de mí.

Sin importar cuán fuerte cantasen los grillos afuera, siempre podía oír su respiración y la forma en la que esta se estabilizaba cuando al fin se quedaba dormido. No roncaba como algunos de mis novios del pasado, sino que era más como una exhalación regular; sonora, pero, aun así, relajante, como si cada diez segundos estuviese soltando la tensión que había sentido en todo el día con sus pesadas expiraciones.

Algunas veces me preguntaba si respiraría con más facilidad si yo estuviese a su lado. Me preguntaba si alguna vez había tenido a alguien que estuviese completamente a su lado; al cien por ciento, sin conflictos de interés. En el mundo en el que vivía parecía ser bastante enrevesado y despiadado, así que, ¿había alguien en quien pudiese confiar de verdad?

Y entonces me recordaba a mí misma que eso no me incumbía. Tendría que separarme de este atractivo hombre que cargaba el mundo en sus hombros y una llama perversa y dominante en sus ojos cuando tenía algún anhelo, y no podría mirar hacia atrás. Había mil razones por las cuales no podría hacerlo. Estaba en el proceso de reafirmar esa decisión cuando otra invitación llegó con nuestro almuerzo: ensalada de pollo con jengibre y manzana sobre cama de vegetales, y una invitación acompañada por otra caja.

Sentí un vuelco en el estómago cuando vi lo pequeña que era. No era mucho más grande que la de la semana pasada, y ciertamente no lo bastante para contener ropa.

—Gracias, señora H —le dijo Montgomery a la señora Hawthorne. Ella le dedicó una sonrisa radiante, luego se dirigió a la puerta y la cerró a sus espaldas.

Alcé la vista para mirar a Montgomery por un segundo y me sobresalté cuando nuestros ojos se encontraron. En especial cuando la mueca que no había visto en toda la semana regresó, haciendo que la comisura de sus labios se curvara.

—¿Estás lista para escandalizarte? —dijo en tono de burla.

Debería haberme molestado, pero ver este lado tan diferente de Montgomery de improviso hizo que me sintiese ridícula. Le quité la caja y la abrí.

—No entiendo —dije, mirando los tres collares de diferentes colores que estaban dentro de la caja blanca. Estaban hechos de cuero: uno era negro, el otro era rojo, y el último era blanco. No había esperado que hubiera prendas dentro, aunque tal vez había tenido esperanzas de que incluyesen ropa interior, pero no sabía qué pensar de todo esto. ¿Se suponía que debía llevar los tres collares en distintas partes del cuerpo o qué?

Miré a Montgomery e incliné la caja para que él la viese. Esperé algún comentario irónico, pero en cambio lo vi tragar con fuerza, y su nuez de adán se movió de arriba abajo.

—¿Qué? ¿Qué significa?

Mi pregunta pareció sobresaltarle, y sus ojos se encontraron con los míos. Se aclaró la garganta, sacó el collar negro y me hizo un gesto con el fin de que me diese la vuelta para él poder ponérmelo. Yo lo hice y traté de no estremecerme ante el roce de sus fríos dedos contra mi cálido cuello.

—Bueno, la invitación de hoy es una suerte de todos contra todos.

Traté de darme la vuelta para poder mirarlo a la cara, pero hizo presión contra mi cuello y me ordenó «quédate quieta» con una voz tan baja que de inmediato me paralicé. Continuó hablando mientras ajustaba el accesorio de cuero y se aseguraba de que no estuviese demasiado apretado para mí antes de abrocharlo.

—Muchos hombres tendrán acompañantes femeninas hoy, y a cada uno se le dará la elección de cuál collar darle a su mujer. El negro significa que le pertenece únicamente a su caballero y que no puede compartirse con los demás; el blanco significa que les pertenece a todos los que están en la fiesta y que cualquiera que la desee puede usarla.

No pude evitar soltar un grito ahogado ante la revelación de aquello. Mi voz adoptó un tono tenso cuando le pregunté:

—¿Y el rojo?

Seguía mirando hacia adelante y Montgomery aún tenía

los dedos en mi nuca, aunque ya había terminado de abrocharme el collar... un collar negro.

—El rojo significa que la mujer puede compartirse, pero solo por elección y con el consentimiento de su amo.

Su consentimiento.

No pasé por alto el hecho de que Montgomery no había mencionado la opinión de las mujeres en ningún momento, pero tal parecía que sí se había percatado de mi silencio ante sus palabras. Me cogió de los hombros y me dio la vuelta para que pudiese verlo a la cara.

—No obligamos a ninguna mujer a estar aquí —me dijo —. Ellas deciden estar aquí, al igual que los hombres. Al igual que tú. Todos somos adultos, y estos son los juegos que les gusta jugar a los adultos que pueden permitírselo.

Mis pensamientos se enturbiaron por un segundo. El hecho de que lo hubiese traído a colación me daba la sensación de que no era la única que tenía sentimientos contradictorios sobre todo esto, pero me limité a sonreír; hice que mi rostro se viese tan afable como me fuese posible y enarqué una ceja.

—Yo no he dicho nada.

—Ah. De acuerdo. —Me soltó y retrocedió—. En fin, vamos a terminar con lo de esta noche. Es bueno que ya hayas tomado una ducha. Yo iré a prepararme. —Se pasó las manos por el pelo como si no supiera qué más hacer con sus extremidades y luego desapareció en el cuarto de baño.

Montgomery tomó una larga ducha y se tardó aún más en alistarse, así que para cuando apareció vestido con su impecable esmoquin, tuve la impresión de que estábamos retrasados.

La señora H había entrado a peinarme y maquillarme. No confiaba en mí desde que había llegado aquel primer día con una «pinta desastrosa», según sus palabras. De todas formas, terminó antes de que Montgomery saliese del baño, y oí cómo chasqueó la lengua con preocupación mientras miraba el reloj en su muñeca.

A Montgomery no pareció preocuparle nada cuando entró a la habitación y extendió un brazo para que yo lo cogiera.

—No puedes llevar la chaqueta hoy. —Fue todo lo que dijo sin mirarme—. Esperan que llegues sin nada más que el collar puesto.

Yo me aferré más a la bata de seda que me había puesto cuando estaba en el cuarto de baño; luego la solté conscientemente y, tras soltar una bocanada de aire, me la quité y dejé que cayera en el piso. Montgomery solo me echó una veloz ojeada —y a mis talones desnudos, ni más ni menos —, antes de ruborizarse, mirar la puerta decididamente y volver a extenderme el brazo.

—Vamos. Quédate conmigo. Nos estamos haciendo esperar, pero no quería llegar cuando estuvieran empezando a charlar sobre trivialidades y esas cosas. Mientras más rápido lleguemos y nos vayamos, mejor.

¿Era mi imaginación o estaba nervioso hoy? Tragué con fuerza y llevé una mano distraídamente al grueso collar negro que estaba en mi cuello.

—¿Todo estará bien? —pregunté en voz queda.

—¿Qué? —Por primera vez en horas me miró al rostro, y su expresión se suavizó un poco—. Todo estará bien. Solo no te separes de mí ni por un segundo.

Asentí como un cabezón. No tenía que repetírmelo dos veces. Corrí a su lado y le cogí del brazo. La elegante y suave tela del abrigo de su esmoquin de alta calidad era fresca y se sentía suave contra mis dedos. Un escalofrío me recorrió la columna vertebral ante el contacto, y no solo por el aire acondicionado en el día caluroso ni por la desalentadora tarea desconocida que tenía por delante.

Fue porque lo estaba tocando. Y si lo que había sucedido antes era un indicio, esta noche nos tocaríamos mucho más. Después de una semana hambrienta de contacto, estaba a punto de que me arrojasen de nuevo al abismo. Pero llevaba el collar negro. Él lo había elegido para que fuese el único que pudiera tocarme. Era absurdo que aquello hiciese que me sintiera enternecida.

Antes de que tuviera más tiempo para quedarme pensando en todo lo que podría deparar la noche, Montgomery nos condujo a grandes zancadas hacia la puerta y luego hacia el pasillo.

Allí estaba yo, desnuda como el día en que nací, con excepción del collar, y caminando por el liso y encerado suelo de una de las mansiones más antiguas y respetadas de todo el estado. Me habría sentido fuera de lugar, pero cuando llegamos a la gran escalera, ya había una escena de cuerpos desnudos moviéndose que nos esperaba en la sala de abajo.

Mis ojos se abrieron de par en par, algo que lamenté de inmediato considerando algunos de los especímenes viejos, arrugados y gordos que estaban en exhibición. Había un anciano panzón en un rincón, sentado en un sillón con respaldo, y una joven lo montaba como si estuviera entrenando para ganar un campeonato de carreras de barriles. Otra mujer se contorsionaba en una hazaña gimnástica sobre dos hombres, uno debajo y otro encima de ella; ambos gruñían y follaban cada uno de sus agujeros.

—Cierra la boca, querida —murmuró Montgomery en mi oído, y pude oír la sonrisa en su voz—. O te van a entrar moscas.

Inmediatamente cerré la boca.

—Qué bueno que al fin hayas decidido agraciarnos con tu presencia —llamó una voz ruidosa desde nuestra izquierda.

Miré en esa dirección justo a tiempo para ver a un hombre; el mismo hombre que había visto la primera mañana que estuve aquí junto a la bella rechazada. El padre de Montgomery. Estaba sin camisa y su... Oh, Dios mío, su pene medio flácido estaba expuesto. Aquello resultó conveniente, ya que acababa de dejar de tener relaciones sexuales con una mujer que aún estaba inclinada sobre una otomana, con el culo hacia arriba, y se estaba acercando al pie de las escaleras para venir a donde estábamos.

A Montgomery se le tensó la mandíbula.

—Padre.

El humor temporalmente alegre de Montgomery se había esfumado. De repente, su rostro estaba desprovisto de emoción y mantuvo la vista fija en la pared, cerca del techo. No podía creer que su padre estuviera caminando de esa forma frente a él. Quedaba claro que era algo que Montgomery no quería ver.

Pero resultó que todavía no había visto nada.

—Me han dicho varios pajaritos que has estado trabajando más duro que nunca cerrando tratos y gestionando la empresa de forma remota. —Su padre negó con la cabeza y cogió una copa de champán de una camarera que pasaba con resplandecientes cobertores de pezones color arcoíris. La única otra cosa que llevaba era una tanga, y el padre de Montgomery se aseguró de pellizcarle el culo antes de que se fuera.

Cómo odiaba que los clientes me hicieran eso, joder. Apostaba a que esa chica solo estaba tratando de ganar dinero para sobrevivir, pero estos hijos de puta la habían estado toqueteando toda la noche y, teniendo en cuenta cómo era esta fiesta, probablemente algo más.

Montgomery permaneció en silencio, con los dientes apretados y los ojos clavados en la pared.

Su padre le sonrió, claramente complacido de haberlo irritado.

—Me parece que no entiendes el espíritu de la iniciación. O tal vez simplemente has elegido mal, si ella ni siquiera puede distraerte de tu trabajo por un tiempo.

Su padre se acercó a mí y alargó una mano hacia mi pecho. Sin embargo, un segundo antes de que hiciera contacto con mi pecho, Montgomery extendió la mano velozmente y agarró a su padre por la muñeca.

—Mira su cuello, padre. Conoces las reglas.

Pero su padre se rio entre dientes.

—Ah, ah, ah. Sabes que todo es una prueba. Los ancianos no ven con buenos ojos a alguien que no esté dispuesto a compartir sus juguetes. Y si crees que voy a ceder las llaves de mi reino a alguien que ni siquiera puede jugar... bueno...

Su padre dio un paso atrás y apartó la mano.

—Quizás no eres el hijo que estuve criando.

Finalmente, la mirada de Montgomery cambió. Miró a su padre directamente a los ojos.

—Ah, estoy aquí para jugar. Pero, aunque algunos padres e hijos disfrutan de un tipo particular de cercanía... —Los ojos de Montgomery se movieron de nuevo y yo los seguí.

No muy lejos de nosotros, una mujer estaba inclinada sobre una especie de banco. Un hombre joven la estaba follando desde atrás mientras ella se la chupaba a un hombre mayor. Mi primer instinto fue darme la vuelta, pero este era el mundo en el que me encontraba ahora y me obligué a mirar más de cerca.

Los dos hombres, uno viejo y otro joven, compartían algunos rasgos distinguibles. Tenían la misma nariz, el mismo color de pelo y la misma contextura. Tenían que ser padre e hijo. Follaban a la misma mujer a la vez. Me volví para mirar al padre de Montgomery. ¿Era eso lo que quería? ¿Había tenido la esperanza de que su hijo hubiera escogido el collar rojo o blanco para que yo fuera la mujer en esa posición a la que follaban tanto hijo como padre a la vez?

Un escalofrío me recorrió. Sabía desde el principio que mi cuerpo sería utilizado de formas que nunca hubiera imaginado, pero ¿eso? Eso era llegar demasiado lejos. Aunque solo fuera porque había conocido a este hombre en dos ocasiones, y en ambas ocasiones me había dado ganas de arrancarme la piel. No podía imaginarme cómo Montgomery podría ser su hijo.

—...A mí nunca me ha gustado —concluyó Montgomery con calma, casi en tono de conversación.

Y luego bajó la mano de forma casual y comenzó a introducirme los dedos mientras seguía hablando con su padre. Me sobresalté ante el contacto, pero me obligué a no apartarme. Sin embargo, mi rostro se encendió y me tomó todo mi esfuerzo no cubrirme con los brazos mientras más y más ojos se volvían hacia nosotros.

—Verás —dijo Montgomery—, pensé que ser parte de la Orden significaba que podíamos llegar a ser reyes entre los hombres. Y esta noche, como rey, quiero que toda la atención de mi mascota se centre en mí. ¿No es así, mascotita?

Chasqueó los dedos, los que acababan de provocar mi sexo, y señaló el suelo.

Y que Dios me ayude, pero me arrodillé. Después de todo, esa era la diferencia entre Montgomery y su padre. Si su padre hubiera intentado hacer algo así, le habría escupido en el rostro. Pero tras nuestra semana juntos y darme cuenta de que Montgomery se había decidido por una opción poco popular al elegir el collar negro...

Bueno, su padre tenía razón. Esta era una prueba. Puede que no estuviese consciente de todo lo que estaba en juego para Montgomery, pero él había sido bueno conmigo y yo quería retribuirle. Quería que tuviera éxito. Y ciertamente quería que superara a su infeliz padre.

Entonces, no solo me arrodillé frente a él, sino que incliné la cara hasta el suelo con los brazos extendidos frente a mí a modo de súplica. Y me preparé para lo que sea que viniese después.

CAPÍTULO 13

Montgomery

Los sueños húmedos se hacían con escenas como esta.

Grace estaba sometida frente a mí y tenía una posición que hacía que mi pene palpitase de deseo. Nunca antes había querido follar a nadie con tantas ganas. Había tratado de darle a la mujer el respecto que se merecía incluso cuando nos habían encerrado en una pesadilla degradante y sórdida de lujuria y corrupción.

Pero mi fuerza tenía un límite. No podía resistir la necesidad de liberar mi bestia interna. Mi padre había empezado las llamas, pero Grace, con la posición en la que estaba, las avivó.

Sin pensar, sin que nada me importara, sin sentir nada más que un deseo abrumador de meter el pene en su coñito apretado, me desabroché los pantalones, me posicioné detrás de ella y me arrodillé en el suelo como el animal que realmente era. Los labios de su sexo brillaban por la humedad, y Grace separó los muslos aún más y arqueó la espalda cuando sintió que me acercaba a su cuerpo. Ella me había esperado y se entregó a mí. Era mía y lo sabía.

Le agarré el cabello y tiré de su cabeza mientras ponía la punta de mi pene en su estrecha y pequeña abertura. El monstruo oscuro en mi interior consideró tomarla por atrás, pero me guardaría ese regalo para otra noche. Por ahora, su húmedo coño sería todo lo que necesitaría.

Con una embestida violenta enfundé mi pene en su sexo. Cuando me introduje completo gruñí en voz alta, sin importarme que mi padre todavía estuviera a mi lado. Tal vez se cansaría e iría a buscar su propia vagina, o tal vez no. De cualquier forma, no me importaba.

En este momento, todo giraba en torno a Grace. En torno a reclamarla como mía. En torno a demostrarle a mi imbécil padre que ciertamente era un rey entre los hombres, y que esta mujer que recibía mi pene era mi maldita reina.

Era bestial. Natural. La estaba follando como un león en celo. Me estaba apareando con mi criatura. Mía. Nunca compartiría ni prestaría nada.

Me fijé en el collar negro alrededor de su cuello y supe que ese sería el único color que usaría. Negro. Negro. Negro. Mi pene sería el único que estaría dentro de sus agujeros. Solo míos. Míos.

A Grace le temblaron las piernas y comenzó a dejar su posición para derrumbarse en el suelo. Le di una fuerte palmada en el culo como advertencia, y cuando no volvió a adoptar una posición instantáneamente, le di otra nalgada con más fuerza.

—Posa para mí, belleza —exigí mientras la penetraba aún más hondo. La follé sin descanso, sin darle un segundo para que se recuperara de una embestida tras otra.

Con renovada fuerza, empinó su trasero, arqueó la espalda y gritó al llegar al orgasmo.

—Grita mi nombre —le ordené—. En voz alta para que todos puedan escuchar a quién perteneces. —Aceleré la cadencia de mis penetraciones—. Grítalo. ¡Ahora!

—¡Montgomery! —gritó—. ¡Montgomery!

—¿A quién pertenece este coño?

—A usted, señor. A usted —respondió ella con una obediencia que no esperaba, pero que aprecié.

Pero no era suficiente. Sabía que todos los ojos estaban puestos en mí. Sabía que todos esos penes viejos estaban duros y querían turnarse con mi bella. Tenía que marcar mi territorio; efectivamente mear en lo que era mío.

Entonces, mientras me preparaba para correrme, saqué el pene y le eyaculé en el trasero y la parte baja de su espalda. Mi cremoso semen bajó por la abertura entre sus nalgas y por la parte inferior de su columna, visible ante todos.

Grace no se movió aparte de respirar agitadamente. Dejó que mi semen corriera por su suave y delicada piel. Su sumisión no me pasó desapercibida, y la recompensaría más tarde. Esta bella era mía, y después de nuestra demostración pública de dominio y sumisión, no habría ninguna duda en la mente de nadie.

¿Había pasado la prueba esta noche?

Joder, sí. Desafiaría a cualquiera a follar como nosotros lo acabábamos de hacer. Nosotros habíamos gobernado esta sala hoy.

El rey y la reina.

—Eso tuvo que ser... duro para ti —le dije, indicando claramente lo obvio cuando regresamos a nuestra habitación.

Ella acababa de salir del cuarto de baño tras limpiarse mi semen, y ahora llevaba puesta una de mis camisetas de Harvard y nada más que eso. Me gustaba verla llevando algo mío. Tenía una abrumadora necesidad de abrazarla, pero preferí mantener la distancia. Lo más probable era que necesitara su espacio y no podía culparla por ello.

Ella se encogió de hombros, pero su mirada permaneció gacha.

—Hay que hacer lo que se deba hacer.

—¿Por qué? —le pregunté—. Nunca te he preguntado por qué estás haciendo la iniciación. ¿Es solo por dinero?

Por algún motivo, no creí que lo fuera. Había algo en la determinación de Grace que me hacía creer que había un propósito mucho mayor en su decisión de convertirse en una bella de la Orden.

—Nunca has sido pobre —me dijo, mirándome directamente a los ojos por primera vez desde que salió del salón de baile—. No tienes idea de lo que es sentirse ahogado por el miedo a no saber si vas a tener bastante dinero para comer, para tener un techo o para vivir. Tienes una sensación constante de desesperanza contra la que tienes que luchar a diario. Vives tu día a día por la necesidad, en vez de por el deseo.

—No me despierto feliz. —Había vulnerabilidad en su voz cuando lo dijo y me pregunté si alguna vez se lo habría admitido a alguien más en voz alta—. Nunca siento que haya tenido un buen día cuando termina. Me siento cansada, derrotada. Solo me muevo por inercia en una vida que no he querido desde hace tiempo. Y sí, sé que puedo trabajar duro y salir de ese ciclo, pero no es fácil. Y últimamente, cada vez que lo intento, vuelvo de nuevo al punto de partida.

Dejó escapar un largo suspiro, como si confesarme todo aquello le hubiese quitado un peso de encima.

—Tienes razón —le dije—. No sé cómo se siente.

—¿Me juzgas por eso?

Negué con la cabeza.

—Para nada. No puedo juzgarte por hacer lo mismo que hago yo. Nadie conoce nuestras historias ni nuestras intenciones excepto nosotros mismos.

—¿Crees que soy una prostituta? —preguntó, y la forma en que su voz se quebró mientras lo preguntaba me dijo que le preocupaba que así lo pensara.

—No. —Avancé hacia ella—. ¿Crees que soy un monstruo?

Sacudió la cabeza lentamente, aunque pude interpretar por sus ojos entrecerrados que estaba pensando en mi pregunta.

—No. Para nada.

—Entonces los dos estamos de acuerdo. Hacemos lo que tenemos que hacer por nuestras propias razones. Puede que seas pobre y yo rico, pero ambos tenemos razones que nos obligan.

Ella asintió.

—Siempre he sido pobre y he tenido que pasar por dificultades, pero eso no significa que no tenga sueños. Sueños muy grandes. Quiero un cuento de hadas como cualquiera.

Levantó los brazos y señaló la habitación.

—Yo también quiero riqueza y comodidad. Pero no nací con ellas. Si quiero este tipo de vida, entonces tengo que tomar decisiones difíciles para que se haga realidad. —Entrecerró los ojos como si estuviera pensando en todo en aquel momento—. ¿Quiero seguir adelante con esta iniciación? Joder, no. Pero al mismo tiempo, ¿quiero volver a ser camarera en una cafetería de mierda de un pueblo de mierda? Todos los días veía cómo mis sueños se alejaban cada vez más con cada dólar de propina que pudiera o no recibir. Así que no.

Ella se encogió de hombros. Su mirada seguía distante.

—¿Que si lo de hoy fue duro? Sí. Pero lo volveré a hacer si es necesario. Haré lo que sea necesario para alcanzar mi sueño, porque por mucho que quiera ser Cenicienta, no hay príncipe azul que venga a rescatarme. Tengo que salvarme a mí misma.

Entonces no estaba romantizando la situación ni me veía como su príncipe azul. Bien. Pero cada palabra que salía de su boca solo me intrigaba más.

—¿Qué quieres cuando todo esto termine?

—Lo mismo que tú —respondió ella. Estiró el cuello como si estuviera despojándose de toda tensión. Era un gesto muy natural, pero enfatizó la delicada y femenina curva de su hombro y garganta—. Quiero un negocio. Quiero poder y dinero que pueda ganar bajo mis propios términos. Quiero ser quien decida mi destino en lugar de estar a merced de un jefe imbécil. Quiero tener el control de mi destino y construir un legado propio. Poder mostrar mi inteligencia y ser respetada.

—Bueno, lo último ya lo has conseguido —le dije con una sonrisa—. Puedo darme cuenta de lo inteligente que eres, y ciertamente te respeto. Veo lo fuerte que eres. Veo tu propósito en esos ojos verdes que tienes. Pero puedo entender por qué quieres más.

Caminó hacia la chimenea y se paró frente a ella, mirando el espacio vacío donde un fuego ardería de no ser una noche tan húmeda y calurosa.

—Sin embargo, me siento sucia —admitió con voz débil—. Ni siquiera creo que ducharme pueda quitarme esta sensación. —Ella suspiró profundamente—. Sé por qué estoy haciendo esto. Me preparo mentalmente para lo que vendrá antes de cada invitación, pero eso no cambia el hecho de que me sienta sucia.

Quería apartarle esos pensamientos. Grace nunca debería sentir nada que no fuera pureza y perfección. Necesitaba una distracción antes de que la oscuridad se la comiera viva. Ambos lo necesitábamos.

—¿Por qué no salimos de aquí un rato? —Me acerqué a ella y le ofrecí el brazo, como me había acostumbrado a hacer.

—No sé tú, pero me vendría bien un poco de aire fresco. —En silencio entrelazó su brazo con el mío y me permitió escoltarla fuera de la Oleander. La fragancia de magnolia, el zumbido de los insectos y el croar ocasional de las ranas creaban la atmósfera perfecta bajo el cielo estrellado.

Normalidad. Aunque fuese por unas horas.

Mientras nos dirigíamos a la piscina, le dije:

—Es una noche cálida. Creo que nadar es justo lo que nos hace falta.

No tuve que decir nada más ni tratar de convencer a Grace, porque comenzó a desnudarse de inmediato. Justo cuando estaba a punto de zambullirse, completamente desnuda, me miró por encima del hombro.

—No es como si no nos hubiéramos visto desnudos más de un par de veces. Creo que ya hemos superado toda esa timidez.

Me reí.

—Muy bien.

Empecé a desvestirme mientras la veía zambullirse con gracia en la piscina, y reapareció sobre el agua cristalina con su cuerpo impecable. Fue refrescante saltar al agua, pero lo fue más aún ver a Grace nadar a mi alrededor. No le preocupaba mojarse el pelo ni estropearse el maquillaje, y en ese momento descubrí que no le interesaba su manicura, ni secarse el pelo, ni ser una mujer perfectamente arreglada y tentadora. Era algo que siempre había faltado en las mujeres con las que salía antes. Las mujeres florero venían con un precio, y Grace estaba lejos de ser solo un dulce trofeo.

—¿Crees que alguien nos verá? —preguntó mientras se secaba el agua de los ojos y se aplacaba el cabello liso.

—¿Eso importa?

—Supongo que no —dijo con una sonrisa juguetona—. Dejé la modestia en la puerta de entrada.

—No hay nada de malo en estar cómoda con tu cuerpo y tu sexualidad —le dije, y no me importó que alguien me viese desnudo.

—En realidad... no lo estoy. O al menos nunca lo había estado antes. Sé que suena a locura teniendo en cuenta que acepté ser una bella, pero no soy promiscua. Siempre he sido el tipo de chica que escondía su cuerpo en lugar de exhibirlo. No me gusta llamar la atención.

—Es una pena que te sientas así —le dije y nadé para acercármele—. Tienes un cuerpo hermoso y nunca debes esconderlo.

—Ese es el primer elogio genuino que me haces. —Se rio mientras movía sus brazos en el agua en una delicada danza submarina—. Es muy raro, todo aquí está al revés. Tuvimos sexo antes incluso de tener una conversación. Hemos tenido intimidad de formas... bueno, más íntimas de lo que nunca he tenido con nadie, y ni siquiera nos hemos besado. No estamos siguiendo los pasos adecuados de un noviazgo, señor Kingston —bromeó.

—Todo menos apropiado —coincidí y me acerqué más. Necesitaba estar cerca de ella. La atracción era demasiado potente—. Me disculpo por eso.

—¿Por qué? —Abrió los ojos.

—Por no darte lo que te mereces. Debería haber expresado mis pensamientos, que han estado llenos de cumplidos silenciosos. Y debería haberte besado antes de acostarnos.

—No creo que hayas hecho nada malo —agregó inclinando la cabeza—. Teniendo en cuenta las circunstancias, no habría sido apropiado que me hubieras besado esa noche ni en cualquier otro momento.

Su mirada se volvió distante por un fugaz momento.

—Besar a alguien tiene que ver con los sentimientos. Para besar, la otra persona debe importarte. Debes querer hacerlo con el corazón, no solo con tu... Bueno, solo tienes que sentir las ganas de besar. —Sus mejillas se tornaron de un encantador color rosa.

Cerré la última distancia que quedaba entre nosotros.

—¿Y qué pasa si quería besarte, pero no lo hice?

Ella me miró. Las gotas de agua en su rostro resplandecían con las luces de la piscina y la tenue luz de la luna en el cielo.

—Eres hermosa, Grace. Todo sobre ti cautiva mi atención. Ojalá pudiera darte todo lo que alguien como tú merece. Desearía poder tratarte con el respeto que te tendría si no estuviéramos encerrados en esta casa. Ojalá las cosas fueran distintas y pudiera hacerlo de la forma correcta.

En un mundo que valoraba las sonrisas falsas y las fachadas interminables, se sentía asombrosamente bien decir la simple verdad.

—¿De la forma correcta?

Le pasé los dedos por su cabello con atrevimiento y asentí.

—Habría sido agradable llevarte a una cita, obsequiarte

flores, acompañarte a la puerta y darte un beso de buenas noches.

—Eso habría sido lindo —dijo en voz baja, y su aliento me acarició el rostro.

Nuestros ojos se encontraron y no pude oír nada más que el latido de mi corazón.

—¿Puedo besarte, Grace?

Con un rápido suspiro, sus labios se separaron y sus pestañas ocultaron sus ojos.

—Sí —susurró.

Me moví con toda la lentitud que pude y posé mis labios con delicadeza sobre los de ella. Sostuve la parte de atrás de su cabeza y la atraje hacia mí mientras profundizaba la conexión.

Una sensación de calor corrió por mis venas a pesar de que estábamos en agua fría. Quería más, mucho más; pero, ahora mismo, lo único que tendría de esta mujer sería su boca.

Un beso.

Un beso simple pero poderoso.

En privado. Nuestro y de nadie más.

La iniciación solo se pondría más intensa. Ambos nos veríamos obligados a hacer actividades que ninguno de los dos querría hacer, pero aun así las haríamos. Sin embargo, no quería pensar en el futuro ni en la Orden del Fantasma de Plata.

Solo quería concentrarme en este beso.

Quería proteger a Grace de todos los ojos, pensamientos lujuriosos y deseos oscuros. Ella se lo merecía. Merecía mi devoción y respeto, y en ese mismo momento, mientras me atrevía a hacer que mi lengua bailase con la suya, solo disfrutaría de este beso privado.

CAPÍTULO 14

Grace

La semana siguiente fue distinta a la anterior. A primera vista, tal vez no se veía muy diferente. Montgomery seguía durmiendo en el suelo junto a mi cama y todavía no hablábamos mucho, pero siempre comíamos juntos y había una cierta tranquilidad entre nosotros que no existía antes.

Me sonreía por la mañana cuando me despertaba. Y siempre se despertaba antes que yo. No sabía cómo lo lograba, ya que ninguno de los dos tenía despertadores, pero así era.

Un día me desperté y lo encontré mirándome. No fingió que no me miraba, sino que se limitó a sonreír y me dijo:

—Buenos días, Grace. ¿Has dormido bien? —dijo tranquilo y sereno.

Pero así era Montgomery, ¿no? Nada parecía alterarle, con excepción, quizás, de su padre; pero lo había puesto en su sitio con tanta determinación en la última reunión que una parte tonta e infantil de mí se preguntó si no había ningún obstáculo que Montgomery no pudiera manejar. Era una forma de pensar peligrosa, así que traté de ignorarla lo mejor que pude. Tenía que agradecerle a Dios por la biblioteca de la mansión y porque alguien por ahí tenía afinidad por las novelas de misterio. Estaba leyendo las obras completas de Agatha Christie, junto con algo de Daphne du Maurier.

Sin embargo, a pesar de mi determinación de mantener mi distancia de Montgomery, más tarde me encontraba explicándole con entusiasmo la trama de Posada Jamaica durante un almuerzo soleado que habíamos decidido tener en la terraza que estaba ubicada al sur.

—Es mucho mejor que Rebeca. ¿Por qué todo el mundo habla y habla de Rebeca cuando Posada Jamaica es mucho mejor? Hay piratas y naufragios, y muchas más cosas que un aburrido ex psicópata y fantasmal. También hay muchos más cadáveres, y todos saben que una buena novela negra siempre tiene un respetable número de muertos al final.

Montgomery se rio.

—Pues nunca lo había visto de esa manera.

Pero se me cortó la respiración cuando miré a Montgomery. ¿De qué estábamos hablando? Dios, que fuera tan guapo era una injusticia. Me mordí el labio inferior.

Anoche había tenido un sueño erótico con él. Había ocurrido como por arte de magia.

Me estaba conduciendo por la elegante escalera central y yo llevaba puesto el collar negro. Pero esta vez no había nadie al pie de las escaleras; éramos solo nosotros dos. Sin embargo, me trató con tanta rudeza y dominancia como aquella noche. Me tomó con esa cruda y desenfrenada necesidad. Era más apasionado de lo que jamás había imaginado que pudiera ser un hombre.

Había despertado en medio de la noche retorciéndome entre las sábanas y jadeando. Montgomery estaba tan callado como siempre en su lugar junto a la cama. ¿Había gritado y lo había despertado? ¿O seguía durmiendo y yo estaba paranoica?

Estaba convencida de que no podría volver a quedarme dormida, pero antes de que me percatase, el sol se reflejaba en las ventanas y él estaba allí, sonriéndome y preguntando si había dormido bien. Aunque podría jurar que tenía un brillo en los ojos cuando lo preguntó.

—Te debe gustar mucho leer —dijo Montgomery y puso la tapa de plata sobre su bandeja ahora que había terminado de comer.

Hice lo mismo y me recliné en mi silla. Me sentía llena. Nunca había comido tan bien en toda mi vida como en las últimas dos semanas.

—Siempre me ha gustado, pero por lo general estoy muy ocupada para hacerlo. U otras personas en la casa prefieren ver la tele.

Cuando era niña, mi mamá dejaba la televisión encendida las 24 horas del día y los 7 días de la semana, y el perdedor con el que había estado viviendo o tenía siempre puesto el canal de deportes o estaba jugando videojuegos. No sabía cuál era peor. Posiblemente los videojuegos, porque eso significaba que estaría gritándole a adolescentes en los auriculares todo el día y hasta altas horas de la madrugada.

—Me gusta la tranquilidad —dije en voz baja y miré desde la terraza de piedra blanca hacia las hectáreas de bosque que rodeaban la propiedad—. ¿Y tú? ¿En qué estás trabajando? ¿Hay algo interesante?

Pero antes de que pudiera responder, la señora Hawthorne apareció frente a las puertas corredizas. Inclinó la cabeza hacia Montgomery y luego colocó nuestros dos platos en una bandeja de plata. No obstante, antes de irse, dejó una invitación frente a nosotros y luego se fue sin decir más. Esa mujer era bestial en su devoción.

Montgomery había estado relajado y tranquilo toda la mañana, pero ahora fruncía el ceño.

—Continúa —le dije—. Ábrela. ¿Qué nos espera esta vez? —El corazón se me aceleró al mismo tiempo que hacía la pregunta.

Ante mis palabras, Montgomery salió de su trance, rasgó el sobre de color crema para abrirlo y sacó la invitación. Hice lo mismo y leí rápidamente el texto. Decía lo mismo que todas las demás: se solicitaba nuestra presencia en el salón de baile a las siete de la noche. No veía ninguna instrucción especial.

Pero Montgomery aún parecía preocupado.

—¿Hay algo por lo que deba preocuparme?

Su expresión era distante y sus ojos se movían de un lado a otro como si estuviera sumido en sus pensamientos.

—Mi padre querrá reafirmar su autoridad sobre mí después de lo que he hecho en la última invitación. —Sus ojos regresaron a mí—. No lo subestimes. Es peligroso.

Cogí mi copa de cristal y bebí un sorbo de agua.

—Pero él no puede tocarme porque soy tuya, ¿verdad?

Los ojos de Montgomery se endurecieron.

—No deposites tu confianza en ello. Todo podría ponerse feo antes del final. Si me empeño demasiado en protegerte, nos atacará diez veces más fuerte.

Ahora fui yo quien apartó la mirada para ordenar mis pensamientos. Todo esto era muy confuso. Dijo que no podía protegerme, pero también había dicho «nos», como si estuviéramos juntos en esto. Pero ya lo había dejado en claro yo misma: no había ningún príncipe azul que viniese a salvarme. Lo único que Montgomery hacía era tratar de jugar de manera inteligente, y si yo fuera sabia, trataría de pensar tan estratégicamente como él.

—Vale —dije poniéndome en pie—. Entiendo. Ambos tenemos que hacer lo que haga falta para superar esto. Sin resentimientos.

Pero cuando comencé a alejarme, Montgomery extendió la mano y me cogió la muñeca.

—Grace.

Me detuve y esperé a escuchar lo que diría. Pero él no dijo nada más, así que me solté, fui hacia las puertas corredizas y aguardé en silencio que me escoltara por el pasillo para ir a nuestra habitación. Marchamos de regreso sin decir una palabra más. La tensión incómoda entre nosotros que se había esfumado la semana pasada volvió a multiplicarse por diez.

MÁS TARDE NOS llevaron una caja a nuestra habitación que contenía dos túnicas. Mi túnica era un modelo transparente, de color púrpura real y con ribetes de seda, mientras que la de Montgomery era de un grueso y exuberante satén plateado.

Ambos nos duchamos y nos vestimos en silencio. Se sentía como si nos estuviéramos preparando para un pelotón de fusilamiento. Era muy difícil saber cómo prepararse mentalmente para estas cosas cuando no tenías idea de lo que se avecinaba, pero lo más probable era que terminara teniendo sexo con Montgomery. A pesar de mi ansiedad por saber qué ocurriría, un escalofrío me recorrió el estómago al pensar en ello. Y luego se me torció enseguida cuando recordé que su despreciable padre probablemente estaría mirando.

Una cosa era segura, y era que ahora me vendría bien un par de copas de ese borbón que siempre veía a los hombres bebiendo en estos eventos para calmar mis nervios, joder. Pero tal parecía que a las bellas se les consideraba demasiado delicadas para beber o algo así. De cualquier forma, no me habían ofrecido ni una mísera gota de alcohol desde que estaba aquí.

Solté un bufido mientras me ponía la bata, que apenas era visible. Apostaría a que habían tenido que lidiar con bellas alcohólicas en el pasado, pues esta situación de mierda llevaría a cualquiera al alcohol, aunque solo fuera para lidiar con los nervios.

Y entonces, antes de que me diera cuenta y ciertamente antes de que me sintiera lista, Montgomery me cogió del brazo y me condujo por esa maldita escalera. Respiré hondo y doblamos en la esquina hacia el salón de baile. Pero, para mi sorpresa y por primera vez, no había hombres y mujeres tumbados en el piso y participando en todo tipo de actos libertinos.

En cambio, todos los ancianos y los otros hombres de la Orden estaban de pie, con aspectos solemnes con sus capas plateadas. Y apoyado contra la pared, frente al fuego rugiente en la chimenea, había un hombre sentado y con un...

—¿Es eso...? —comencé a susurrar, pero Montgomery me silenció con un apretón en mi brazo. En lugar de responder, me acercó más hasta que mis sospechas se confirmaron.

Era una pequeña estación de tatuajes. Habían colocado

dos sillas, en una de las cuales ya se encontraba sentado el tatuador con una mesita de suministros que incluía la pistola de tatuaje y un diminuto recipiente de plástico lleno de tinta negra.

Miré a Montgomery alarmada.

—Pensé que no me quedaría ningún daño permanente tras esto.

Su mandíbula se tensó, pero bajó la cabeza para poder susurrarme al oído:

—A la Orden le encanta inventarse reglas y luego poner a prueba los vacíos. Me imagino que dirán que un tatuaje no es técnicamente un daño permanente, ya que la gente se los hace por placer.

Solté un suspiro de pánico. Mierda. Nunca había querido un tatuaje. Odiaba las agujas. Pensaba que las personas que se tatuaban estaban locas por someterse a ello.

«Pero de esto depende tu futuro. ¿Qué importaban una hora o dos de dolor por todo tu futuro?».

No obstante, ¿podría confiar en que ellos cumplirían con su parte del trato si se tomaban tan a la ligera encontrar «vacíos» como este?

El padre de Montgomery salió de en medio del grupo.

—Ah, aquí estás, muchacho. Vas de primero. Toma asiento.

El padre de Montgomery puso sus manos en el respaldo de la silla frente al tatuador y dejó ver una amplia sonrisa en su rostro. Montgomery no se inmutó. Le dio otro apretón sutil a mi brazo y lo soltó; luego, avanzó con confianza hacia la silla y se sentó en ella.

—Extiende la muñeca —dijo el tatuador. El tipo posicionó el brazo de Montgomery y expuso la cara interna de su muñeca en un pequeño apoyabrazos del que no me había percatado hasta ahora.

Nadie me miró ni esperó algo de mí, así que me limité a mirar y morderme el labio inferior.

El tatuador preparó la muñeca de Montgomery, afeitó sus vellos, colocó el papel de contacto y luego lo retiró. En la piel de Montgomery quedó un pequeño y elegante diseño de dos sables cruzados. Entonces vino la parte terrible. El zumbido de la máquina comenzó a sonar y el tatuador dio lento inicio a su trabajo. Cada cierto tiempo, remojaba la punta de la aguja en la tinta negra para absorber más y luego continuaba por la línea del tatuaje, limpiando el exceso de tinta y sangre a medida que avanzaba.

No estaba segura de si era mejor apartar la mirada o ver lo que probablemente me pedirían que hiciera a continuación. Aunque, al final, no tomó tanto tiempo como esperaba. El tatuador o artista era bueno en lo que hacía. Terminó apenas unos treinta o cuarenta minutos después.

Limpió la muñeca de Montgomery con antiséptico y luego la envolvió con una venda de sarán y cinta adhesiva.

Los ancianos chocaron los bastones contra el piso mientras se completaba la tradición. Ahora me preguntaba si todos llevaban tatuados los pequeños sables en las muñecas. ¿Las exbellas tendrían lo mismo? ¿Se esperaba que yo también lo hiciera ahora?

Montgomery estuvo impasible durante todo el proceso, así que no pude diferenciar si dolía o no. Se puso de pie y esperé que me llamaran a continuación.

Pero el tatuador comenzó a guardar su equipo. Miré a Montgomery y me di cuenta de que se encontraba tan sorprendido como yo. ¿En verdad esta prueba era solo para él? ¿Por primera vez iba a salir intacta? No me estaba quejando ni nada, pero...

—Ahora es el momento de la marca de la bella —dijo el padre de Montgomery en voz alta.

Fruncí el ceño, confundida.

—Entonces, ¿por qué se va? —Montgomery hizo la pregunta que estaba en la punta de mi lengua. El tatuador no nos miró por segunda vez mientras salía del salón de baile y, unos instantes después, oímos el portazo de la puerta principal.

—No pensaste que sería tan fácil, ¿o sí? —El padre de Montgomery se mofó de él—. Estamos aquí para poner a prueba tu entereza, hijo. ¿Realmente puedes hacer lo que haga falta? Si es así, coge el hierro de marcar y marca a tu bella como todos sus antepasados lo han hecho antes que tú.

Y luego el hombre señaló el fuego y un objeto que había pasado por alto antes. Asomándose entre las llamas al rojo vivo y clavado entre las brasas había lo que confundí con un atizador. Pero luego el padre de Montgomery lo sacó y blandió.

El extremo era incandescente y tan brillante que me quemaba los ojos al mirarlo directamente. Pero pude ojearlo el tiempo suficiente para notar que la punta tenía la misma forma que el nuevo tatuaje de Montgomery: dos sables cruzados.

No.

Joder, no.

Retrocedí varios pasos sin pensarlo. Montgomery se movió frente a mí, bloqueándome la vista del hierro de marcar. Y de repente me di cuenta de que estaba a unos tres segundos de que la situación saliera terriblemente mal.

Lo vi todo en mi imaginación: Montgomery se enfrenta a su padre y dice que no, que esto es brutal y retorcido.

Entonces a los dos nos expulsan de las pruebas y ¿luego qué?

Volvería a Georgia, en medio de la nada, sin dinero ni futuro.

Y en cuanto a Montgomery, su padre ganaría. No conocía todo lo que estaba en juego, pero sabía que Montgomery se quedaría con la compañía de su padre si completaba estas pruebas con éxito.

¡Pero era un maldito hierro candente! Pensaban que podrían marcarme. ¡No era justo! No era lo que habíamos acordado.

Vaya ironía. ¿Qué otra cosa era nueva?

—Se hará el tatuaje —le decía Montgomery a su padre mientras mi mente daba vueltas a mil kilómetros por hora —. Eso es todo.

El padre de Montgomery avanzó hacia él y se puso justo enfrente de su rostro.

—¿Crees que puedes venir y empezar a dictar las reglas de nuestras tradiciones? Esto es exactamente lo que está mal con tu generación, y muestra por qué estas pruebas son más importantes que nunca.

Volvió a mirar al resto de los ancianos.

—¿Queremos que estos muchachos entren a la Orden y piensen que pueden hacerlo mejor que nosotros? ¿Mejor que siglos de práctica establecida y tradición respetada? Tenemos que protegernos a nosotros mismos. —Miró a Montgomery—. Incluso de nuestra propia sangre, si no están dispuestos a participar plenamente como un hermano igual.

Al resto de los ancianos, dijo:

—¡Hermandad ante todo!

—Hermandad ante todo —repitieron el resto de los hombres.

El rostro de Montgomery estaba rojo de ira y lo vi preparándose para discutir con su padre, lo cual no le daría ningún beneficio. En este momento, su padre tenía a la multitud a sus pies. Había apelado a su hermandad, y sería casi imposible que pudiera disfrazar el desacuerdo con su padre como algo más que una traición al resto del grupo.

—Lo haré —dije, y di un paso adelante antes de que Montgomery pudiera decir algo más, y también antes de que yo pudiera pensarlo bien, porque esa era la única manera de superar esto: sin pensar. A veces, el instinto nos decía lo que era correcto y solo teníamos que dar un paso adelante.

Montgomery se volvió para mirarme y vi el conflicto en sus ojos. Cielos, no estaba segura de lo que estaba haciendo, pero no claudiqué. Mantuve mis ojos fijos en los de Montgomery.

No podía imaginarme cómo se sentiría. Ni siquiera podía permitirme pensar en aquello. Pero podía mirar a Montgomery y tratar de ignorar al resto de los hombres para superar esto, como lo había hecho todo antes.

Montgomery se acercó a mí e inclinó la cabeza.

—Di «collar de perlas» —me susurró—. Vamos. Vete de aquí y no mires atrás.

Los ojos le ardían con furiosa intensidad y supe que aquella miraba estaba destinada para mí. Estaba furioso por mí. Por encima del hombro de Montgomery pude ver a su padre sonreír con satisfacción. Pensó que esto era todo. Pensó que me marcharía.

Pero nunca había conocido a Grace Morgan. No sabía lo terca que podía llegar a ser.

Me encontré con los ojos de Montgomery una vez más.

—Confío en ti.

Y entonces dejé que mi bata cayese al piso.

ME DOLIÓ COMO nada que pudiera haber imaginado.

El padre de Montgomery trató de blandir el hierro de marcar, pero él se lo quitó y yo me contenté por ello. Si alguien me iba a infligir esta herida, sabía que Montgomery sería quien lo haría con más delicadeza.

Pero todavía me dolió como si estuviese entre las llamas del infierno cuando el extremo hizo contacto con mi cadera.

No me enorgullezco de ello, pero grité. No pude evitarlo. Montgomery retiró el hierro para marcar casi tan pronto como me tocó, pero el sonido de la piel chamuscándose seguía siendo audible en la sala.

Ni siquiera el fuerte golpeteo de los bastones pudo ahogar mis gritos.

Montgomery arrojó el hierro de marcar de nuevo al fuego, haciendo volar brasas y llamas en el proceso, y luego me cargó en brazos y corrió escaleras arriba, prácticamente.

El ungüento para quemadas ya estaba colocado en la mesita de noche al lado de la cama. Lágrimas de humillación me escocieron los ojos cuando pensé en que la señora Hawthorne lo había puesto aquí, pues sabía a lo que nos enfrentaríamos esta noche incluso antes de que pasara.

Todavía tenía los ojos cerrados. No podía mirar a Montgomery. Acababa de marcarme en una sala llena de hombres que se habrían vuelto contra nosotros si no lo hubiera hecho.

Este no era un lugar seguro. Pensé que podía manejarlo todo, que valía la pena, pero dolía demasiado, y todo esto se estaba saliendo de control.

No pude evitar derramar las lágrimas que comenzaron a correr por mis mejillas. Era la primera vez que lloraba desde que vine aquí.

—Mierda —maldijo Montgomery—. Lo siento mucho. Grace, tienes que creerme. No tenía ni idea de que eso iba a... Lo siento mucho.

No era culpa suya. Sabía que no lo era. Pero no pude pronunciar las palabras para otorgarle el perdón. Seguí llorando.

Montgomery me cogió en brazos y luego, cuando esa cercanía no fue suficiente, me puso en su regazo. Sollocé en su pecho. Sus fuertes brazos me rodearon y, por primera vez en toda la noche, me sentí segura.

Enterré la cara en la suave tela de su túnica, secando el exceso de lágrimas, y al fin lo miré. No me había dado cuenta de que estábamos tan cerca. Nuestras caras estaban a solo centímetros de distancia.

Y entonces, cuando hace unos momentos solo había estado buscando consuelo, de repente hubo algo más. La intensidad de la noche, el torrente de adrenalina del dolor, su deseo de salvarme de él, las circunstancias que nos atraparon a los dos...

Sujeté su rostro con desesperación y lo besé.

Aquello le tomó por sorpresa. Me di cuenta por la forma en que le tomó un momento reaccionar, pero luego sí que reaccionó.

Me rodeó más fuerte con los brazos y su boca se selló sobre la mía. Parecía que yo no era la única con sentimientos y emociones reprimidos tras esta noche.

Todo lo que no había podido decir en la noche me lo dijo con su beso. Lamentaba mi dolor. Me valoraba y amaba. El dolor en mi cadera se vio súbitamente eclipsado por la euforia de estar en sus brazos. Enterré las manos en su cabello y arrastré mis uñas por su cuero cabelludo. Él gruñó y se movió debajo de mi cuerpo.

—Grace —jadeó en voz baja y me colocó en su regazo y

apartó sus labios para poner su frente contra la mía—. Necesito ponerte ungüento en la quemadura. Detesto pensar que te duele.

Negué con la cabeza y traté de besarlo de nuevo, pero él se rio.

—Túmbate.

Bufé decepcionada, pero me tumbé en la cama como me lo pidió. Entonces empezó a aplicar el ungüento. Lo aplicó con mucha delicadeza. Abrí la boca y luego apreté los dientes por el dolor, pero unos instantes después ocurrió lo más maravilloso: el ardor fue reemplazado por una sensación fresca, reconfortante y adormecida justo en el área de la marca.

Solté un largo suspiro de alivio y puse los brazos por encima de mi cabeza.

—¿Ya podemos besarnos un poco más?

Montgomery se limitó a negar con la cabeza, con los ojos muy abiertos.

—Nunca he conocido a nadie como tú.

Resoplé.

—Eso te lo creo.

Pero Montgomery no se rio. Me miró con esa intensidad de sus ojos oscuros que estaba empezando a conocer bien.

—De hecho, creo que te mereces una recompensa por lo de hoy.

Y luego gateó por la cama para avanzar entre mis piernas y comenzó a masajearme los muslos. La cara interna de mis muslos. Se estaba acercando a mi...

Pero se detuvo antes de llegar a algún lugar interesante y entonces me miró.

—No dudes en decirme si me paso de la raya.

Me limité a sacudir la cabeza con fuerza, y apenas me atreví a respirar.

—Oh. —Logré decir entre un pequeño jadeo entrecortado—. Está bien.

No esperó ni lo pensó dos veces: se zambulló de frente en mi sexo, y pronto me di cuenta de que tenía una habilidad con la lengua que ni siquiera podría haber adivinado.

Y una noche que comenzó con el peor dolor de mi vida terminó con el más dulce de los éxtasis.

CAPÍTULO 15

Montgomery

El tiempo...

Grace debía estar sintiendo que no había salida. Por lo menos así me sentía yo. Había pasado bastante tiempo para perder la cuenta de en cuál día estábamos de este exilio autoimpuesto de la sociedad. Su marca estaba sanando bastante bien gracias al ungüento que la señora H nos daba para que se lo aplicásemos. Mi tatuaje también estaba casi cicatrizado, y en general, Grace y yo tratábamos de olvidar que teníamos una marca permanente en nuestros cuerpos.

El tiempo...

Nunca había pasado tanto tiempo con una mujer, a menos que se contase a mi madre durante mi infancia. Y, aun así, sin importar cuántas horas y días pasáramos juntos Grace y yo, ella seguía siendo prácticamente una desconocida, lo cual era un hecho extraño si considerábamos que nos habíamos acostado varias veces, éramos mucho más íntimos de lo que nunca había sido con nadie, y estábamos en esta alocada travesía como si fuéramos uno.

Éramos compañeros que estaban en el mismo equipo y del mismo lado, y a pesar de ello, nuestro lado era silencioso. No teníamos un plan de batalla porque íbamos a la guerra a ciegas.

El tiempo...

Nos conocíamos lo bastante como para sentirnos cómodos con el otro y con la situación, pero al mismo tiempo, cada día que pasaba se volvía más tedioso. Sentía ansiedad por volver a mi vida, por ocuparme de mi empresa... o lo que pronto sería mi empresa, y ver a mis amigos y mi familia nuevamente.

Quería volver a la normalidad, no solo por mí, sino también por Grace. Y tras el episodio de la marca me preocupaba cuánto más podíamos soportar de esta iniciación.

Cuando la señora H entró en la habitación con las cajas que develarían lo que nos deparaba la noche, pude ver algo distinto en su postura y forma de andar.

—Te ves cansada —le dije y le quité las cajas—. ¿Cuándo ha sido la última vez que te has tomado un día libre? Necesitas descansar.

Ella sonrió y me dio una palmada en el brazo.

—Deja de preocuparte, muchacho. Descansaré cuando ninguno de mis chicos esté en la mansión pasando por lo que tú tienes que pasar. Le debo a tu madre estar aquí cuidándote durante todo el proceso, y no podría estar en ningún otro lado. Mi lugar está en la Oleander, y siempre lo estará.

Por primera vez desde que comenzamos la iniciación, la señora H miró a Grace, le asintió levemente y le dedicó una débil sonrisa. Los ojos desorbitados de Grace revelaron que ella también se había percatado de aquello y que encontraba sorprendente aquel mínimo acto de cortesía.

Entonces la señora H dijo:

—Volveré para acompañar a Grace. —Sin decir más, salió de la habitación.

—¿Acompañarme? —preguntó Grace mientras se acercaba a las cajas que acababa de dejar encima de la cama—. ¿Por qué no lo haces tú? ¿Tenemos que separarnos? ¿Tengo que hacer algo por mi cuenta hoy?

Yo negué con la cabeza. Odiaba escucharla ansiosa.

—Las cosas no funcionan así.

Abrí las cajas y, a juzgar por el atuendo y el único objeto que estaba encima de mi esmoquin, de inmediato supe lo que la noche nos tendría reservada. Levanté los palillos y los usé para señalar el kimono que estaba en la caja de Grace.

—Desde que era más joven he asistido a varios eventos de la Orden como el de esta noche. Estoy bastante seguro de que sé lo que va a suceder.

Ella alzó el kimono, lo puso contra su cuerpo y me miró, como si estuviera esperando una explicación más a fondo.

—Se llama *Nyotaimori*. Es una práctica japonesa en la que una mujer, que serías tú, se tumba en una mesa completamente desnuda con trozos de sushi, shumai y sashimi en todo su cuerpo. Los hombres en la sala comerán de tu cuerpo.

En vez de sentirse ofendida u horrorizada, Grace se rio y sus verdes ojos brillaron con humor.

—¿Es en serio? ¿Quieren cubrirme con pescado crudo? ¿Y se lo comerán de mi cuerpo?

Sonreí ante su reacción.

—Es uno de los eventos predilectos en la Oleander. La Orden permite que los hijos de los miembros acudan a muchas fiestas con una chica del sushi como pieza central. Esa fue la primera vez que vi a una mujer desnuda.

Ella volvió a reír.

—Es una locura. Espero que a los cabrones les de E. coli o algo así por comer de mi cuerpo. Rezaré para darles cagaleras de alguna forma.

Mi sonrisa se transformó en una sonora carcajada. Y por mucho que apreciara que estuviera alegrando el ambiente, también quería darle instrucciones sobre cómo hacer que la situación fuese más sencilla para ella.

—Primero te van a preparar en un congelador para enfriar tu cuerpo. También tendrás que quedarte lo más quieta que puedas y mirar al frente. Esos hombres son como tiburones: si huelen sangre en el agua, y siquiera perciben que estás molesta o incómoda, tratarán de quebrarte en esa misma mesa. No muestres ninguna emoción. Ninguna. ¿Entiendes?

Cuando no respondió de inmediato, le cogí las manos y les di un apretón hasta que me miró fijamente a los ojos.

—Es importante que no les des lo que quieren. Querrán ver humillación y vergüenza en tu rostro. Les encantaría verte encogiéndote de miedo mientras devoran el pescado a centímetros de tus partes privadas. Y sí, te tocarán. No hay forma de evitarlo y no podré protegerte sin importar cuánto quiera hacerlo.

Ella me devolvió el apretón y asintió.

—Entiendo. Y por más deshumanizante que sea esto, seriamente dudo que pueda ser peor que el marcado. Lo tengo controlado.

Ella cogió su kimono y fue al cuarto de baño; entonces se detuvo y me miró por encima del hombro con una cálida sonrisa que causó que mi corazón diese un vuelco.

—Lo tenemos controlado.

CON SAKE EN MANO, bebí un sorbo mientras vigilaba a Grace. Al imbécil enfermo en mi interior le encantaba ver su cuerpo casi desnudo y expuesto adornado con coloridas flores y sushi. Era hermosa, y la forma en que miraba al techo mientras cumplía su papel de chica del sushi la hacía aún más bella. La fuerza de aquella mujer potenciaba la mía, pues sabía que no podría sobrevivir a esto sin ella.

Pero también aborrecía ver a los hombres acercarse a ella con sus palillos, quitándole pescado de encima como si no fuera más que un fragmento de porcelana fina. Sus ojos se posaban en sus senos y su sexo por demasiado tiempo, y quise arrancarles los ojos en represalia por aquellas acciones. En ese momento los odiaba a todos y cada uno, y no había nada que pudiera hacer para detener la fiesta y llevarme lo que ellos consideraban como lo más destacable: mi Grace, con la que todos se divertirían.

Lo único bueno de la noche fue que a los otros candidatos se les permitió asistir al evento, así que al menos pude ver algunas caras conocidas. En realidad, fueron respetuosos conmigo al tratar de controlar dónde fijaban la vista. Apreciaba la pequeña muestra de lealtad.

Walker St. Claire fue el primero en acercarse hasta donde yo estaba con su sake en mano.

—¿Cómo va la iniciación?

—¿Cómo crees que va? —le respondí lacónicamente—. Estoy listo para que este infierno termine.

—Yo tampoco estoy listo para que comience la mía. Pero espero poder utilizar los beneficios políticos que obtendré a mi favor.

Walker vio que Sully caminaba de forma casual hacia nosotros.

—No dejes que Sully te coma la cabeza. Anda de muy

mal humor. Está amargado porque le han arrastrado a esta vida a pesar de que juró que nunca lo harían. No hay forma de escapar de los grilletes de nuestro linaje.

Sully rara vez saludaba formalmente. Nada sobre ese hombre era formal, así que cuando interrumpió la conversación de Walker y la mía, no me sorprendió.

—Entonces, ¿puedo comer sushi o es como tener una aventura con tu chica? —bromeó Sully con una sonrisa maliciosa—. Tengo hambre, pero... respetaré tus deseos.

Puse los ojos en blanco y bebí otro sorbo.

—Solo no te le acerques, joder.

—Me lo imaginé —dijo Sully y tomó un sorbo de su sake—. ¿Al menos te están follando bien en esta mierda?

Un anciano se acercó a Grace y picó un sashimi directamente de su vagina. Se relamió los labios con hambre, y no por querer comer pescado. Mi humor se agriaba con cada minuto que pasaba.

—De verdad espero que ambos tengan penes enormes, porque todas esas pollas flácidas estarán mirando cómo follan. Ya nada es privado.

Sabía que mi tono era cortante, pero me tomó todas mis fuerzas no golpear algo.

Sully se bebió el resto del sake y negó con la cabeza.

—Todo esto está jodido. Necesito beber algo más fuerte que esta mierda. Espero que valga la pena, de verdad.

No dijo nada más y se fue furioso en busca de cualquier cosa que le ayudara a aliviar su propio odio por la Orden del Fantasma de Plata. Debería haberme quedado y continuar mi conversación con Walker, pero no me sentía nada cortés en ese momento. Sin excusarme, me acerqué a la mesa y me incliné hacia el oído de Grace.

—Lo estás haciendo muy bien. Sé fuerte.

Quería acariciarle el rostro, besarle la mejilla; lo que fuere para que no se sintiera tan sola en esta situación.

No esperé que me respondiera, pues estaba seguro de que todos la espantaron al explicarle las reglas y expectativas de lo que se suponía que debía hacer mientras la cubrían con sushi.

—Nunca me ha gustado el sushi —dijo mi padre mientras se acercaba a mí con un whiskey borbón en la mano y sus palillos—. Pero esta noche puedo hacer una excepción.

—Hoy escuché que te ibas a reunir con Harrison.

Necesitaba distraerlo tanto por el bien de Grace como por el mío, porque si tenía que verlo atreviéndose a tocarla siquiera, muy posiblemente le daría un puñetazo en la puta cara.

—No sé por qué te preocupas por los negocios mientras estás aquí —dijo mientras se comía el cuerpo de Grace con los ojos que quería sacarle usando los palillos que tenía en su mano—. Sobre todo, cuando tienes este delicioso pedazo de carne que puedes comer.

—Ahora Harrison solo exporta artículos del mercado negro —continué con la mandíbula apretada.

—Es exactamente por lo que me reuní con él.

—No creo que debamos mezclarnos en ese negocio sucio. Es un riesgo que no valdrá la pena.

Mi padre cogió un trozo de sashimi que estaba delicadamente colocado sobre el pezón de Grace y lo tiró a la mesa sin ninguna intención de comérselo, sino solo para exponer su cuerpo.

—Deja que yo me preocupe por lo que valdrá o no la pena, hijo.

—¿Incluso si pone en riesgo el negocio? —pregunté.

Vi cómo Grace controlaba su respiración, a pesar de que sabía que detestaba la forma en que mi padre la miraba.

—Se necesitan pelotas para dirigir un imperio.

—Se necesitan inteligencia y decisiones sabias — respondí, y seguidamente odié el hecho de que el hombre pudiera encender una ira dentro de mí que muy pocos podían.

Mi padre pasó los palillos por el pezón de Grace, luego por su panza y al final apoyó los extremos en su monte. Había un trozo de pescado envuelto en algas hábilmente colocado sobre su clítoris, y anticipé que lo movería como hizo con el de su pezón, pero en cambio permaneció quieto y me miró con una sonrisa.

—Hablas como si el negocio fuera tuyo. No lo es. Y en lo que realmente deberías concentrarte es en el nuevo jugue-tito que te ha dado papá.

Bajó los palillos por su hendidura y los abrió para extender sus pliegues. Grace permaneció quieta, aunque no la habría culpado ni por un segundo si cerraba las piernas de golpe o incluso si se sentaba y golpeaba al imbécil como se lo merecía.

Pero no lo hizo. Permaneció perfectamente inmóvil.

—Odio el sushi, pero creo que disfrutaría este sabor — dijo mi padre mientras bajaba la boca descaradamente hacia el sexo de Grace y lo lamía.

Nunca supe cómo era sentir que quería asesinar a alguien hasta ese mismo momento. Estaba tocando lo que era mío, y lo estaba haciendo justo en frente de mí. Se burlaba de mí como si todo esto fuera un juego. ¡Y tenía esposa! Mi inocente madre. Aquello solo hizo que tuviese más ganas de estrangularlo.

—Detente —exigí en voz baja.

La sala estaba a reventar de conversaciones y no quería llamar la atención. Solo alimentaría la necesidad de mi padre de presumir más.

Se apartó y se secó la boca mientras se levantaba.

—Sabe a pescado. —Puso un palillo en su entrada y lo introdujo en su interior—. No me agrada en lo absoluto.

Grace soltó un grito ahogado y cerró los ojos, pero rápidamente recobró la compostura sin que nadie se diera cuenta, excepto mi padre y yo.

Él comenzó a mover el palillo dentro y fuera de ella mientras me miraba de cerca. Me di cuenta de que quería ver cuánto me molestaría aquello, pero nunca le entregaría ese poder. En cambio, tomé otro trago y escondí la furia en lo más profundo de mí.

—Te preocupas demasiado por esta puta —dijo, abusando de su agujero aún más con el utensilio, pero ella no se movió en lo más mínimo—. Ese es el primero de muchos errores. Las bellas no son más que un juguete para nosotros. No tienen potencial de esposa, ni son dignas de nada aparte de que les introduzcan algo en alguno de sus agujeros. No merecen nuestro respeto, ni siquiera una mínima consideración. No son más que un medio para un fin.

Siguió penetrándola con el palillo, y tuve que luchar contra las ganas de matarle. Solo podía imaginar lo que estaba pasando la pobre Grace.

—¿A diferencia de las mujeres con las que nos casamos? ¿Como mamá? Está claro lo mucho que la respetas en este momento.

—Hijo, todavía tienes mucho que aprender.

Nunca podría haber admitido mis verdaderos sentimientos hacia mi padre hasta que comencé esta iniciación. Quería amarlo. Deseaba desesperadamente que él me amara. También quería que se sintiera orgulloso. Él era mi padre, y lo había aceptado por... bueno, por ser cualquier cosa menos un padre de verdad. Pero me negaba a admitirle a alguien lo que realmente sentía por él, incluyéndome a mí mismo.

Hasta ahora...

Aborrecía al puto hombre.

Lograba que me sintiera inferior, débil y avergonzado con una simple oración. Trataba a mi madre como una mierda y sin duda la había engañado durante todo su matrimonio. Violó a Grace justo en frente de mí porque sabía que podía hacerlo. Él tenía el poder y yo no. Mi ira ardía por dentro, y todo lo que pude hacer fue mirarlo.

Pero también sabía que ahora tenía que dejar de participar en su juego enfermizo. Se necesitaba una retirada táctica, por ahora.

Su objetivo era tratar de que yo renunciara u obligar a Grace a renunciar, y no iba a permitir que eso sucediera. No bajo sus términos.

Entonces, por difícil que fuera, le di la espalda a Grace y me alejé. Si mi padre perdía a su audiencia, esperaba que pasara a hacer algo más entretenido y al menos Grace ya no tendría que ser follada con un palo. Y si no me alejaba, me iba a charlar con mis amigos ni actuaba como si estuviera disfrutando de la fiesta, me quebraría. Lo arruinaría todo no solo para mí, sino también para Grace. Y como la impetuosa mujer simplemente se quedó tendida sobre la mesa y no se movió en lo más mínimo, lo menos que podía hacer era controlar mi temperamento.

Afortunadamente, el sake era fuerte y se servía libremente, pues la noche terminó antes de lo acostumbrado y todos los viejos de mierda terminaron tambaleándose para ir a sus casas o a alguna de las habitaciones de invitados con el fin de pasar el estupor.

La señora H y algunos camareros ya habían sacado de la

sala la mesa con Grace, y sabía que ella estaría arriba esperándome. Me despedí de los pocos amigos que me quedaban en la sala y sentí la abrumadora necesidad de atravesar una pared de un puñetazo.

Irrumpí en la habitación y la escaneé con la vista en busca de Grace, pero podía oír la ducha corriendo en el baño. Me odiaba a mí mismo. Odiaba a todos y a todo. Quería gritar. Quería golpear a alguien. Quería follar.

Y follar era lo que haría. Al menos tenía algo de control sobre eso, maldición.

Me desnudé, me dirigí al baño y acompañé a Grace en la ducha sin previo aviso y sin pedir permiso. El caballero en mí verdaderamente se había quebrado hoy. Ahora, todo lo que quedaba era un infierno de oscuridad hirviente.

Grace se sobresaltó, sorprendida, y dejó caer el jabón que tenía entre las manos. No gritó ni exigió que me fuera, lo cual fue bueno, pues habría sido casi imposible de cumplir. En cambio, se alejó del chorro de agua para darme más espacio.

No estaba enojado con ella. Mi ira no estaba dirigida hacia ella. Pero estaba extremadamente cabreado. Necesitaba desquitarme con alguien, y como ella era todo lo que tenía, ella sería mi presa.

—Te tocó —dije mientras la cogía de la nuca y acercaba su rostro hacia el mío.

—Sí. —Su susurro apenas se escuchó contra el sonido del agua corriendo.

—Eres mía. Mía —gruñí mientras giraba su cuerpo mojado para que viera hacia la pared de baldosas. La sujeté por las muñecas y coloqué sus manos sobre la pared para ayudarla a mantener el equilibrio.

Le haría falta.

Mi demonio interior exigía recuperar lo que era mío. Mi padre no sería el último hombre en tocarla esta noche.

—Serás mía en todos los sentidos. Siempre —proclamé.

Ella asintió violentamente.

Le solté las muñecas y me complació ver que tenía las manos donde yo las había colocado. Le agarré las caderas y tiré de ellas hacia mi duro miembro. Quería su trasero al aire y listo para mí. Luego introduje mi húmedo dedo dentro de su ano sin ninguna advertencia.

Ella se tensó, pero no cambió de posición.

—Montgomery...

—Mía. —Fue todo lo que pude decir mientras metía mi dedo más profundo en su ano y la abría para lo que vendría después.

Moví mi dedo de lado a lado, hacia adentro y hacia afuera. Estimulé su pequeña y apretada abertura a modo de preparación. Ella gemía y maullaba cada vez que la abría más, pero nunca se resistió.

Mi pene palpitaba, pero la quería lista. Quería reclamar este culo. Quería hacerla gritar mi nombre. Quería que nunca olvidara a quién pertenecía, independientemente de qué cabrón la tocara o la mirara con fantasías oscuras en la mente.

Pero su pequeño y apretado ano no estaba listo, no para mi tamaño. Todavía no. Y ya que mi paciencia se estaba agotando casi por completo, le penetré la vagina con una embestida enérgica.

Dejé mi dedo dentro de su ano mientras entraba y salía de su interior.

No fui gentil con ella. Fui todo menos delicado.

Abusé de su sexo con cada movimiento de mis caderas. La follé como si estuviera golpeando a un hombre, con agresión y con fuerza. Dilaté su ano con mi mano mientras follaba su coñito. Mis testículos chocaron contra su cuerpo y la resonancia de la ducha, los cuerpos mojados y los gemidos de placer eróticos me llevaron al borde.

—Soy tuya —gritó ella mientras su sexo se contraía a mi alrededor—. ¡Soy tuya!

CAPÍTULO 16

Grace

Me desperté sobresaltada y mis brazos cubrieron rápidamente mi desnudez, pero ya no estaba desnuda. Vestía un camisón de algodón innecesariamente grueso que ahora estaba cubierto en sudor.

Había sido una pesadilla. Nada más que una pesadilla. Pero eso no era verdad, pues la había vivido la noche anterior. Un largo escalofrío me sacudió el cuerpo y, de repente, tenía que salir de allí. El mundo se me estaba viniendo encima. No sabía si podría seguir haciendo esto.

Miré por encima del borde de la cama y vi a Montgomery durmiendo sonoramente. ¿Qué hora era? La luz que entraba por la ventana se veía gris, no completamente negra. Debía estar a punto de amanecer, y la mansión debía estar en silencio.

Salí de la cama por el lado opuesto de donde se encontraba durmiendo Montgomery, y cogí otra bata gruesa y unas pantuflas. Aunque hacía calor, la cobertura extra se sentía como una armadura en este lugar en el cual estaban decididos a desnudarme constantemente.

Luego, haciendo una mueca ante cada crujido del suelo, me moví hasta la puerta y salí a escondidas. Había aprendido a moverme por la mansión en las últimas semanas, por lo que encontré el camino hacia la escalera de servicio a la cual la señora Hawthorne me había guiado esa primera noche.

Sin hacer ruido, corrí escaleras abajo mientras miraba cuidadosamente por la puerta de la cocina. Con mi suerte, la señora H estaría allí a cualquier hora de la mañana mientras tomaba el té y esperaba pillar a bellas rebeldes.

Todo estaba oscuro y en silencio, así que lo intenté y hui por la puerta, lejos de la cocina. Al fin, y con mucha fortuna, salí corriendo hacia la libertad del exterior.

En el momento en que salí de la mansión se me quitó un gran peso de encima. Por un momento miré hacia la entrada y más allá hacia la avenida de los robles, de la que todos estaban tan orgullosos, que señalaba el camino de salida de este retorcido lugar. Si trotaba e iba a un buen ritmo, lograría salir antes del amanecer; pero entonces me di la vuelta, fruncí el ceño y me sentí confundida. Montgomery me había llevado caminando al lago en el sureste de la propiedad la semana pasada, y decidí huir hacia allá.

Cuando llegué al sitio, tenía tanto calor que inmediatamente me quité la bata exterior y luego miré hacia el lago con frustración. El cielo se había iluminado lo suficiente para poder distinguir la escena prístina del lago perfectamente plácido, y los pájaros apenas comenzaban a despertar y cantar.

Era hermoso.

Debería ser tranquilizador y ayudarme a centrarme, y

era por eso que había venido aquí, ¿cierto? O para respirar aire fresco que no estuviese contaminado por... ¿ellos?

Pero no estaba funcionando, y ahora que estaba sola todo se sentía...

Se sentía...

Estaba tan... No podía...

—¿Qué estás haciendo, Grace? —La voz de Montgomery se oyó repentinamente detrás de mí, y sonaba molesto—. No sabes lo que te harán si te encuentran deambulando por ahí sin que yo te acompañe.

Me volví para encontrarlo de pie a un metro de distancia.

—¿Me has seguido? —pregunté con incredulidad.

—Cuando haces tonterías como deambular sola, puedes apostar lo que quieras a que haré lo que sea necesario para protegerte.

—¿Protegerme? —Mi voz se agudizó y después corrí hacia él.

Me lancé hacia él y lo empujé con fuerza en el pecho. Él apenas se movió por el impacto, lo cual solo me molestó más.

Golpeé su pecho, y al fin encontré un blanco para toda mi furia y frustración. Él me dejó hacerlo, lo cual era aún más exasperante porque sabía que, para él, mis puños eran como los un niño pequeño. No podía infligirle ningún daño real.

Estos hijos de puta me iban a quebrar y ni siquiera podía...

Levanté la mano para abofetearlo y él finalmente me agarró la muñeca, deteniendo así mi brazo a mitad del movimiento, y cuando lo miré a la cara lista para sisear y escupirle, su rostro estaba lleno de preocupación e inquietud.

Maldición. Él ni siquiera era el blanco al que realmente quería golpear y ambos lo sabíamos. Me solté de su brazo. Detestaba que solo pudiera haberlo hecho porque él me lo había permitido. Luego, giré y corrí hacia el muelle que se adentraba en el lago. Corrí con cada pizca de fuerza que tenía.

Montgomery gritó mi nombre a mis espaldas, pero no iba a detenerme. Al fin sabía lo que necesitaba.

Salté desde el final del muelle, me llevé las rodillas al pecho e hice impacto contra el agua con un chapoteo explosivo. Me hundí en la oscura agua y finalmente solté todo en el único lugar en el que podía hacerlo. Abrí la boca y grité. El agua ahogó el sonido de mi dolor, pero no me detuve.

Grité y grité y grité.

Cuando unos brazos me rodearon por detrás y me subieron hacia la superficie, no me resistí ni me moví. Al fin había encontrado una vía de salida para mi ira, lo cual, sin saberlo, era justo lo que había estado buscando todo este tiempo. Reconectarme con Montgomery en la ducha me había ayudado a expulsar una parte de ella, pero si hubiera reprimido el resto por más tiempo habría explotado. No importaba cuán inútiles fueran mis gritos, no iban a cambiar nada.

Quedarme quieta en esa mesa anoche mientras ese hijo de puta me violaba con esos palillos fue lo más difícil que había hecho en toda mi vida, y...

Volví a meter la cabeza debajo el agua y grité una última vez por si acaso. Montgomery me acarició la espalda y me dejó gritar, y cuando al fin me apoyé contra él, me sacó del lago sin decir una palabra. Se sintió bien. Mi mente por fin se sentía vacía. No tenía palabras y no podía ordenar mis emociones.

Estar en los brazos de Montgomery mientras él nos acomodaba en un banco de piedra al lado del muelle era agradable. Se sentía bien ser atendida por una vez. Ni siquiera me quejé cuando me sacó el pesado camisón de algodón empapado y me ayudó a ponerme la bata que me había quitado antes.

Él también había traído una bata, así que se la puso y se quitó discretamente los calzoncillos mojados.

—Grace, yo...

Pero sacudí la cabeza, apoyé mis piernas en el banco y me acurruqué en su pecho.

—Shh, ¿podemos quedarnos así por un segundo? Está tan silencioso —exhalé, y por fin sentí que toda tensión salía de mi cuerpo en lo que parecía la primera vez.

No me di cuenta de que me había quedado dormida hasta que Montgomery me movió un poco. Parpadeé al sentir la brillante luz del sol.

—Mierda, lo siento. Estaba tratando de no despertarte, pero no quería que te quemaras con el sol. Si quieres dormir un poco más, nos puedo acomodar justo debajo de este roble.

Estaba siendo tan dulce que el corazón se me encogió.

—Está bien —dije sintiéndome repentinamente avergonzada por lo de antes, pero luego decidí que al diablo con eso—. En realidad, ya que estamos aquí sin ningún testigo, ¿podríamos hablar un poco antes de regresar?

No podía volver todavía.

Montgomery pareció sorprendido por mi petición, pero asintió y me puso de pie. Yo me aparté el pelo de la cara y torcí el rostro el pensar en lo revuelto que debía verse después de mi zambullida en el lago antes del amanecer.

Me miró con cautelosa preocupación, como si temiera que pudiera volver a estallar y golpearlo en cualquier momento.

—Grace, ¿no debí haberlo hecho? Cuando volvimos a la habitación, en la ducha, ¿fui demasiado rudo?

Solté una carcajada. ¿Pensó que todo se debía a eso? Los hombres eran idiotas.

—No, eso estuvo bien. Quiero decir, más que bien. —Sentí que se me calentaban las mejillas—. Pero aún me sentía tan vulnerable que no fue suficiente. Si alguna vez existió un lugar para la honestidad, fue este.

Extendí la mano y le agarré el antebrazo.

—Fue perfecto, en realidad. Era exactamente lo que necesitaba en ese momento. Necesitaba sacármelos de encima, por dentro y por fuera. Necesitaba saber que todavía era una mujer y no un objeto sin nombre y sin rostro. Necesitaba que no me trataras como porcelana. Has estado perfecto, si es que no te diste cuenta por la forma tan violenta en que llegué al clímax.

Vale, no pude seguir mirándolo a los ojos durante la última parte, pero incluso sin mirarlo podía seguir sintiendo su sonrisa.

Sin embargo, cuando lo miré un segundo después, esta se había reducido.

—Pero todo esto... —Tensó la mandíbula con tanta fuerza que pensé que se le romperían los dientes—. Mi padre te está afectando.

Solté una risa sin alegría.

—Sí, podría decirse que sí.

Me estrechó con más fuerza, de modo que mi espalda estaba contra su pecho mientras ambos mirábamos hacia el lago.

—Lo odio, maldita sea.

—Pero odiarlo no cambia nada, y todavía estamos a medio camino —suspiré, cansada.

Montgomery se quedó en silencio durante un largo rato, y luego preguntó tentativamente:

—Te he visto mirando el camino cuando te escabulliste por primera vez de la mansión. ¿Por qué no has echado a correr? Después de lo de anoche, ¿por qué no corriste por ese camino y no miraste atrás nunca más?

Me acomodé en el pecho de Montgomery porque, de alguna forma, era más fácil así; era más fácil estar acunada en sus brazos sin tener que mirarlo a la cara.

Estaba haciendo la pregunta prohibida. Se suponía que nunca debíamos hablar de nuestras esperanzas y sueños porque eso significaba hablar sobre el futuro. Se suponía que no seríamos nada el uno para el otro después de esta prueba. Como su padre había dicho anoche, yo no era del tipo de personas con las cuales ellos se casaban o tenían citas. Para su estirpe de sangre azul, yo era el tipo de mujer que se usaba para luego descartar.

No, Montgomery nunca podría ser otra cosa para mí que un compañero en la tormenta a corto plazo, pero eso no significaba que no pudiéramos ser humanos el uno con el otro, y los humanos hablaban y compartían.

Entonces, me abrí con él. Le hablé de mis clases de negocios y de que quería obtener un título oficial acreditado. Le hable de que quería abrir un restaurante que con el tiempo sirviera como una especie de centro comunitario.

—He planeado un menú de platos que parezcan lujosos pero que sean accesibles para una amplia audiencia, no solo para la élite.

Luego me miré el regazo con timidez.

—Sé que es bastante complicado obtener ganancias con los restaurantes, pero no quiero hacerlo para ganar millones. Y me preocupo por la comida, pero eso se debe a que me apasiona mostrarle a la gente que hay comida reconfortante bastante buena más allá de lo que se puede echar en una freidora. Supongo que solo quiero invertir en la comunidad y hacer que donde sea que termine se sienta como en casa.

Finalmente, finalmente, tendría un lugar real al que llamar hogar, y también lo crearía para otros.

Cuando Montgomery no dijo nada, me sentí un poco tonta.

—Tal vez todo eso te suene como una idea descabellada.

Pero sentí a Montgomery moviéndose detrás de mí, y cuando miré hacia atrás, lo vi negar con la cabeza. Sus ojos estaban llenos de algo que no podía descifrar. Frunció el ceño y me miró con una intensidad que ardía en sus ojos casi translúcidos de color gris azulado. Me dejó sin aliento.

—Nunca he conocido a nadie que hable así. Tú... —Se calló y sacudió la cabeza.

Todavía estaba entre sus brazos, y volví la cabeza para mirarlo. Levantó una mano, me apartó el cabello de la cara y lo metió detrás de mi oreja. Me estremecí ante su roce.

—¿Estoy loca? —pregunté, ofreciéndole una sonrisa torcida.

Él sonrió.

—Iba a decir que eres increíble, pero lo de loca también funciona.

Le di una palmada en el brazo, que esta vez fue sin fuerza, al mismo tiempo que giré la cabeza hacia el lago y me acomodé en sus brazos de nuevo.

—¿Y tú? Si superas esto, te harás con la compañía de tu padre, ¿cierto?

—Sí.

—Y él está haciendo cosas ilegales, pero eso no es lo que tú quieres hacer.

Me apretó un poco más fuerte contra él.

—Lo has oído.

—Fui un plato de sushi desnudo, ¿recuerdas? No hay mucho más que hacer aparte de escuchar las conversaciones pasajeras.

Soltó una carcajada.

—No puedo creer que ya estés bromeando sobre eso.

Era mejor reír que llorar.

—Vamos, considera esto como tu confesionario. ¿Cómo vas a acabar con ese infeliz? Me ayudará a dormir por la noche, sobre todo si puedo ayudar de alguna manera.

—¿Cómo sabes que tengo un plan?

—He estado mirándote —confesé—. Te observo mientras trabajas y sé que estás haciendo más que solo responder correos electrónicos. Dime. Puedo ayudar. Puedes confiarme eso.

Respiró hondo y asintió.

—Bien, porque te necesito. Estamos juntos en esto y sé que podemos salir de la misma manera.

CAPÍTULO 17

Montgomery

—Sigues suspirando —dijo Grace levantando la vista del libro que había estado leyendo la mayor parte del día.

—Lo siento —murmuré, y dirigí mi atención de nuevo a mi portátil—. Cosas del trabajo.

—Estoy segura de que es difícil intentar trabajar desde esta habitación.

—No tienes idea. No ayuda que mi padre sea un puto idiota. No sé si es que yo estaba ciego antes, o si simplemente se está volviendo descuidado en su vejez, pero su nivel de riesgo está saliéndose del margen.

—Sabiendo lo que sé de tu padre, parece que siempre oculta algo respecto a cómo maneja todo en su vida —dijo Grace—. Pero serás más listo que él y lo superarás.

Al no poder concentrarme más, y no solo por nuestra conversación, sino porque sabía que la señora H vendría en cualquier momento con nuestro atuendo para la noche, cerré el portátil.

—El negocio familiar no está limpio por completo.

Nunca lo ha estado. Pero, últimamente, las cosas parecen estar en un nivel totalmente nuevo.

Me levanté y comencé a ir de un lado a otro frente a la ventana. Me sentía como un tigre enjaulado.

Había tantas cosas que quería hacer y de las que quería asumir el control. Mis planes eran detallados y necesitaba sentirme libre para ejecutarlos, pero al mismo tiempo estaba lejos de ser libre. Me sentía impotente. Estaba limitado desde mi prisión, pero también tenía que seguir abriéndome camino a través de lo malo o arriesgarme a perder cualquier control que tuviera.

—Debes haber heredado mucho de tu madre —dijo Grace, cerrando su libro y acercándose a mí—. No eres como tu padre en lo absoluto.

No sé si fue el tono suave y tranquilizador de la voz de Grace, o el hecho de que mencionara a mi madre, pero la burbuja oscura en la que me estaba ahogando pareció estallar. No pude evitar sonreír.

—Mi madre es una mujer increíble. Te agradará mucho, y sé que a ella le gustarás. Es muy amable, generosa e hizo todo lo posible para que yo fuera un buen hombre.

—Eres un buen hombre —dijo Grace y extendió la mano para coger la mía y dejar de caminar.

Respiré hondo para calmar aún más mi tensión.

—Intento serlo. No es fácil todo el tiempo, pero lo intento. Siempre he querido ser el mejor. Supongo que podrías llamarme una persona aplicada. Era el mejor en la escuela, en los deportes, en los negocios, en la vida. Pero parece que, sin importar lo que haga, tengo esta maldita cadena de los Kingston que tira de mí hacia abajo. El linaje de sangre azul llega a ser demasiado a veces.

Señalé la habitación.

—Todo esto es demasiado. Nunca trataría a una mujer

como te he tratado a ti si no estuviera en la Oleander. A pesar de que he sido criado para hacerlo, nunca lo haría, pues mi madre me mataría —dije con una sonrisita que desapareció rápidamente—. Siento que estoy perdiendo una parte de mí mientras estoy aquí.

Grace no dijo nada, pero me apretó ligeramente la mano y asintió.

—Y estoy seguro de que piensas que sueno como un idiota privilegiado al que le han dado todo y, sin embargo, está aquí y se queja por eso.

—No —dijo en voz baja—. Creo que has tenido que luchar contra demonios de cuya existencia no tenía ni idea, ni que yo misma he tenido que soportar. Tu historia es diferente a la mía, pero eso no significa que no hayas tenido tus dificultades también. Nunca pensé que el dinero daba la felicidad. —Se rio entre dientes—. Pero a pesar de todo, todavía me gustaría algo de ese dinero.

La señora H llamó a la puerta antes de entrar un instante después. Todavía parecía cansada, pero no iba a decir nada al respecto. También parecía tener prisa.

—¿Tienes una noche ocupada? —le pregunté.

—Estamos preparando las invitaciones para el próximo candidato. Sully es el siguiente y estamos investigando a las mujeres que se seleccionarán. —Miró a Grace y luego a mí—. Me lo tomo muy en serio. Quiero que las mejores bellas sean seleccionadas para mis chicos.

Le sonrió a Grace y me sorprendió con su siguiente declaración:

—Las otras bellas deberán estar a la altura de esta. —Entonces salió rápidamente de la habitación, sin darnos a Grace ni a mí la oportunidad de responder.

Cuando la puerta se cerró con un clic, ambos nos dirigimos a la cama para ver qué llevaríamos puesto. Cuando abrí mi caja esperando ver otro esmoquin como el que había usado en todos los demás eventos, me sorprendió ver un manto plateado que les pertenecía a los miembros de la Orden. Pasé las yemas de los dedos sobre la tela, sintiéndome tanto emocionado como aterrorizado.

Los días estaban llegando a su fin y yo casi era un miembro por completo. Ver la capa y poder usarla esta noche me provocó una ráfaga de emociones, tanto buenas como malas. Nací para querer esto, pero mi alma se estaba rompiendo al mismo tiempo.

Grace sacó un vestido de satén azul con tirantes finos. Era del mismo color que el vestido de fiesta que se había puesto la noche que la elegí.

También sacó un collar de perlas y se las llevó al cuello.

—Son bonitas. —Luego me dedicó una sonrisa—. ¿Vas a arrancármelas de nuevo y arruinarlas?

Me encogí de hombros.

—No tengo idea de lo que nos espera esta noche. Ya hemos pasado el punto al que asisten los candidatos, así que no estoy enterado de nada más.

—Estamos cerca —dijo ella, sacando el vestido de la caja.

—Bastante.

—Lo que significa que lo más probable es que se vuelva cada vez más difícil.

Asentí con la cabeza mientras la veía ir hacia el baño para cambiarse.

—Creo que podemos contar con eso.

Cuando entramos en el salón de baile blanco con candelabros que lo rodeaban, las velas parpadeantes me dijeron todo lo que necesitaba saber. Llevaba una capa plateada, al igual que todos los miembros, por lo que esta noche sería más un ritual que una fiesta. Grace vestía el único color en la sala.

Sala blanca. Monstruos plateados. Bella azul.

Cuando los bastones empezaron a impactar contra el suelo para anunciar nuestra entrada, coloqué la mano en la parte baja de la espalda de Grace para tratar de ofrecerle algún tipo de consuelo. La vi respirar profundamente y relajar los hombros. Sus ojos estaban enfocados al frente, y esta impresionante guerrera mía estaba preparada para la batalla.

Una gran parte de mí quería cogerla en brazos y sacarla de esta casa para no volver a mirar atrás nunca más. Pero esto no se trataba solo de mí. Tenía que recordar que Grace también tenía sueños. Para ella, esto significaba tanto como para mí.

Había una estructura grande en el centro de la sala cubierta con la tela plateada. No pude distinguir qué era, pero no tuve que permanecer en suspenso por mucho tiempo. Con el golpe de un bastón, algunos de los ancianos se acercaron a la estructura y quitaron la cubierta.

En medio de este elegante salón de baile que apestaba a riqueza, clase y elitismo, había una vista de pesadilla.

Una horca.

Los ancianos que habían revelado la horca se acercaron a donde estábamos y se llevaron a Grace. La subieron en la estructura antes de que pudiera siquiera pensar en lo que estaba pasando.

Lo que colgaba de la viga transversal no era una soga hecha con una cuerda, sino una hecha de satén azul; el mismo satén que se usó para hacer su vestido.

Grace tenía los ojos muy abiertos y el labio le temblaba cuando se volvió para mirarme. Sentía como si tuviese los pies fijos en el cemento y me ardían los pulmones mientras luchaba por respirar. No podía moverme. No podía gritar. No podía hacer nada más que quedarme paralizado con absoluto terror.

¿Qué diablos le iban a hacer?

Le dejaron el vestido puesto, lo cual me sorprendió. Lo primero que esperaba era que la desnudaran para que todos la vieran. Un anciano le quitó el collar de perlas y se lo entregó.

—Si dejas caer las perlas, la prueba de la noche termina. Te liberaremos de la soga. Pero si las dejas caer antes de que se acabe el tiempo, entonces la iniciación también terminará y tendrás que irte de la Oleander. La elección depende de ti —dijo.

Grace cogió las perlas con una mano temblorosa, luego me miró y asintió muy sutilmente. Nuestra conexión había llegado a un punto en el que entendíamos las palabras no verbales. Casi podía escucharla diciéndome que no me rindiera ni detuviera la prueba.

Ella estaba dispuesta. Haría esto, lo que fuera que esto fuera.

—Montgomery Kingston, esta prueba también es para ti y no será fácil —dijo el anciano.

Los ancianos colocaron la soga de satén alrededor del cuello de Grace y casi vomito. No la matarían, de ninguna manera harían algo similar, pero aun así...

—Diez minutos y nueve segundos. Ese es el tiempo que debe durar la prueba para que se complete. Diez minutos y nueve segundos para probar ambas resoluciones. Diez minutos y nueve segundos para que no solo intentemos quebrar a la bella, sino que intentemos quebrarte a ti —continuó el anciano—. 109 días de iniciación, pero los próximos diez minutos y nueve segundos serán una prueba que ambos quizás no puedan soportar.

Dos ancianos se me acercaron e impactaron sus bastones contra el suelo mientras daban cada paso. Reconocí que uno era mi padre. Me cogieron de los brazos y me llevaron a la horca, justo enfrente de la escotilla que me preocupaba que se abriera en cualquier momento y dejara caer a Grace con la soga alrededor del cuello.

«Oh Dios, por favor que no la cuelguen. Por favor. Esto está yendo demasiado lejos».

Entonces mi padre habló:

—La bella permanecerá colgada durante diez minutos y nueve segundos. Tienes la opción de sostenerla si así lo deseas. Puedes ofrecerle aliento, pero a un precio. Durante todo el tiempo que la sostengas, los ancianos te golpearán con los bastones. Será tu comodidad o la de ella. ¿Hasta dónde llegarás para proteger a la bella? ¿Cuánto sacrificarás? ¿Tienes la fuerza para aguantarlo?

Los ancianos de la plataforma volvieron a agarrar a Grace por los brazos y la escotilla se abrió. La sujetaron, sin permitirle caer.

Sus pies colgaban y lo único que le impedía caer eran los hombres.

Mi padre me empujó hacia la horca.

—Te recomiendo que vayas a atraparla.

Sin dudarlo, corrí hacia la escotilla y me quedé abajo con los brazos abiertos mientras los ancianos que sostenían a Grace la soltaban. Si no hubiera estado allí, temía que la soga de satén pudiera haberle roto el cuello o, al menos, haberla herido gravemente; pero, en cambio, pude detener su caída.

Aunque no era lo bastante alto para sujetarla por completo, pude envolver mis brazos alrededor de sus pantorrillas e hice todo lo posible para mantenerla en alto para que se estrangulara lo menos posible.

Pero cuando la miré, pude ver sus manos sosteniendo la soga y tratando de apartar la tela de su cuello. El collar de perlas permaneció entrelazado entre sus dedos, y aunque estaba claro que luchaba por respirar, sabía que tendría que perder el conocimiento antes de soltar el accesorio.

—¡Deja caer esas perlas en el momento en que no puedas respirar! —le grité—. ¿Me escuchas, Grace? ¡Suelta esas malditas perlas si es necesario!

Me puse de puntillas y me levanté aún más cuando la oí jadear en busca de aire.

—Diez minutos y nueve segundos —escuché decir a mi padre.

Los ancianos me rodearon y el primer ataque con el bastón impactó contra la parte baja de mi espalda.

La sorpresa del golpe casi hizo que soltara las piernas de Grace, pero rápidamente la sujeté y levanté aún más. Otro golpe en mi trasero, y luego en mi muslo, y luego en mi espalda una vez más. Golpe tras golpe, los bastones me atacaron. Había una cadencia en sus golpes; era un asalto organizado que tenía un ritmo como si fuera una orquesta morbosa creando una sinfonía de agonía.

Si soltaba a Grace sabía que la paliza se detendría, pero también sabía que no podría respirar sin mi ayuda. Incluso con mi ayuda, pude ver que ella luchaba por respirar.

El sudor me goteaba de la frente y me escocía los ojos mientras permanecía concentrado en su rostro. Si veía la más mínima señal de verdadera angustia, la soltaría lo suficiente para poder arrancarle esas perlas de la mano yo mismo.

Ignoré golpe tras golpe de los bastones y me concentré solo en Grace. Ella y solo ella era la más importante aquí. Soportaría una paliza mucho más de diez minutos y nueve segundos si tuviera que hacerlo. Cualquier cosa para proteger a esta mujer. Cualquier cosa.

Las lágrimas cayeron por sus mejillas y se aferró al satén lo mejor que pudo para evitar la presión contra su tráquea, pero sabía que las lágrimas no eran por su propia incomodidad o miedo. Era demasiado desinteresada para llorar por su propia agonía. Estaba llorando por mí.

Observé cómo se estremecía cada vez que un bastón entraba en contacto con mi cuerpo. Vi cómo sus dedos se aflojaban en el collar cada vez que me golpeaban.

—¡No mires! Cierra los ojos si hace falta. Estaré bien —exclamé, a pesar de que sentía que me ardía el cuerpo con un dolor atroz—. No te atrevas a soltar ese collar por mi bien. Puedo soportar esto.

Un golpe particularmente fuerte conectó con mi omóplato y casi me obligó a soltar a Grace. La acción fue suficiente para que Grace comenzara a asirse de su cuello, retorcerse y patear sus piernas involuntariamente mientras luchaba por respirar. ¡Necesitaba levantarla más ahora!

Ignorando que otro bastón impactó en mi pantorrilla para intentar que perdiera aún más el equilibrio, la levanté con todas mis fuerzas. Una y otra vez, la paliza continuó, pero me negué a moverme.

Nunca defraudaría a esta mujer. Nunca.

Los ancianos tendrían que golpearme hasta matarme antes de que les permitiera quebrarme o quebrar a mi bella.

Y luego, por fin, el ataque a mi cuerpo se vio reemplazado por golpes en el suelo. Todos los bastones que me habían golpeado, ahora estaban en perfecta sincronía mientras chocaban contra el mármol blanco del salón de baile.

La prueba estaba completa.

Había resistido diez minutos y nueve segundos. Sentía el cuerpo maltratado, pero nada que no pudiera soportar.

Dos ancianos cortaron la soga y bajaron a Grace. La descendieron y la abracé cuando sus pies finalmente hicieron contacto con el suelo. Arranqué la soga como si fuera una tela venenosa y no pudiera quitarla de su delicada piel lo bastante rápido. La soga le había dejado una marca roja en el cuello, pero no le cortó la piel, y estaba más agradecido por eso que por nada en mucho tiempo.

Ella comenzó a besarme por toda la cara.

—¿Estás herido? ¿Qué tan malherido estás? —preguntó entre besos. No estaba preocupada por ella, sino por mí.

—Estoy bien, estoy bien. —Me aparté lo suficiente para poder inspeccionarla de arriba abajo y asegurarme de que estuviese bien de verdad, pero estaba claro que ella me estaba haciendo lo mismo.

Luego cogí el collar de perlas que todavía sostenía, lo puse alrededor de su cuello y aseguré el broche. Se había ganado las perlas y quería que las usara con orgullo. Como ya no quería estar bajo la atenta mirada de los ancianos, y ya que me importaba una mierda lo que pensaran de mis acciones, cargué a Grace y salí del salón de baile.

La prueba había terminado y ya no había necesidad de inhalar el mismo aire tóxico que esos malditos enfermos.

—¿Puedes respirar bien? —le pregunté mientras ella cerraba los brazos alrededor de mi cuello.

—Estoy bien —dijo en voz baja—. Me has mantenido arriba todo el tiempo y podía respirar. No muy bien, pero podía respirar.

Sí, la había mantenido arriba. Siempre lo haría.

Me di cuenta de algo hoy mientras me golpeaban repetidamente. Esta mujer que levanté había sido golpeada toda su vida. Mucho más que diez minutos y nueve segundos.

Eso nunca volvería a suceder. No mientras yo mismo pudiera respirar.

—Gracias —susurró mientras apoyaba la cabeza en mi hombro.

La miré con sorpresa. ¿Por qué esta mujer me agradecería? Yo debería estar rogando por su perdón. Debería estar de rodillas suplicándole que no me odiara después de todo lo que esta pobre mujer había tenido que pasar.

—¿Por qué me estas agradeciendo?

Sus ojos se encontraron con los míos.

—Porque nunca me has soltado.

CAPÍTULO 18

Grace

Dormí mucho aquella semana. Ni Montgomery ni yo queríamos admitirlo, pero estas pruebas nos estaban pasando factura. Tenía magulladuras de color negro y azul en algunas áreas del cuerpo por los golpes y, a pesar de que seguía asegurándome de que estaba bien, sabía que estaba cansado y necesitaba tiempo para recuperarse.

Una mañana encontré a Montgomery en la cama conmigo, abrazándome. Cuando me desperté con uno de sus brazos rodeándome, se limitó a hacerme callar y decirme que me volviera a dormir. Tenía su portátil al otro lado de él, y había estado escribiendo con una mano mientras yo despertaba.

—Has tenido una pesadilla —fue todo lo que dijo, y me apartó el pelo de la cara—. Shh, descansa un poco más.

«Sí, claro», había pensado. Estar tan cerca de él se sentía demasiado bien. No había forma de que pudiera volver a quedarme dormida. Volvió a escribir rítmicamente, y evidentemente pensaba que me volvería a dormir, pero ahora estaba despierta y la sensación de su cálido y firme muslo contra el mío y su brazo fuerte a mi alrededor... Tragué saliva y cerré los ojos con fuerza.

Aparte de la primera noche voyerista mientras los ancianos observaban y aquella única vez en la ducha, nosotros nunca... Estuvo conmigo esa mañana mágica después de despertar en el lago, pero nunca... No en nuestra propia cama sin que nadie estuviera mirando.

Me sentía loca incluso por tener los pensamientos que estaba teniendo. Sí, nos habíamos acercado y la forma en que me sostenía era más tierna que la de cualquier hombre, pero estaba siendo tonta. Si bien Montgomery podía ser gentil y dulce en momentos como este, nunca me había dicho nada más que lo hermosa y fuerte que era. Me admiraba, pero ¿había algo más? ¿Quería yo que hubiera algo más? Habíamos acordado que se trataba de una asociación a corto plazo y que sí, estaríamos listos para todo mientras estuviéramos aquí juntos, pero ¿qué pasaría después?

Montgomery nunca me había musitado una palabra sobre el futuro, y tuve la horrible sensación de que no iba a hacer ninguna promesa más allá de las próximas semanas a propósito.

Yo era la que tenía el problema, la que dejaba que mi mente de niña tuviera rienda suelta.

—Shh, vuelve a dormir —susurró Montgomery y volvió a apartarme el cabello de la cara con el roce más delicado. Sus ojos azul grisáceos eran afectuosos mientras me miraba. Lo miré a los ojos por un instante, y un segundo después ya había cerrado la tapa de su portátil y envuelto mis brazos alrededor de su cuello.

Cuando lo empujé hacia el colchón, no hubo dudas.

Metió el portátil bajo la cama, se movió para que su enorme cuerpo estuviese sobre el mío, y luego puso su muslo entre mis piernas abiertas.

—Joder, te ves muy hermosa por las mañanas justo cuando te despiertas. —Bajó la cabeza y me besó de lleno en los labios. Seguía hablando con el tono grave que hacía que me derritiera ante él.

Se acercó a mi oreja, tirando de mi lóbulo con los dientes, pero fueron sus palabras las que me hicieron rendirme y rogar por más caricias.

—Me atormentas todas las noches porque sé que este cuerpecito flexible y apretado está aquí, tan cerca pero tan lejos.

Negué con la cabeza mientras atraía su cabeza hacia la mía.

—No está muy lejos en este momento.

Debió estar de acuerdo porque cambió de posición mientras me besaba con más profundidad que nunca, de modo que pude sentir su enorme erección rozando la fina tela de mis bragas de seda. Una de mis piernas estaba atrapada en las sábanas, pero envolví la otra alrededor de su cintura y arqueé la espalda, dándonos a ambos de esta forma la fricción por la que estábamos desesperados.

El placer me atravesó. Era tan caliente, tan dulce. Había un rayo que conectaba desde la punta de su lengua mientras provocaba la punta de la mía y que iba directamente a mi sexo.

Dejé escapar un gemido de necesidad poco femenino. Me sentía desesperada por él de una forma que nunca antes había experimentado. Busqué a tientas la parte inferior de su camiseta blanca, pues me sentía desesperada por tener más contacto con su piel. Parecía que él también pensaba lo mismo, porque la levantó de un tirón, se la quitó y se posicionó sobre mí en cuestión de segundos.

Envolví mis brazos alrededor de su cuello con más fuerza y le sostuve la cabeza mientras me besaba el cuello y bajaba hasta mis pechos. Pellizcó un pezón mientras chupaba el otro con sus labios pecaminosos. Oh, Dios, sí.

—Más. Más fuerte. —Me moví sin parar y me froté con su cuerpo descaradamente. Ya estaba excitada y con mucha necesidad de su roce—. Dios, Montgomery.

Clavé las uñas en su cuero cabelludo cuando un orgasmo nació y luego estalló, sorprendiéndome por completo. Nunca me corría tan rápido ni con tanta facilidad. ¿Qué demonios?

Pero Montgomery no se detuvo ni disminuyó la velocidad.

—Bien, ese es el primero. Veamos cuántos puedo darte a la vez.

Me quejé, pues ya necesitaba más.

—No te atrevas a provocarme. Necesito tu pene, no me hagas esperar.

Gruñó y se inclinó más.

—Zorrita, quería tomar esto con calma.

Negué con la cabeza y seguí besando desesperadamente cada parte de su cuerpo que podía alcanzar.

—Hagámoslo lento después. Ahora follamos.

Excepto que cuando me penetró, me cogió de las muñecas, desesperadas y con ganas de moverse, y las inmovilizó sobre mi cabeza. Inmediatamente me quejé y me moví. Lo necesitaba. ¿No lo entendía? Necesitaba algo real entre nosotros, algo tangible, algo más que la farsa que nos veíamos obligados a realizar frente a los demás. Cuando me follaba con fuerza, sentía eso. Sentía que, durante unos minutos en este universo largo e interminable, yo era su mundo entero.

Pero Montgomery siempre estaba lleno de sorpresas y yo no podía controlarlo más de lo que podía hacer que la Tierra girara en sentido contrario sobre su eje, porque cuando yo quería algo rápido y duro, parecía que Montgomery estaba decidido a hacerlo lento.

Traté de soltarme, pero él me sonrió, y luego, con tanta firmeza como siempre, se inclinó lo suficiente para tocarme la punta de los pezones con su lengua.

Fue la cosa más tortuosa y asombrosa que había sentido jamás, o al menos hasta que sentí la punta de su pene en mi entrada. Traté de encajar mis caderas contra él, de acercarme, pero él retrocedía cada vez que lo hacía, negando así mis deseos y mis ganas. Sin ninguna palabra, me recordaba que él tenía el control cuando estábamos juntos, ya fuera frente a una sala de espectadores o solo nosotros.

Darme cuenta de aquello me calmó. Había confiado en Montgomery durante los desafíos más difíciles y ahora me preguntaba silenciosamente si podía confiar en él aquí, en la intimidad.

Por un segundo no pude mirarlo a los ojos. ¿Por qué era tan difícil? Pero él me soltó una de las muñecas, sujetó delicadamente mi mandíbula, e inclinó mi cabeza hacia atrás para que lo mirara a los ojos.

—¿En qué pensabas? —preguntó.

No moví la muñeca del sitio donde él la había colocado, por encima de mi cabeza. Yo seguía estremeciéndome por el próximo orgasmo que iba a tener, pero me mantenía al borde porque él no me dejaba avanzar. Una lágrima se deslizó por mi mejilla.

Montgomery pareció alarmado y comenzó a alejarse de mí, pero yo me aferré a él brevemente para hacerle saber que no quería que se fuera, y luego subí mis muñecas obedientemente.

—Te deseo tanto —le susurré y lo miré profundamente a los ojos, grises con un toque de azul.

¿Podía oír lo que no estaba diciendo? Que lo quería por más tiempo que las mañanas de sexo casual, por más tiempo del que teníamos en las próximas semanas que pasaríamos juntos. Que lo deseaba más de lo que hubiera deseado cualquier cosa en mi vida, lo cual me asustaba muchísimo.

—Eres más de... Más de lo que podría haber...

Sus ojos se suavizaron en la forma en que yo adoraba.

—Grace, eres lo más precioso que he tenido entre mis manos. Te mantendré a salvo. Lo juro.

¿Me estaba imaginando cosas? ¿Era esa la versión de Montgomery de una declaración de amor? Oh Dios, por favor, quería que él sintiera por lo menos la mitad de lo que yo estaba sintiendo. Incluso un atisbo de lo que estaba sintiendo sería suficiente. Pero estaba muy asustada para pedirle una aclaratoria o presionarle para que me dijese algo más.

En lugar de eso me entregué a él y, por primera vez, no solo follamos, sino que hicimos el amor.

Eso pasó hace dos días. Sin embargo, esta mañana, cuando me desperté, Montgomery no estaba por ningún lado.

Bostecé, me estiré y entrecerré los ojos cuando la brillante luz me dio en la cara. Entrecerré los ojos con más fuerza y busqué un reloj. ¿Qué hora era? Había demasiada luz afuera para que aún fuese por la mañana.

En ese momento se abrió la puerta y entró Montgomery

con una bandeja de comida, quien sonrió cuando me vio despierta.

—Buenos días, Bella Durmiente. O debería decir buenas tardes.

Se acercó y dejó la bandeja a los pies de la cama.

Me senté ávidamente mientras mi estómago gruñía.

—Oooh, desayuno en la cama. Es así como viven los ricos entonces.

Montgomery puso los ojos en blanco.

—No del todo. Por lo general yo desayuno avena instantánea que caliento en el microondas antes de salir. Estoy soltero, ¿recuerdas?

Me mofé con falsa indignación y me incliné para cubrirle la boca con mi mano.

—No dejes que la señora Hawthorne escuche esa herejía o se irá a vivir contigo para poder prepararte tus tres comidas al día.

Pero Montgomery me tiró del brazo hacia adelante hasta que aterricé en su regazo.

—¿Qué hay de ti? ¿Harías tú algo para arreglar mis malas costumbres de soltero si pudieras?

Sentí como si sus ojos brillantes e intensos me estuviesen preguntando algo más que mis opiniones sobre sus hábitos alimenticios. ¿Podría estar...? Me refiero, nada podría funcionar entre nosotros porque él era... y yo soy...

Desvié la mirada hacia la bandeja y fruncí el ceño cuando vi una pequeña bolsa blanca rellena con papel de seda plateado junto a la comida, como si fuera un obsequio.

—¿Qué es eso? ¿Es para mí? —Alargué la mano para coger la bolsa y Montgomery abrió los ojos como platos.

—Eso es para después del desayuno —dijo, pero yo fui demasiado rápida. Me hice con la bolsa y me alejé bailando hasta el otro lado de la cama.

—¿Estás tratando de ocultarme mi regalo? —Me reí mientras metía la mano.

Cerré la mano alrededor de un objeto escondido en el papel de seda y fruncí el ceño, pues no sabía qué podía ser. Lo saqué, lo sostuve en alto y me reí.

—¿Qué es?

Sin embargo, cuando miré a Montgomery, su rostro estaba rojo y tenía la mano en la nuca.

Volví a mirar el objeto que tenía en manos. Parecía un estrecho huevo plateado sobre un pequeño soporte adornado con joyas, excepto que el objeto era ligeramente puntiagudo en la parte superior. Le di la vuelta en mis manos. El extremo estaba cubierto de joyas, y hubiera creído que eran diamantes de imitación si estuviera en cualquier otro lugar que no fuera esta mansión, pero tal como estaban las cosas, estaba bastante segura de que eran diamantes y rubíes incrustados.

—¿Es una antigüedad o algo así? No entiendo.

Montgomery se atragantó un poco, se acercó a donde yo estaba parada, y entonces me quitó el huevo de plata con delicadeza.

—Sí, supongo que es una especie de antigüedad. Ha sido esterilizado, pero eh, se usa para... Es un...

Volvió a apoyarse la mano en la nuca.

—¿Qué? —pregunté, riendo con lo avergonzado que se estaba poniendo.

Pero sus siguientes palabras me hicieron sentir alivio de que él lo estuviera sosteniendo, porque podría haberlo dejado caer por la sorpresa.

—Es un tapón anal.

—¿Un qué?

Ahora él sonreía y disfrutaba de que fuese yo quien estuviera incómoda.

—Un tapón anal. Bueno, uno de entrenamiento, la verdad. Le pedí a la señora H que nos lo consiguiera porque...

—¡¡Le has pedido a la señora H un tapón anal!?

Dios mío, me iba a morir de vergüenza. La serena, robusta y vieja señora Hawthorne me había conseguido un tapón anal. Me cubrí el rostro con las manos.

—Es algo bueno. Te alegrarás por ello.

Miré a Montgomery como si estuviera loco.

—¿Alegrarme por ello? —Mi voz subió una octava más de lo normal.

Se acercó porque probablemente sintió que estaba a punto de perder el control.

—En el desayuno recibimos otra invitación.

Sacó un collar negro de detrás de su espalda y mi tensión se disipó de inmediato. Sabía que recibiríamos una invitación en cualquier momento, ya que había pasado casi una semana desde la última. Pero si era una noche de collar negro, eso significaba que nadie más que Montgomery me tocaría. Gracias a Dios.

—Pero estarán esperando un espectáculo. Es por eso que voy a tomar tu ano esta noche.

Lo dijo con mucha naturalidad. Tragué saliva y asentí. Sabía que no podía escapar de esto y, por mucho que la idea me asustara, el hecho de que fuera Montgomery y nadie más... bueno, era la única forma en que estaba dispuesta a intentarlo.

Su voz se suavizó.

—Pero no puedo soportar la idea de hacerte daño. Es por eso que pasaremos el día entrenándote para que esta noche puedas conmigo. —Volvió a levantar el huevo.

Mis ojos se abrieron de inmediato. Era una cosa cuando

solo lo veía como un objeto curioso, pero ahora estaba hablando de meterlo todo en mi...

Involuntariamente di un paso atrás.

—Esto...

Él enarcó una ceja y me siguió.

—Grace —dijo con un tono de voz mitad burlón y mitad en señal de advertencia—. Esto va a suceder, incluso si tengo que sujetarte.

Me detuve. Bueno, de hecho, aquello sonaba bastante excitante, así que le sonreí descaradamente.

—¿Lo prometes?

Los ojos le brillaron con pasión.

—Lo juro.

Y luego se abalanzó sobre mí con el huevo en mano. Chillé y traté de saltar sobre la cama, pero él me agarró por las caderas y aterrizó medio encima de mí.

Me reí y luché debajo de su cuerpo, pero él puso todo su peso sobre mí y me inmovilizó con facilidad. Dios, eso se sintió delicioso, en especial cuando sentí que cierta parte de él se endurecía. Moví más mi trasero contra él hasta que gruñó y se apretó contra mí.

Esto era nuevo. No jugábamos así, pero me encantó. Froté mi trasero contra su rígido miembro.

—¿Crees que puedes atraparme? ¿Crees que puedes domesticarme?

Su voz sonó grave y ronca mientras se agachaba y agarraba una de mis nalgas, apretándola.

—Creo que ya eres mía —dijo al levantar mi camisón y agarrar mi culo para masajearlo con sus grandes manos, lo que provocó que mi libido se descontrolara. No nos habíamos tocado desde la otra vez y eso me estaba volviendo loca.

Una de las almohadas estaba en el medio de la cama, ya que me gusta dormir con una entre mis piernas, y resultó que estaba posicionada justo debajo de mi pelvis en este momento, así que me froté descaradamente contra ella, desesperada por sentir algún tipo de fricción mientras Montgomery me bajaba la tanga y seguía masajeándome el trasero.

Y sus pulgares... Oh Dios, sus pulgares... Con cada masaje avanzaba más hacia mi lugar prohibido con esos endemoniados pulgares exploradores, hasta que me abrió más de lo que ningún hombre se había atrevido a hacer.

Enterré mi cara en la almohada, avergonzada y emocionada por las cosas íntimas que me hacía. Él no tenía vergüenza, y yo tampoco. Se sentía sucio y prohibido, y... me excitaba como nunca me hubiera imaginado. Hizo una pausa por un momento, aún con una mano entre mis nalgas, y luego, un segundo después, sentí algo frío en el trasero. Lubricante. Luego, sus dedos se introdujeron aún más.

Oh Dios, oh Dios, estaba...

No pude evitar gritar y mover las caderas contra la almohada cuando sus pulgares finalmente penetraron la abertura.

—Sí, joder —maldijo, borracho de lujuria por tener sus dedos en mi ano—. Tengo tantas ganas de follarte, hermosa. Quiero este ano más de lo que nunca he querido nada en este maldito planeta.

El refinado caballero sureño había desaparecido, y este era mi hombre que hablaba sucio. Me hacía ser atrevida. Lo miré por encima del hombro y apreté sus dedos con mi ano.

—Lástima, guapo. No puedes tenerme hasta esta noche.

Si pensé que antes estaba ebrio de lujuria, la forma en que sus ojos brillaron y se empañaron de necesidad en ese momento... No estaba segura de poder mantener mi farol, porque si él quisiera tomarme aquí mismo, ahora mismo, no sería capaz de decirle que no. Mi cuerpo ya estaba preparado.

Moví las caderas hacia arriba y supe que le estaba presentando una vista espectacular: mi culo levantado, abierto y listo para él.

Por un momento nos quedamos paralizados y pensé que mandaría todo al diablo y se sumergiría en mí en ese mismo momento, pero entonces sacó sus cálidos y fuertes dedos de mi trasero y sonrió cuando gimoteé por la pérdida.

—Tienes razón. Cosas buenas les llegan a los que esperan —susurró.

Y entonces, antes de que pudiera orientarme u objetar, el metal frío había reemplazado la sensación de sus dedos. Lo había lubricado. Me di cuenta de eso porque comenzó a entrar sin mucho problema, pero a medida que avanzaba y alcanzaba la circunferencia más ancha del huevo, abrí tanto los ojos que parecían dos platos.

Sin embargo, Montgomery estaba allí para tranquilizarme.

—Eso es —murmuró con los ojos fijos en mi trasero—. Ya casi está. Ya casi está.

Dios mío, de repente ese pequeño huevo se sintió como si estuvieran tratando de meterme un elefante en el ano.

—No, no te pongas tensa, ya casi está dentro.

Empezó a masajearme las nalgas de nuevo.

—Relájate para mí.

Exhalé y traté de seguir sus instrucciones. Relajarme. Solo debía relajarme.

Y luego, con un pequeño sonido de succión, el huevo entró por completo. Solo lo detuvo el extremo decorado con joyas.

—¡Listo! —Montgomery me dio una sonora nalgada que hizo eco en toda la habitación—. Esa es mi chica.

Incliné mi cabeza sobre las almohadas, y fue entonces que me di cuenta de que el sudor bañaba mi frente. Montgomery desapareció en el baño, probablemente para lavarse las manos, y yo me quedé donde estaba.

El tapón se sentía... extraño. No se sentía mal, pero ¿cómo se suponía que anduviera todo el día con esa cosa metida en el culo? Cielos. Cada vez que Montgomery me mirara, sabría que estaba allí.

Me mordí el labio. Vale, sí era algo excitante.

Pero cuando regresó, se veía tan tranquilo y sereno como siempre. Yo me senté e hice una mueca cuando el huevo se movió dentro de mí —¡dentro de mí!—, y Montgomery acudió de inmediato a mi lado.

—¿Estás bien?

Bajé la mano y pasé los dedos por las joyas del extremo del tapón antes de acomodarme las bragas en su sitio.

—Esto, sí. Estoy bastante bien para tener un huevo gigante en el culo. ¿Y tú?

Sus ojos se oscurecieron.

—Es probable que no logre trabajar mucho hoy si sigues moviéndote de esa forma.

Lo miré inocentemente y moví el trasero contra la cama. Aún no me había bajado el camisón, así que mis largos muslos y el diminuto triángulo de mi tanga eran visibles.

—¿Así?

Él se inclinó, me sujetó el rostro y me besó largo y profundo. Si antes no me había intoxicado la lujuria, ahora sin duda que sí.

Cuando se apartó, alargué la mano para tocarlo, pero él se limitó a reír y a menear un dedo en mi rostro.

—Ah, ah, ah. —Me reprendió—. No hasta hoy por la noche.

Y entonces el imbécil tuvo la osadía de mover el escritorio a una esquina y empezar a trabajar. Me dejó en la cama sintiendo una increíble necesidad, sin nada más que libros para distraerme durante el día y un tapón en el culo que me recordaba lo que ocurriría en la noche.

CAPÍTULO 19

Montgomery

La caja de los collares de colores volvía a estar sobre la cama, y ni siquiera tuve que pensar antes de coger la negra, ponérsela a Grace en el cuello y atarle la correa.

—¿No crees que se enojarán si sigues poniéndome la negra? —preguntó Grace.

—No me importa, es mi elección. —Asentí y señalé el cuarto de baño—. Termina de arreglarte, tenemos que irnos ya.

Se desnudó frente a mí y me sonrió.

—¿Qué es lo que tengo que arreglar exactamente para estar lista? —Dio una vuelta en círculos como si me estuviera enseñando su atuendo inexistente. Entonces miró el tapón en su ano por encima de su hombro—. ¿Y cómo se supone que me saque esto?

—No se supone que lo hagas —dije con una sonrisa torcida—. Sé que la mayoría de los hombres no estará feliz de volver a verte con un collar negro, pero por lo menos ver esta linda gema dentro de ti les distraerá.

Puso los ojos en blanco, pero no discutió.

—Por lo menos tú te ves bien —dijo mientras enderezaba mi pajarita.

—Ya me estoy cansando de llevar esmoquin.

Me interrumpí a mí mismo cuando me di cuenta de que no tenía derecho de quejarme, considerando que ella estaba desnuda y solo podía usar un collar, una correa y un tapón anal.

—Pero gracias —añadí mientras me inclinaba y la besaba delicadamente en los labios—. Esto terminará pronto.

Ni siquiera tuve que decirle a Grace que se pusiera a gatas cuando llegamos al salón de baile. Esta situación evidentemente se estaba convirtiendo en algo típico para los dos, y aquello me obligó a hacer una pausa y preguntarme si alguna vez volveríamos a ser los mismos una vez que completáramos los 109 días. ¿Podríamos salir de la mansión como siempre y no estar jodidos por el resto de nuestras vidas? Tal vez por eso mi padre era un patán. Tal vez la Oleander lo había quebrado.

Pero no me quebraría a mí, y no permitiría que quebrara a Grace.

El señor St. Claire fue la primera cara que vi cuando entramos en la sala. Miró a Grace, luego a mí y me ofreció una pequeña sonrisa antes de dirigir su atención a otro miembro de la Orden. Era agradable ver que el collar negro no le molestaba, aunque sabía que con mi padre sería una historia muy diferente.

La fiesta ya comenzaba.

Las mujeres estaban chupando penes, los hombres estaban follando vaginas, y había culos abiertos de par en par. Y sí, podíamos quedarnos de pie y mirar como lo hacían los demás, pero tampoco quería hacer que nos viéramos como un objetivo. Quería que pareciéramos participantes activos para que nadie sintiera la necesidad de obligarnos a involucrarnos.

—Creí haberte criado para que compartieras tus juguetes, hijo —dijo mi padre detrás de mí—. Pero los ancianos tienen el poder de desautorizarte si así lo deseamos.

Se puso en cuclillas lo suficiente para poder darle una nalgada a Grace.

—Aunque me gusta la joya que le has dado. ¿Alguien se ha portado mal?

Grace hizo una mueca, y supe que era por el disgusto de su roce más que por el dolor de la nalgada. Pero admiré la facilidad con la que recuperó el control y no reaccionó más. No habría podido ser ni la mitad de fuerte que ella. Mi padre habría sido hombre muerto si los papeles se hubieran invertido.

—Si me disculpas —dije mientras tiraba de la correa para acercar a Grace a mi pierna—, mi mascota y yo tenemos asuntos pendientes por su actitud y falta de respeto.

Tenía el buen presentimiento de que si la trataba como si fuera solo mía esta noche porque tenía que castigarla, los miembros nos dejarían en paz.

Conocía lo suficiente a la Orden para saber que estos hombres respetarían mi dominio. Mi padre señaló una plataforma elevada, una de las muchas que había en la sala, y dijo:

—Por supuesto. Haz tu trabajo.

Debería haber sabido que me seguiría el farol, pero en ese momento, otros miembros también se habían acercado, así que no tuve más remedio que hacer exactamente lo que mi padre quería. Algo en mi ser me dijo que o era yo follando públicamente a Grace, o sería uno de ellos. El collar negro importaría un cuerno. Y también sentí que, si no les daba un buen espectáculo, otro podría querer turnarse.

Sin perderme más en mis pensamientos, llevé a Grace a la plataforma y recé para que la mujer me perdonara por mis pecados cuando termináramos.

Aunque había un par de plataformas ocupadas con mascotas y sus amos, todos los ancianos disponibles se acercaron a la nuestra para mirarnos.

No había vuelta atrás.

Tratando de ignorar la sala llena de diminutos ojos de rata que me miraban fijamente, me desabroché el cinturón y lo pasé por las presillas de mis pantalones.

—Has sido una chica muy muy mala —dije por el bien de mi audiencia en lugar del de Grace; luego, doblé el cinturón por la mitad y lo golpeé contra mi palma.

Grace no dijo nada, pero la vi extender los dedos sobre la plataforma para tener equilibrio. Sin perder tiempo, le azoté el trasero desnudo con el cuero. Lo hice con suficiente fuerza como para dejarle una marca roja, pero no lo bastante fuerte como para dejar moretones... o al menos eso esperaba.

Ella chilló, y no estaba seguro de si era para el espectáculo o si el acto fue involuntario. Independientemente de aquello, continué con las nalgadas. Una y otra vez, golpeé su piel con el cinturón, coloreando su blanca piel hasta que se volvió de un rojo llameante. Ella se mantuvo en posición, pero vi que le temblaban las piernas y supe el momento exacto en que no sería capaz de aguantar otro latigazo de mi cinturón.

Pero no podía terminar el espectáculo allí. Querrían más. Y diablos... yo también quería más.

Metí la mano en mi bolsillo y saqué el bote de lubricante

que había planeado para el evento de la noche. Me bajé la cremallera y saqué mi pene, que se había vuelto totalmente rígido al ver el trasero desnudo de Grace ante mí.

Me arrodillé detrás de ella, saqué el tapón trasero de su pequeña y apretada entrada y apliqué más lubricante. Me negaba a mirar hacia arriba o alrededor de la sala, pues tenía toda mi atención puesta en el ano de Grace y en mi palpitante miembro.

Dios, no debería querer follarle el culo para que todos lo viesen, pero mi pene no estaba de acuerdo. Mi cuerpo tenía hambre y no estaba seguro de poder detenerme, aunque podía hacerlo sin consecuencias.

La deseaba. La quería ahora.

—Voy a follarme este culo que tienes —dije mientras colocaba la punta de mi pene en su arrugado agujero trasero—. ¿Y por qué voy a follarme este pequeño agujero tuyo?

Cuando ella no respondió de inmediato, le di una fuerte nalgada en el culo como una advertencia de que esperaba escuchar su completa sumisión. La Orden también necesitaba escucharlo.

—Contéstame, mascota. ¿Por qué voy a follarme este culo?

—Porque soy tuya —gimió. Ella separó sus muslos un poco más, dándome así una silenciosa autorización—. Mi cuerpo es tuyo y lo puedes follar como tú elijas.

—Buena chica —gruñí mientras pasaba mi pene por su estrecha entrada. Ella gimió cuando su piel se estiró tratando de acomodarse a mi tamaño, pero no me detuve. Debía tenerme adentro.

—Es mío —siseé mientras enterraba mi miembro en su agujero centímetro a centímetro.

Ella gritó y sentí que sus músculos internos se tensaban a mi alrededor. Sabía que la única forma en que ella podría disfrutarlo era si podía lograr que se relajara. Alargué la mano por su cuerpo y encontré su clítoris. Apliqué presión, moví los dedos en círculos y detuve mi intrusión por el tiempo justo para que pudiera acostumbrarse al tamaño de mi circunferencia. Cuando su cuerpo pareció relajarse un poco, continué.

—Eres demasiado grande —chilló mientras trataba de alejarse a rastras.

La agarré por las caderas con ambas manos y me enterré lo más hondo que pude, hasta los testículos. Ella se sometió y se quedó quieta.

—¿De quién es este ano?

Empecé a penetrarla. Cuando ella no respondió, la penetré aún más profundo.

—¡Tuyo!

Cuando pude ver que no iba a alejarse de nuevo, le bajé los hombros para que su culo estuviera a la vista y en una posición aún mejor para profundizar mi penetración.

—Montgomery, por favor...

—Recíbeme —ordené. Y aunque sabía que el sexo anal podría superar los límites de su umbral de dolor, también sabía que el tapón anal que había usado todo el día la había estado preparando para este momento—. ¿Sientes que te abro por completo?

Cuando ella no respondió, me incliné hacia adelante, le agarré el cabello y le eché la cabeza hacia atrás.

—Sí, te siento —respondió ella obedientemente y sin aliento.

—¿A quién le perteneces?

—A ti.

La embestí unas cuantas veces más, sabiendo que las estrechas paredes de su ano pronto serían mi perdición. Y aunque quería que esta sensación durara para siempre, mi necesidad de correrme se hizo cargo.

Extendí la mano para encontrar su clítoris de nuevo. Ella se merecía sentir placer y yo haría todo lo posible para que sucediera.

—Córrete por mí, Grace. Córrete ahora.

Su cuerpo se tensó y sus gemidos se hicieron más sonoros con cada embestida. Jugué más con su clítoris hasta que pude oír y sentir su inminente orgasmo.

—¡Montgomery!

Las contracciones de su ano me provocaron una explosión erótica como nunca antes había experimentado. Gruñí y le di una última estocada. Cerré los ojos, saboreando con egoísmo este momento y declarándolo mío.

Era una soledad fingida.

No quería ver las caras de mis espectadores. No quería ver cómo cambiaban de posición para ocultar sus violentas erecciones. No quería ver la lujuria en sus ojos. No quería nada más que oscuridad. Solo la oscuridad.

La oscuridad en la que estaba acostumbrado a vivir.

Alcancé a Grace y la atraje hacia mí. Envolví su cuerpo tembloroso con los brazos y ella se acurrucó contra mí mientras ambos recobrábamos el aliento y nos recuperábamos. Mis ojos seguían cerrados, pero tenía a Grace conmigo en mi oscuridad, quien me daba una sensación de consuelo en nuestra retorcida situación.

Solo nosotros. Por ahora.

Pronto tendría que abrir los ojos y enfrentar la realidad. Al igual que cuando salimos de la Oleander, Grace y yo tendríamos que lidiar con una nueva realidad. Una en la que ya no estaríamos obligados a estar juntos.

Pero por ahora, con Grace en mis brazos, esta era mi realidad.

Cerré los ojos con fuerza.

CAPÍTULO 20

Grace

Algo cambió entre Montgomery y yo esa noche. Siempre imaginé el sexo anal como un acto cruel y brutal, como algo que hacían los chicos para correrse porque lo habían visto una y otra vez en el porno. Nunca imaginé que podía aumentar el nivel de intimidad entre dos personas de esta forma. O quizá era el hecho de que sentía que Montgomery y yo compartíamos este secreto, como si fuéramos las únicas dos personas que sabían la verdad sobre lo que realmente estaba sucediendo entre nosotros, y para todos los demás solo estábamos actuando.

Siempre manteníamos la seriedad enfrente del personal, incluso de la señora Hawthorne, pero a puertas cerradas bromeábamos, reíamos y hacíamos el amor. A veces era casual, pero en otras ocasiones Montgomery tenía una intensidad en los ojos, incluso cuando parecía estar concentrado en su trabajo unos instantes previos a mirarme y casi derribarme de la cama donde descansaba.

Y vale, quizá podría tener algo que ver con el hecho de

que dejé de molestarme en vestirme y a lo sumo usaba lencería o el top de un bañador y pantalones cortos en la habitación o en el lago. Pero para ser justos, eso era simplemente porque notaba una correlación inversa directamente relacionada con la cantidad de ropa que usaba contra la cantidad de tiempo que Montgomery podía pasar sin ponerme las manos encima.

Y como suele decirse: en la guerra y en el amor, todo vale.

Excepto que esto no era la guerra y no podía ser amor. No podía serlo.

Frunciendo el ceño, coloqué mi libro a un lado de la cama y miré a Montgomery que trabajaba sin parar frente a su portátil junto al ventanal abierto de la esquina.

Últimamente me había puesto a trabajar con él. Todas esas clases de negocios que tomé resultaron ser útiles al final. Era divertido aplicarlas a situaciones de la vida real. El otro día lo había ayudado a encontrar una solución creativa para descifrar un obstáculo en su cadena de suministro, y luego creé un organigrama que dijo que era extremadamente útil para ayudarlo a él y a su equipo a visualizar y optimizar la nueva línea de producción.

No creo que lo dijera solo para ser amable, porque le hizo mención a lo largo de la semana. Se sentía increíble que me viesen como algo más que solo «una de las camareras paletas con los pantalones cortos».

Y cada vez me estaba dando más responsabilidad en el negocio. Me preguntaba mi opinión y nuestras conversaciones eran de naturaleza más honesta, e incluso confidencial. Hablábamos mucho sobre su padre y de las formas en que podíamos ayudar a contrarrestar e incluso arreglar situaciones causadas por aquel narcisista codicioso. Montgomery era inteligente, bastante inteligente. Pero en varias ocasiones había dicho que yo también lo era. Me sentía valorada, apreciada y parecía que Montgomery realmente se beneficiaba de lo que ofrecía.

Sin embargo, siempre me hacía sentir que yo era más importante que mi pasado.

Mientras lo miraba ahora, el sol cayó sobre sus despeinados mechones rubios. Le había arreglado el pelo yo misma, había pasado mis dedos repetidas veces por él y había arañado su cuero cabello mientras me embestía esta mañana hasta que estuve gritando de placer al son de los pajaritos matinales.

Un golpe repentino en la puerta nos sorprendió a los dos. Miré el reloj que estaba sobre la puerta: eran solo las dos de la tarde. Ya habíamos disfrutado nuestro almuerzo perezoso en la habitación y nunca solía haber visitantes a esta hora. No hasta la cena.

Los ojos de Montgomery se encontraron con los míos y se levantó rápidamente de su silla.

—¿Sí? Adelante.

La señora Hawthorne asomó la cabeza por la puerta.

—Tu padre está aquí para verte, muchacho. —Su mirada pasó de Montgomery a mí—. A solas.

Levanté las manos para mostrarle que me quedaría donde estaba. La expresión de Montgomery se endureció, pero asintió rápidamente.

—¿Dónde me está esperando?

—En el comedor del ala sur.

—Gracias, señora H. Dile que enseguida voy.

Asintiendo con la cabeza, se retiró tan rápido como entró y cerró la puerta detrás de ella.

—¿Está todo bien? —pregunté.

Los ojos de Montgomery estaban distantes mientras miraba por la ventana.

—¿Eh? Oh, estoy seguro de que todo está bien.

Me paralicé en el sitio donde estaba sentada. Por primera vez en semanas, Montgomery me había mentido. El miedo me atravesó el pecho, el cual se había sentido ligero hacía unos momentos. Pero antes de que pudiera enfrentarlo, se paró frente a la puerta del armario y sacó una camisa de botones limpia. Porque podía aceptar cualquier cosa, menos permitirse hablar con su padre llevando solo una camiseta. Sin duda el mundo se acabaría si lo hacía.

Quería presionarlo, pero incluso con mi limitada experiencia en las relaciones, sabía que los chicos odiaban a las mujeres dependientes y entrometidas. ¿Y si le preguntaba y me mentía más?

Entonces me invadió un pensamiento: «Oh Dios mío, ¿y si Montgomery estaba jugando conmigo?». ¿Estaba tan desesperada que creería lo que fuera porque me gustaba y quería confiar en sus palabras? ¿Acaso estar con Kyle no me había enseñado que los chicos estaban contigo mientras conseguían lo que querían, pero tan pronto como algo más conveniente o fácil llegaba, se iban?

No, Montgomery no era así.

Eso era exactamente lo que una chica ingenua enamorada diría en este momento para defenderse. Maldición, no sabía qué pensar. Siempre había odiado a las chicas estúpidas que ignoraban las señales de que las cosas no estaban bien, y él me había mentido a la cara. Si diera un paso atrás por tan solo un segundo, incluso yo podría darme cuenta de que era un polvo fácil y llamativo; pero cuando estas pruebas terminaran, ¿qué pasaría? Montgomery y yo habíamos evitado específicamente hablar del tema.

—Volveré tan pronto como pueda —dijo Montgomery antes de volverse hacia mí y depositar un beso rápido en mi frente.

Luego, sin decir palabra, salió por la puerta y la cerró firmemente detrás de él. Estaba tan sereno. Desde el principio había pensado que era demasiado guapo para ser amable. Y bastaba con mirar a su padre. ¿Y si en realidad se cumplía lo de «de tal palo tal astilla»?

Me quedé sin palabras, sola en la habitación, durante cinco segundos.

Y luego decidí que era una estupidez. Había tenido suficiente con las fuerzas invisibles que dirigían el curso de mi vida. Esperaba que Montgomery fuera un buen chico, pero ¿qué tenía de malo reunir algunas pruebas al respecto?

Me puse una camisa de yoga suave, pero no me molesté con los zapatos. Aunque probablemente los pies descalzos me servirían mejor, de todos modos. Giré el pomo de la puerta con los ojos entreabiertos y recé para que no estuviera encerrada. Normalmente no cerraban la puerta con llave; sin embargo, no solían molestarnos.

Pero el pomo giró fácilmente. Si Montgomery debía cerrar la puerta con llave, se había olvidado o no esperaba que intentara salir cuando él no estaba. Vaya tonto. Subestimarme a este punto no era muy inteligente.

El comedor del ala sur. Vale. Me mordí el labio al caminar por el pasillo. Irme por la escalera principal era arriesgado, pero bajar por la escalera de servicio parecía una forma segura de encontrarme con la señora Hawthorne.

Aparte de los eventos de la invitación, la mansión estaba bastante vacía.

Correría el riesgo.

Caminando de puntillas para hacer la menor cantidad de ruido posible, corrí por el pasillo y me apresuré por las escaleras principales, a plena vista del área de entrada y del infame salón blanco en la planta baja. No había nadie alrededor. Sabía que Montgomery y yo estábamos alojados en una habitación en el ala norte del edificio, así que me escabullí en dirección opuesta una vez que llegué a la planta baja.

Acercándome sigilosamente, miré en todas las direcciones para asegurarme que no hubiera nadie. La costa aún estaba despejada.

—... estoy impresionado con tu progreso en la mansión. No estaba seguro de que tuvieras lo que se necesita, pero tu demostración en la última invitación fue alentadora.

Me acerqué los últimos pasos y presioné mi oreja contra la puerta de caoba de lo que asumí que era el comedor del ala sur. Pero cuando lo hice, la puerta se movió ligeramente, y fue cuando me percaté de que estaba abierta. Probablemente esa era la razón por la que podía oír las voces con tanta claridad a pesar de la pesadez de la puerta. Me quedé inmóvil y traté de mantener la puerta lo más firme posible.

—Siempre he estado de tu lado, papá. Sé que no siempre hago las cosas exactamente como tú las haces, pero eso no significa que no estemos en la misma sintonía. Todo lo que siempre he querido es mostrarte mi valía. Quiero trabajar codo a codo contigo y demostrarte que mi visión para el futuro de la compañía es sólida.

Oí el chirrido de una silla moverse

—Quiero seguir desarrollando lo que has creado con tanto trabajo toda tu vida. ¿No es ese el propósito de la Orden? ¿La familia y el legado? Me he esforzado toda mi vida por ser un hijo del que puedas estar orgulloso.

—Eso significa mucho para mí, Montgomery. En verdad. Es cierto que me preocupaba por ti. Me preocupaba que tu madre te hubiera vuelto muy débil.

—Has visto por ti mismo que no soy débil.

—Entonces, ¿por qué insistes con el collar negro? —Presionó su padre—. Ella no es nada. Un objeto que tirarás una vez que termines con ella. Tenemos zorras como esa por una razón: no son nadie. Si jugamos muy rudo y las quebramos, nadie notará su ausencia. Puede que no seas débil, pero no estoy seguro de que seas lo suficientemente despiadado para el negocio que he creado.

«Nadie notará su ausencia».

Allí estaba la evidencia en blanco y negro. La verdad. No todas las mujeres salían de aquí con un final feliz. ¿Qué les pasaba a las que «quebraban» irreparablemente? ¿Las asesinaban? ¿Las escondían en manicomios? No tenía ninguna duda de que la Orden tenía el poder de hacer ambas cosas; de lograr que una persona desapareciera por completo.

Oh, Dios, ¿qué demonios estaba haciendo? ¿Estaba escondiendo la cabeza en la arena y fingiendo que jugaba a la casita con Montgomery? ¿Imaginaba que estaba enamorada cuando todo esto era obviamente solo un juego para ellos? Era un juego endemoniadamente retorcido.

Las siguientes palabras de Montgomery solo confirmaron mis temores:

—Tengo que jugar en ambos lados —dijo—. He tenido que pasar más de tres meses con ella. Esa es la parte que no entiendes, papá. A veces los acuerdos tienen que refinarse.

Su voz se volvió más baja e íntima. Tuve que esforzarme para oír, pero pude hacerlo. Escuché cada palabra.

—No me gustan las mujeres que gritan y luchan. Prefiero dominarlas y tenerlas rogando por mi pene. No me disculparé por lo que me excita.

El corazón se me hundió. Sí, Montgomery era inteligente, muy inteligente. Su voz era casual, pero calculada, como si se tratara de un discurso que había estado esperando dar.

—Esa es la razón por la que soy el socio perfecto para tu compañía. Necesitas una cara limpia e intocable si quieres hacer estos nuevos acuerdos. Junto con una hilera de acuerdos legítimos y negocios para ocultar cualquier otra cosa que estés haciendo a puerta cerrada.

Otro chirrido de una silla.

—¿No lo entiendes? —añadió Montgomery—. Ese soy yo y lo que te puedo ofrecer. Oficialmente, me entregarás el negocio, pero seguirás haciendo exactamente lo que haces ahora. Eso protegería a la compañía y nos aislaría del escrutinio financiero. ¿Por qué dejar de ser reyes? Juntos, haremos más dinero que Dios.

Me sujeté el abdomen con una mano y con la otra me tapé la boca. Ese engatusador y mentiroso doble cara había estado entre mis piernas esta misma mañana. Me había hecho tener un orgasmo tras otro. Me había susurrado cosas lindas, muy lindas. Habíamos hecho planes.

Yo le había creído. Me había tragado el anzuelo y el sedal. Porque era una completa estúpida cuando se trataba de hombres.

La única cosa que podría hacerme más idiota sería que me pillaran en este momento, así que me di la vuelta lo más silenciosamente que pude y corrí de vuelta por las escaleras hasta mi habitación.

Ja. No mi habitación, sino mi celda.

Y menos de cinco minutos después, mi apuesto guardián regresó. Montgomery me miró de manera especulativa cuando entró. Estaba mirando una página, pero era incapaz de leerla.

Se detuvo cuando entró, pues evidentemente esperaba que lo interrogara sobre dónde había estado. «Actúa con normalidad». En una guarida de víboras, tenía que aprender a ser tan hipócrita como todas las otras serpientes despreciables.

—¿De qué iba todo eso? —pregunté lo más alegre posible.

Una parte de mí, una parte pequeña y muy estúpida, esperaba que Montgomery fuera honesto y me contara todo lo que acababa de hablar con su padre. Me explicaría que había sido una artimaña y que estaba tan comprometido a derribar a su padre como siempre.

—Nada —dijo Montgomery con despreocupación, luego caminó a su escritorio y se sentó—. Solo quería decirme que no estaba contento porque siempre escojo el collar negro. Tendremos que hacer algo diferente la próxima vez que llegue una invitación de los collares.

Me senté, alarmada.

—¿Qué significa eso? ¿De verdad me compartirás?

Montgomery levantó la mirada bruscamente.

—¿Qué? No, nunca. Pensaremos en otra cosa.

Lo miré fijamente. Parecía tan sincero. Sin embargo, había sonado igual de sincero con su padre. Era demasiado bueno con las mentiras. Evidentemente había pasado toda una vida perfeccionando esa habilidad. Con un padre como el suyo, no era de extrañar.

¿Pero dónde demonios me dejaba eso a mí?

Tenía sentimientos, y en este punto podía de dejar de mentirme a mí misma, tenía fuertes sentimientos por un hombre que podía o no ser una completa ilusión.

Y dos semanas para sobrevivir aquí, de una manera u otra.

CAPÍTULO 21

Montgomery

—Me alegro de ver que sigas entero —dijo Emmett Washington mientras me entregaba un vaso de whisky.

—¿Pensaste que no lo estaría? —pregunté.

Era el centro de atención de mis compañeros.

Habían pasado un par de semanas desde la última vez que los vi, aunque estaba comenzando a perder toda noción del tiempo, y estaba bastante seguro de que todos tenían un millón de preguntas que hacerme con el fin de prepararse para cuando fuera su turno.

—No es fácil, ¿verdad? —preguntó Beau Radcliffe.

Tomé un sorbo de mi bebida y mantuve la mirada fija en los ancianos mientras me preguntaba qué habrían planeado para el evento de esta noche. La señora H había acompañado a Grace fuera de mi habitación hace un rato. Vestía un hermoso vestido de seda de color celeste, y aunque tenía una muy buena idea de lo que podría suceder, todavía no estaba seguro. Había intentado preparar a Grace lo mejor posible, pero estábamos operando completamente a ciegas.

—¿Dónde está ella? Grace, ¿verdad? —preguntó Jackson mientras examinaba la sala que, hasta ahora, estaba desprovista de mujeres.

Me encogí de hombros.

—Se la llevaron de nuestra habitación hace un rato. No tengo idea.

Walker St. Claire se acercó a nosotros con su bebida en la mano.

—Mi padre me dice que les han hecho pasar un muy mal rato y que están cumpliendo con cada desafío de frente. Dice que no recuerda que las pruebas hayan sido tan difíciles para él, pero que está impresionado con cómo están manejando todo.

—¿Tengo alguna elección? —respondí.

—¿Alguno de nosotros tiene una maldita elección? —interrumpió Sully, con su actitud enfurruñada de siempre.

—Me estoy concentrando en la meta. Eso es seguro —dije impacientándome. Quería saber dónde estaba Grace. No me gustaba estar lejos de ella durante tanto tiempo sin saber qué podría estar pasándole—. Cuestiono mi cordura todos los días y me pregunto por qué hago esto. —Miré a cada uno de mis compañeros antes de añadir—: ¿Por qué hacemos esto?

—Tradición —declaró Emmet con simpleza.

—Sí, bueno, cuando sea tu turno, veremos qué tan tradicional te sientes.

No podía dejar de preocuparme por Grace. Debería estar con ella. Éramos un equipo, y aunque sabía que era una mujer fuerte, el corazón todavía me latía a gran velocidad ante lo desconocido.

¿Dónde estaba? ¿Me necesitaba? ¿Esperaba que detuviera todo este juego malvado y fuera su caballero andante? ¿O quería que me mantuviera firme tal como ella estaba planeando hacer? A menudo me preguntaba si estaba esperando demasiado o si la empujaría más allá de un punto sin retorno para los dos.

Solo quería saber dónde diablos estaba.

La buena noticia era que todos los ancianos y miembros estaban en el salón de baile, así que al menos no había ninguna iniciación secreta que solo la involucrara a ella, aunque no me extrañaría si hicieran algo así.

—109 días es mucho tiempo —dijo Walker—. En verdad no sé cómo sobreviviré a estar encerrado y apartado de la sociedad por tanto tiempo. Ustedes tienen que estar enloqueciendo.

Asentí con la cabeza mientras tomaba otro sorbo y me concentré en el ardor del whisky en la parte posterior de mi garganta en lugar del revoltijo en mi estómago y las campanas de alarma que sonaban en mi cabeza.

Beau miró a Sully.

—Tú eres el que sigue, amigo mío. ¿Estás listo?

Sully le dedicó una mirada asesina a Beau y bebió de su vaso casi vacío en vez de responder.

Observé como todos los ancianos formaban una fila en la parte delantera de la sala blanca. Las luces se apagaron y un inquietante silencio se apoderó de todos nosotros.

Estábamos en completa oscuridad.

—Aquí vamos. —Oí a Sully susurrar a mi derecha—. Ya empieza la pesadilla de mierda.

Dios, no tenía idea.

Cuando los bastones se estrellaron contra el suelo, los miembros de la Orden encendieron los candelabros que flanqueaban el salón para revelar una fila de mujeres de pie ante nosotros. Al igual que la primera noche que escogimos a las bellas, Grace permaneció en la fila examinando la sala hasta que sus ojos se encontraron con los míos.

Verdes con azules. Juntos podíamos luchar contra la oscuridad. Nuestros ojos no se quebrarían y permanecerían intactos como nuestros cuerpos, mentes y almas.

«Sé fuerte, Grace. Sé fuerte».

—Caballeros de la Orden del Fantasma de Plata —dijo en voz alta un anciano al dar un paso al frente—. Esta noche tendrá lugar la subasta de las bellas.

Todos los ancianos golpearon el suelo con su bastón para enfatizar su comunicado.

—Solo los miembros de la Orden pueden pujar por las bellas —dijo el anciano—. Una noche. Una bella. La oferta más alta. Cuando el reloj marque las doce, la bella ya no será suya. Comencemos.

«No... No... Joder, no...»

Mis órganos se contrajeron dolorosamente y la bilis se acumuló en la parte posterior de mi garganta. Tenía la sensación de que el evento de invitación de esta noche sería una subasta. Hasta ahora no había ocurrido y las subastas eran el pasatiempo favorito de este grupo.

Había tratado de prepararme para esto. Incluso había tratado de preparar a Grace para la posibilidad mientras nos vestíamos más temprano. Pero escuchar esas palabras de verdad, estar de pie, mirar y no poder pujar por lo que era mío... Mío... Maldición, no.

—Es una lástima. ¿Se refiere a que no podemos ser unos enfermos pervertidos esta noche, comprar una bella y follarla antes de que todos nos convirtamos en calabazas con las campanadas de las doce? —murmuró Sully.

Su sarcasmo no me pasó desapercibido.

Mis oídos pitaron y el salón dio vueltas mientras veía cómo subastaban a las bellas antes de Grace y luego se las llevaban a una habitación de invitados, o a una plataforma para que todos vieran cómo se las follaban como premio.

Cuando llegó el turno de subastar a Grace, casi me abalancé hacia donde ella estaba para llevármela y decirles a estos idiotas que se fueran a la mierda.

Pero teníamos un plan. Una meta.

No podía arruinarlo ahora que estábamos tan cerca. Todo nuestro trabajo duro sería en vano. Todo el tiempo invertido se habría perdido. Tenía que recordar por qué acepté hacer esto en primer lugar. Concéntrate en el plan. Concéntrate, concéntrate, concéntrate.

No me sorprendió cuando mi padre fue el primero en pujar por Grace. Por supuesto que el cabrón lo haría. Pero me alegró ver que el señor St. Clare estaba superando a mi padre en cada oportunidad. Había comenzado una guerra de pujas.

—Jesucristo —siseó Walker—. ¿Por qué demonios mi padre se esfuerza tanto por ganarse a Grace? Esta mierda es enfermiza. —Se acercó un paso más a mí y se inclinó hacia mi oído—. Lo siento. No sé por qué mi padre está haciendo esto.

—Mejor él que mi padre —le dije sin apartar la mirada de los ojos de Grace.

No se movía. No temblaba. No les mostraba ni un poco de miedo.

Buena chica, Grace. Muéstrales a esos cabronazos que no pueden quebrarte.

Los ancianos estaban luchando como si el dinero no fuera problema. Ahora se trataba de quién la quería más. Me negaba a ver a mi padre mientras peleaba por el derecho de follar a Grace como quisiera. Temía que, si veía la maldad en sus ojos y la siniestra intención pintada en su rostro, no tendría más opción que estrangularlo con mis propias manos mientras toda la Orden lo presenciaba.

Si mi padre ganaba la subasta, correría sangre por mis

manos. No tenía más remedio que seguir ignorando la subasta y tratar de centrarme en Grace y únicamente en Grace. Si no me desconectaba de lo demás, lo arruinaría todo.

—Y el ganador de la bella es el anciano St. Claire — anunció finalmente el otro anciano.

Fue Grace quien tomó la decisión por mí. Habló silenciosamente con su sutil asentimiento y la rigidez de su espalda. Ella tenía esto bajo control, aun cuando yo estaba a punto de perderlo. Ella haría lo que fuera necesario. El plan. La meta. Hasta el final.

—Lo siento. Desearía que no hiciera esto. Lo siento.

—Esto ha ido demasiado lejos —dijo Sully.

Vi cómo el papá de Walker llevaba a Grace a una esquina de la sala que estaba cubierta con una manta plateada. Podía ver la tenue silueta de sus sombras detrás de la tela, pero nada más. Estaba claro que St. Claire quería suficiente privacidad, pero aun así quería estar presente para que toda la Orden supiera que tenía a la bella y era suya.

Grace era suya. Todavía tenía ganas de vomitar, a pesar de todas mis maquinaciones.

—¿Quieres que trate de detenerlo? Puedo exigirle que la deje en paz. Es tu decisión. ¿Cómo quieres que lo maneje? —preguntó Walker—. Esta no es mi iniciación, ¿qué es lo peor que me pueden hacer?

—Solo empeoraría la situación —respondí mientras miraba la sábana plateada y me odiaba a mí mismo por no poder mirar hacia otro lado.

Mi padre se acercó con un cóctel para sí y otra bebida que me entregó en mi mano temblorosa; luego, miró a Walker.

—Tu padre de verdad quería a esa chica. Le costó una

buena fortuna. Esperaba tenerla para mí, pero como sea. —
Se encogió de hombros mientras tomaba un buen trago —.
Las putas avariciosas abundan en la Oleander.

Cuando vio que no estaba bebiendo de mi vaso, sino que
estaba obsesionado con el material plateado que ocultaba a
Grace, me dio un codazo.

—No dejes que una chica así se te meta a la cabeza. Que
te la estuvieras follando no significa que hubiera algún tipo
de conexión. Sabes tan bien como yo que las chicas como
ella son buenas en la cama, pero no están hechas para el
matrimonio.

Luego se dirigió a todos los chicos que me rodeaban.

—La primera lección que deben aprender de su propia
iniciación es lo poco que su bella significará para ustedes al
final. Ella participa en esto por el dinero, así como ustedes lo
hacen para su propio beneficio. Todo tiene que ver con la
avaricia. Nada más.

Estableciéndose en su papel de mentor satisfecho de sí
mismo, nos dio otra lección.

—Pueden hacerles creer que están enamoradas de sus
penes, pero solo aman sus billeteras y su poder. Pero lo que
las hace diferentes de la mujer con la que finalmente se
casarán es que ellas los adorarán si pueden darle una
pequeña muestra de ambas cosas. —Agitó su vaso y salpicó
un poco por los lados—. Por otra parte, sus esposas vendrán
de familias con dinero y prestigio propio. No valorarán tanto
su riqueza, sino su capacidad de hacer que su dinero brille.
Nunca permitan que una mujer les rebaje su valor. Las
bellas no harán más que agrietar el diamante que es su
imperio. Recuerden eso, chicos. Ese es mi consejo del día
para ustedes.

Sully bufó.

—Lo que sea.

Mi padre analizó la forma en que miraba la manta plateada. ¿Acaso los había visto moverse?

—Lástima que St. Claire es un infeliz codicioso y se queda con toda la diversión para él. Lo menos que podía hacer luego de ganarme era permitir que viera lo me que perdí. Hijo, ¿quieres acercarte para que al menos podamos escuchar sus gemidos de placer?

—Estoy bien aquí.

Requerí todas mis fuerzas para no golpear al idiota de mi padre en la cara. Estaba disfrutando demasiado de esto, y saber que mi evidente miseria le estaba dando placer me hizo querer asesinarlo. Me sorprendía lo cruel que podía ser con su propia sangre.

—Noté la manera en que la mirabas y la protegías —dijo mi padre—. Sabía que te estabas involucrando demasiado. Te preocupas por ella quieras admitirlo o no.

Señaló hacia donde Grace y St. Claire seguían escondidos detrás de la manta.

—Esta debería ser una verdadera lección para ti. Pudo haberse negado. Pudo gritar por tu ayuda ahora mismo y sin duda irías corriendo hacia ella. Pudo resistirse o incluso gritar, o usar su palabra de seguridad. —Su apestoso aliento a licor me dio en la cara—. Pero no lo hizo, sino que eligió irse voluntariamente con St. Claire y follar con él por el beneficio de un día de pago. ¿Y sabes por qué?

Cuando no respondí, siguió hablando. Un gruñido masculino de satisfacción vino desde más allá de la manta y quise derribar la casa. Pero delante de mi padre, sobre todo, no mostraría ni una pizca de emoción.

—Porque solo le interesa el dinero. Tú no le importas. El dinero es lo único que les importa a las mujeres. La riqueza trae consigo una carga. No puedes ser el Príncipe Encantador y también tener a tu princesa. Te usarán toda tu vida y la única manera de contrarrestar eso es usarlas primero para que no te importe. Así funciona el mundo, chicos. Jodan antes de que los jodan.

Aburrido con la conversación o molesto porque no me estaba sacando nada aparte de conversar con un robot sin emociones que solo miraba al frente, mi padre se alejó para encontrar un público más entretenido.

—Ignóralo —dijo Walker —. Solo está tratando de cabrearte más.

—Aunque tiene un buen punto —interrumpió Sully—. Está claro que esa mujer está aquí por la paga. —Me miró y pude sentir sus ojos analizándome—. ¿De verdad te preocupabas por ella como tu padre ha dicho? Si es así, lo siento. Esto es una mierda.

Me encogí de hombros y finalmente bebí un largo sorbo. Luego alejé la mirada de la manta plateada y volví a centrar mi atención en mis amigos.

—Ella tiene su misión y yo la mía. Haremos lo que sea necesario para superar esta iniciación.

—Mientes terrible —dijo Beau dándome palmaditas en la espalda—. Pero supongo que todos tendremos nuestro turno de luchar con los demonios a los que nos enfrentaremos.

Beau tenía razón. Mentía muy mal.

Me estaba muriendo por dentro.

Pero Grace y yo teníamos una tarea. Habíamos cargado el arma y apretado el gatillo. No pararíamos la bala a mitad de camino.

CAPÍTULO 22

Montgomery

El golpe en la puerta me hizo saltar de la cama. Grace se removió, pero no se despertó por completo. Yo había pasado la mayor parte de la noche dando vueltas y tratando de sacarme de la cabeza la imagen de Grace subastada, así que no me costó mucho despertarme de mi sueño intranquilo. Nos habíamos ido a la cama luego de habernos dicho apenas unas pocas palabras el uno al otro.

¿Qué había que decir? Teníamos que hacer lo que tuviésemos que hacer. Ella tenía que hacer lo que tuviese que hacer, al igual que yo. ¿Pero alguna vez seríamos los mismos cuando todo esto terminara? ¿La oscuridad nos engulliría por completo? A medida que nos acercábamos a la meta, el mundo se me venía encima y sentía que la falta de aire pronto sería demasiado grave.

—¿Montgomery? —susurró la señora H cuando entró en la habitación con una bata y zapatillas. Extendió la mano y me entregó un teléfono—. Creo que será mejor que contestes esta llamada.

Luego salió en puntillas de la habitación mientras me ponía el teléfono en la oreja.

—Habla Montgomery Kingston —dije, ansioso por saber qué era tan importante para que me tuviesen que llamar a esta hora.

Eché un vistazo hacia la mesita de noche y vi que eran las tres de la mañana.

Dios, por favor no dejes que sea nada que involucre a mi madre. Por favor...

—Dentro de una hora, un cargamento llegará al almacén en el que tu padre se encuentra reunido. Los agentes del FBI saben lo que hay en la carga y están planeado una redada —dijo un hombre cuya voz sonaba familiar, pero que no pude reconocer del todo.

—¿Quién es?

—Un amigo.

—¿Cómo sabes del cargamento? ¿Quién eres y cómo sabes que vienen los agentes?

Las campanas de alarma sonaban en mi cabeza.

—Haz lo que quieras con la información, pero en una hora arrestarán a tu padre y a todos los hombres que están con él.

Un clic y luego silencio.

—¿Hola? ¿Hola?

Bajé el teléfono y miré fijamente al frente tratando de procesar la información de la llamada de advertencia. ¿Cómo podía alguien saber sobre el cargamento? Sabía que venía en camino y también sabía que mi padre lo había llenado con tanta mierda del mercado negro que exudaba negocios turbios. No había nada que pudiera hacer para detener a mi padre mientras estaba aquí en la Oleander, y aunque odiara lo que estaba sucediendo, me encontraba impotente.

Pero los agentes lo sabían. Mi padre había sido descuidado.

Harían una redada.

Pasándome una mano por el cabello, respiré hondo para tratar de calmar mis nervios y elaborar un plan de acción. El ego de mi padre y su codicia de poder podrían arruinarlo todo. Intenté llamarlo inmediatamente, pero no hubo respuesta. Consideré llamar a mi madre, pero no tenía sentido despertarla y asustarla si no había nada que pudiera hacer para detenerlo. Si el cargamento llegaba en una hora, entonces ya habría salido de la casa y estaría en camino al almacén de todos modos.

Solo había una cosa que hacer. Tenía que ir a ese almacén y detenerlo yo mismo.

Volví al dormitorio para vestirme. Grace seguía dormida, hermosa a la luz de la luna que resplandecía a través de la ventana.

Caminé tan silenciosamente como pude hacia a la cómoda y saqué un par de pantalones y una camisa negra de algodón. Una parte de mí quería despertarla y explicarle todo. ¿Pero que podría decir? ¿Que estaba arriesgando todo lo que habíamos sacrificado por ir a tratar de salvar al idiota de mi padre?

Tenía un plan. Había estado intentando congraciarme con él, fingir que jugaba sus juegos para me dejara entrar en el funcionamiento interno de su negocio y así poder tener la oportunidad de detener la mierda ilegal desde adentro antes de que llegara a este punto.

Pero estaba claro que era muy tarde. Estaba demasiado lejos y si no hacía algo ahora...

Traté de llamarlo de nuevo, pero una vez más, me envió directo al buzón de voz.

¡Maldita sea!

Pero entonces comprendí lo que tenía que hacer y lo que significaría. Era una de las reglas más básicas de las pruebas: los iniciados no podían abandonar el recinto durante los 109 días de la iniciación. Nunca. Al hacerlo corría el riesgo de ser expulsado, sin importar lo cerca que estuviera del final.

Y a Grace y a mí nos faltaban un día para ser libres y cumplir todos nuestros sueños. La ceremonia de clausura era esta noche. Después de todo lo que habíamos pasado, después de todo lo que habíamos sacrificado, Grace incluso más que yo... ¿Y si me odiaba?

Me congelé al considerar lo que estaba arriesgando.

No. No debía irme. Pero tenía que hacerlo, o mi padre iría a la cárcel por un largo tiempo. Perderlo de esta manera tan indigna mataría a mi madre. El apellido Kingston y su legado se mancharían para siempre en nuestra burbuja social y empresarial.

Sin mencionar que podría arruinar el negocio que trabajé tan duro para construir y que planeaba asumir algún día. Si no iba...

Miré a Grace por un largo momento, embelesado por su belleza y perfección.

Después me apresuré al escritorio y escribí una nota prometiéndole que volvería a tiempo, luego agarré mis zapatos y bajé rápidamente por las escaleras de servicio.

LA HUMEDAD del aire y el estrés de intentar interceptar a mi padre antes de que destruyera nuestro imperio hizo que estuviese empapado de sudor. Me alegré de ver su Escalade negro aparcado frente a nuestro almacén, y que aún no estuviera rodeado de luces intermitentes y policías armados.

Corriendo el riesgo de ser grabado en cámara, o al menos de ser visto por el guardia de policía, entré de forma casual en el almacén como si fuera un día normal. Todavía teníamos media hora antes de que el cargamento llegara y tenía que convencer a mi padre de que la información que recibí esta madrugada era cierta.

Mientras entraba en la inmensa sala, mi presencia llamó la atención de mi padre y su grupo de hombres. Mi padre abrió los ojos como platos mientras se volvía para mirarme y uno de sus guardias de seguridad sacó el arma en vista de su sorpresa.

—¿Qué estás haciendo aquí? —me preguntó mi padre mientras le hacía una seña al guardia para que bajara la pistola.

—Tenemos que salir de aquí ahora. Los agentes del FBI te han tendido una trampa o se han enterado de lo que hay en ese cargamento.

—¿De qué estás hablando?

Me acerqué más a los hombres desconcertados, preparado para sacar a mi padre a rastras del almacén si tenía que hacerlo.

—Acabo de recibir una llamada en la que me avisaron de lo que está a punto de suceder. Tenemos que salir de aquí y no aceptar el cargamento. Tenemos que actuar como si no estuviéramos implicados en lo que está por llegar. Decir que no es nuestro y que no teníamos idea de que iba a llegar. Básicamente, debemos decir lo que sea necesario, pero no podemos estar aquí cuando llegue. —Me incliné más hacia él—. Podemos lidiar con las consecuencias después, pero tenemos que irnos antes de que nos arresten a todos. Sin duda, los agentes están en camino, si es que aún no nos están rodeando.

Miré por encima de mi hombro, paranoico de que estarían casi encima de nosotros en cualquier momento.

—Eso es imposible. No hay manera de que puedan saberlo —dijo mi padre con aires de suficiencia cruzándose de brazos.

—¿Y qué pasa si lo saben? ¿Estás dispuesto a correr el riesgo? ¿Quieres ir a la cárcel? Porque yo no —dije, sintiendo como si el temporizador de una bomba estuviera peligrosamente cerca de detonar.

—¿Por qué una persona anónima te llamaría a ti y no a mí? —preguntó mi padre.

Me esforcé por no poner los ojos en blanco y comenzar a soltar una sarta de insultos destinados a este hombre por su estupidez.

—¿Cómo demonios se supone que voy a saber eso? Estamos perdiendo el tiempo aquí.

Mi padre miró a sus hombres en busca de respuestas.

—¿Cómo pudo haber pasado esto? —Volvió a mirarme—. ¿Qué tan seguro estás de que la información que recibiste es cierta?

—Lo bastante seguro para estar aquí salvándote el pellejo.

Uno de los hombres de mi padre corrió hacia una ventana y miró por ella.

—Está demasiado oscuro ahí afuera para ver si nos están observando o rodeando.

Otro hombre habló:

—Señor, pienso que el riesgo es demasiado alto. Si Montgomery tiene razón y la policía está ahí afuera, no pueden arrestarnos si aún no hemos hecho nada malo. Sugiero que nos vayamos, nos reagrupemos e involucremos a nuestros abogados en esto.

Mi padre asintió con la cabeza, pero parecía enojado y me miraba como si fuera mi culpa.

—Bien, salgamos de aquí.

Les hizo un gesto a sus hombres para que lo siguieran, pero se detuvo cuando caminó frente a mí y presionó su dedo fuertemente en mi pecho.

—Será mejor que tengas razón acerca de esto. Estás a punto de costarme mucho dinero si te equivocas.

—De nada —dije entre dientes.

Me di la vuelta y salí del almacén, decidido a no volver a involucrarme en negocios turbios nunca más.

CAPÍTULO 23

Montgomery

Era como si los relojes hubieran retrocedido el tiempo. Estaba en el salón de baile llevando el mismo traje que había usado la primera noche de la selección. Grace estaba a mi lado con su vestido azul y su collar de perlas. Estábamos solos, pero sabía que no sería por mucho tiempo.

Esta noche era la ceremonia final. Habíamos llegado al final.

Había regresado justo a tiempo. No podía creerlo, pero me las arreglé para lograrlo. Había visto las luces intermitentes de la policía en mi espejo retrovisor mientras salía del puerto.

Una vez que salí del almacén, no tenía la menor idea de si los agentes habían dejado a mi padre y a sus hombres marcharse sin problemas. No había sabido nada de él y esperaba que no hubiera consecuencias después. Pero nada de eso importaba ya.

Ahora estaba aquí con Grace. Y pronto todo terminaría.

—¿Puedes oír los latidos de mi corazón? Juro que son

tan fuertes que podrías hacerlo si escuchas con atención —dijo Grace en voz baja.

Me había sorprendido cuando regresé. No se había enfadado, especialmente después de que le explicara todo. Se mostró comprensiva y solo hizo preguntas sobre cómo había salido todo y cómo me encontraba.

Era curioso. Muchos en mi círculo le echarían un vistazo a su pasado y pensarían que no era lo suficientemente buena para mí, pero había comenzado a ver con entera claridad que era al revés. Tendría que esforzarme para ser lo suficientemente bueno para merecerla a ella.

—Todo va a estar bien. Solo trata de mantener la calma —dije para tranquilizarla.

—¿Estás seguro? ¿Es posible que todo esté bien de nuevo?

No respondí porque no sabía cómo contestar a esa pregunta.

—¿Montgomery? —me preguntó con un hilo de voz—. Si pudieras hacer esto de nuevo, sabiendo lo que sabes ahora, ¿me habrías elegido?

—No —contesté automáticamente—. Nunca te haría pasar por esto, sin importar cual fuera el premio final. —Hice una pausa y luego le pregunté—: Sabiendo lo que sabes ahora, si pudieras retroceder en el tiempo, ¿habrías aceptado ser una bella?

—Sí. —Su tono fue débil al principio, pero luego habló con más convicción—. De lo contrario, nunca te habría conocido. No creo que nuestros mundos hubieran coincidido de otra manera.

Bufé.

—Sí, bienvenida a mi mundo. Es una puta red de mentiras, corrupción y una visión retorcida de la realidad. No le desearía esto a nadie y no veo la hora en que estés a salvo.

—¿Incluso si eso no es lo que yo quiero?

—No creo que entiendas mi mundo de verdad —le dije con tristeza—. Ni siquiera creo que yo lo siga entendiendo.

—Pero tú no eres como ellos.

—¿Cómo podrías saberlo? No conoces al hombre que era antes de que entraras a la mansión.

Señalé la sala en la que estábamos.

—Este es mi linaje. Me han criado para esto. Gateé por estos pisos cuando era un bebé. Tengo esta sangre azul bombeando con tanta fuerza por mis venas que no sé cómo ser otra cosa. Y mírame.

Cuando ella no se volvió para mirarme a la cara, levanté la voz y exigí:

—¡Mírame! Soy mi padre. Él tuvo que pasar por esta iniciación tal como lo hizo su padre. ¿Por qué hacemos esto? ¿Por qué? Te diré por qué. Porque todos somos unos enfermos hijos de puta.

—No lo creo —dijo con calma—. Tú no eres tu padre.

—Lo soy. Y al igual que mi padre, algún día haré pasar a mi propio hijo por esta mierda para que dirija una empresa que debería ser suya por derecho. La historia se repite. Algún día seré uno de estos ancianos. Estaré lanzando un juicio sobre alguna pobre alma y trataré de quebrarla como ellos han tratado de quebrarme a mí. He intentado resistirme con todas mis fuerzas. Incluso me has ayudado a no perder todo lo bueno que tenía dentro. Pero estoy cansado. Estoy muy agotado.

Como si los ancianos pudieran escucharnos hablar y quisieran llegar en el momento ideal, entraron a la sala en fila india. Había una mesa larga al frente de la sala, y cada uno tomó asiento frente a nosotros. A pesar de que sus rostros estaban ensombrecidos por las capas plateadas con capucha que llevaban puestas, pude distinguir la identidad de cada uno. Sentí un alivio extraño al ver el rostro de mi padre entre ellos. Después de todo, me había escuchado y salió a tiempo. La empresa estaba a salvo.

—Montgomery Kingston. Grace Morgan. Ambos han llegado a la ceremonia final. 109 días han comenzado y se han terminado, y ustedes han cumplido con éxito cada prueba de la iniciación —anunció uno de los ancianos mientras se levantaba y golpeaba el suelo con su bastón como señal de que la ceremonia había comenzado.

El anciano sentado en el extremo derecho de la mesa preguntó:

—Montgomery Kingston, por favor díganos cuál es su deseo ahora que ha completado la iniciación.

Por fin. Casi había terminado.

—Elijo asumir el control de la empresa familiar como director general y accionista principal. También deseo ser miembro pleno de la Orden del Fantasma de Plata. También le pediría a la Orden que le conceda a la señorita Morgan todo lo que desee, pues ella también ha superado la Iniciación.

El anciano que habló por primera vez dijo:

—¿Hay oposición de parte de alguno de los ancianos por la que no se deba conceder a Montgomery Kingston su derecho y reclamo?

—Sí —dijo mi padre mientras se levantaba de su asiento—. El señor Kingston ha roto una de las reglas de la iniciación, por lo que lo descalifica. Ha fallado en el último día.

¿Qué? Si fuera posible recibir un puñetazo en el estómago desde la distancia, entonces acababa de ocurrir. Apenas podía respirar mientras un dolor punzante me recorría el corazón y la columna.

Mi padre... mi propio padre...

El dolor físico causado por la traición casi me dobló las

rodillas. Lo había arriesgado todo para ir a los muelles a salvarlo. ¿Cómo pudo hacerme esto? ¿Cómo?

—Salió de la Oleander aproximadamente a las 3:30 a.m. de hoy. En nuestros estatutos se establece específicamente que ningún iniciado que esté pasando por la iniciación puede dejar la mansión por ningún motivo. Debido a su incumplimiento, ya no puede reclamar su participación en el negocio ni unirse a nuestra Orden.

—¡Imbécil! —gritó Grace—. ¡Se fue para salvar tu estúpido pellejo! Si no fuera por él, estarías en la cárcel ahora mismo. ¡Le debes la vida, pedazo de mierda!

Le cogí la mano para tratar de calmarla, pero ella la apartó llena de ira.

—¿Qué clase de padre eres para traicionar a tu propio hijo? ¿Después de lo que ha hecho por ti?

Mi padre no pareció inmutarse por sus palabras.

—Independientemente de lo que ha hecho, o de por qué lo ha hecho, mi hijo no siguió las reglas de la Orden. Se necesita un hombre fuerte con una disposición férrea para completar la iniciación, y sabía que Montgomery tarde o temprano se quebraría. —Mi padre hablaba sobre mí con un desprecio repugnante.

—Y las reglas son las reglas. Lo siento, hijo —prosiguió sin sonar en absoluto arrepentido—, pero sabías lo que se esperaba de ti cuando aceptaste los términos de la iniciación. Has roto las reglas y, por lo tanto, yo seguiré siendo director ejecutivo y el que toma las decisiones en la empresa.

—La empresa es mía —espeté—. Ha sido mía durante años. Soy el único que se ha partido el culo para tratar de mantenerlo como un negocio legítimo del que nuestros antepasados estarían orgullosos. No has hecho nada más que ensuciarlo todo en nombre de más dinero.

—El dinero es lo que nos da poder, hijo. Es una pena que seas demasiado débil para darte cuenta de ello. —Miró alrededor a algunos de los otros ancianos y se rio levemente, como si esperara que todos estuvieran de acuerdo con él antes de volver a mirarme.

—Tenía la esperanza de que fueras lo suficientemente fuerte como para demostrarme que podrías ser un hombre y superar la iniciación, pero mis temores se han vuelto realidad. No estás hecho para eso. Siempre has sido más débil que yo, y ya no puedo protegerte. Has tomado tu elección cuando te fuiste, y ahora te ha costado todo.

Pero alguien me había alertado esta mañana. La posición de mi padre era más precaria de lo que pensaba. Me negaba a dar marcha atrás ahora. Entonces, me dirigí más bien a la sala y no al desperdicio de espacio que era mi padre:

—Tu dinero está sucio, tú estás sucio. Me fui esta mañana porque creo en la lealtad. Creo en la familia a pesar de que no la mereces. Puedes irte al infierno. Y si de esto se trata la Orden, entonces tienes razón en una cosa: no estoy hecho para ser miembro de ella.

El señor St. Claire golpeó el suelo con su bastón para detener la discusión que no paraba.

—La Orden no tiene nada que ver con el crimen. Aunque nuestras prácticas pueden ser arcaicas, incluso brutales, pecaminosas en muchos sentidos y ritualistas, la misión siempre ha sido elevarnos por encima de la ruina de la Tierra. Somos reyes y confeccionistas de sueños, no campesinos y ladrones. Solo los hombres más distinguidos y poderosos forman parte de la Orden. Nuestros linajes representan respeto, prestigio y riqueza. No suciedad, tratos callejeros con hombres por debajo de nuestro pedigrí. Se le puede llamar élite, o se le puede llamar como les plazca.

Mi padre se volvió y miró al hombre con furia asesina en los ojos.

—St. Claire, con el debido respeto...

—Sí, merezco respeto —interrumpió St. Claire—, así que siéntate con amabilidad y escucha lo que digo. Hablo en nombre de los ancianos.

Mi padre observó a los ancianos en busca de algún tipo de respuesta, pero los rostros de los hombres permanecieron impasibles. Probablemente no podría descifrarlos más que mi padre.

St. Claire continuó:

—Fui yo quien llamó a Montgomery y le advirtió sobre la inminente redada. Y sí, las reglas establecen claramente que nadie debe abandonar la mansión durante la iniciación, pero los ancianos y yo estábamos preparados para hacer una excepción con el fin de proteger a un compañero anciano de la Orden.

»No queríamos verte caer, y ya que estas pruebas son exactamente eso, un momento para ser puesto a prueba, queríamos probar qué tipo de hombre era Montgomery antes de permitir que entrase en nuestras filas. Un hombre egoísta con sus intereses personales en juego no habría arriesgado nada; habría dejado que te arrestaran y asegurado su herencia en la Orden, ya que tu propia imprudencia te habría llevado a la cárcel.

St. Claire miró a mi padre.

—Lo que Montgomery nos mostró en cambio es que es sensato, leal, sabio y con buen juicio para el bien común del grupo. Ha puesto a alguien más, a ti, antes que a sí mismo. Es el tipo de hombre que necesitamos que forme parte de la Orden. Si no fuera por este iniciado, habríamos perdido a un anciano que no es respetable ni bueno para nuestra organización. Y en lugar de traicionar a uno de tus hermanos de la Orden, sin mencionar a tu propia carne y sangre, ¿por qué no le das las gracias al hombre que tienes delante?

En vista de que mi padre no dijo nada y se quedó sentado con la boca fruncida y los brazos cruzados, St. Claire volvió su atención hacia mí.

—La Orden del Fantasma de Plata cree que no solo has aprobado la iniciación, Montgomery Kingston, sino que has hecho todo lo posible para mostrar tu lealtad a la hermandad. Debido a esto, se te concede tu solicitud para hacerte cargo de la empresa como director general y convertirte en miembro de la Orden.

Luego dirigió su atención hacia Grace.

—¿Y cuál es tu deseo por haber completado la iniciación, Grace Morgan?

Grace miró a los ancianos, luego a mí y de nuevo a los ancianos. No dijo nada durante lo que pareció una eternidad, y el silencio me estaba confundiendo.

Ella lo había logrado. Lo habíamos logrado. ¿Por qué no estaba pidiendo una cantidad espantosa de dinero? ¿Por qué no reclamaba una cantidad que cambiara su vida para siempre? Su sueño estaba a punto de hacerse realidad. ¿Por qué vacilaba? Sabía que ya había calculado hasta el último centavo de cuánto le costaría su educación en una universidad estelar, abrir un restaurante y mantenerlo durante dos años hasta que se volviera rentable por sí solo. ¿Por qué no lo decía?

—Pensé que sabía lo que quería —dijo al fin, con los ojos fijos en el suelo y en voz baja antes de cobrar fuerzas lentamente mientras continuaba hablando—: Cuando llegué a la mansión, tenía un objetivo y era conseguir suficiente dinero para iniciar mi propio negocio. El dinero era mi objetivo.

Se volvió para poder mirarme.

—Pero sé que, si acepto el dinero y salgo por esa puerta, corro el riesgo de no volver a verte nunca más. Tú mismo lo has dicho. Nuestros mundos son diferentes.

Respiró hondo y levantó la barbilla mientras se enderezaba.

—Sé lo que no quiero, y eso es perderte.

Se volvió ligeramente para poder mirar a los ancianos.

—He cambiado de opinión en cuanto a lo que quiero como mi deseo y mi sueño.

Ella volvió a enfocar su atención en mí con lágrimas brillando en sus ojos.

—He hecho mi elección. Quiero ser parte de tu mundo. Quiero seguir ayudándote con el negocio. Todo lo que quiero eres tú, Montgomery Kingston. Nada más. Solo te quiero a ti.

CAPÍTULO 24

Grace

Montgomery me agarró de los hombros, me miró fijamente a los ojos y frunció el ceño mientras negaba con la cabeza.

—Ese no fue el trato.

Contuve el aliento. Mierda. Estaba haciéndolo todo mal. O peor, ¿qué pasaba si no me quería? ¿Y si todo este tiempo nos había visto únicamente como compañeros que se echaban una mano? Vale, nos habíamos acostado, pero tal vez solo había tenido un significado especial para mí. Él era un hombre, ¿y qué hombre iba a negarse a tener sexo libre de ataduras? Nunca había mencionado siquiera el compromiso cuando se acabaran las pruebas.

¿Y no había oído a su horrible padre hablando mientras me escondía detrás de aquella desagradable cortina plateada con el señor St. Claire?

Pero mi cabeza no tuvo más tiempo para darle vueltas al asunto porque Montgomery me había sujetado del antebrazo y me estaba sacando del salón de baile blanco. Me llevó al pasillo y luego salimos por la puerta principal de la mansión.

Era la primera vez que pasaba por la puerta principal. Estaba oscuro y había un formidable vendaval recorriendo el césped mientras la luna desaparecía detrás de las negras nubes en el cielo.

—¿Qué haces? —bramó Montgomery—. Si no tienes cuidado vas a perderlo todo. Son literales. Solo te darán lo que has pedido y ni un centavo más.

Las primeras gotas de fría lluvia cayeron sobre su marcada y angular mandíbula, lo cual hizo resaltar su atractivo rostro mientras un relámpago aparecía en el cielo. No sabía si era el estrés de los últimos tres meses o si estaba emocionalmente vulnerable ahora que todo había acabado, pero ya no tenía la energía para fingir más.

Frunció el ceño.

—Desde que te conocí solo hablas de abrir ese restaurante y hacer un lugar en la comunidad donde la gente se pueda reunir y...

Era ahora o nunca. Nunca había sido una chica muy valiente, excepto por los últimos meses. Había dado un salto de fe en lo desconocido y encontrado más cosas buenas que malas, aunque, a veces, lo malo podía ser muy atemorizante.

Pero era lo bastante valiente como para arriesgarme una vez más. Solo una vez más. Montgomery lo valía.

—Todavía lo quiero, pero lo quiero contigo. —Alargué las manos y cogí las suyas—. La verdad es que no puedo imaginarme un futuro sin ti en él.

Él no contestó. Su expresión permaneció angustiada, confundida, y seguía mirando a todos lados. Era como si estuviera tratando de buscar cómo decirme que no con delicadeza. Entonces de repente la burbuja de esperanza que tenía dentro estalló, y sentí que una sustancia negra me invadía.

Aparté las manos. Súbitamente me sentí furiosa por su confusión y falta de respuesta, y me di la vuelta, pues el dolor estaba me consumiendo el pecho.

—Pero quiero decir, si no es lo que quieres, por supuesto que está bien. Pensé que... —Tragué con fuerza y tosí para no ahogarme en lágrimas—. Entiendo que ahora estamos en la vida real y tienes una mujer de sociedad que espera por ti.

—No digas tonterías —dijo Montgomery bruscamente —. Solo no estoy seguro de que estés pensando con claridad. Hemos pasado por circunstancias increíblemente intensas y...

—No. —Traté de dar marcha atrás—. Está bien, solo pediré el dinero y...

—¿Lo ves? ¿Qué es lo que te he dicho? —anunció el padre de Montgomery, que apareció detrás de él, en las escaleras de la mansión—. Siempre lo hacen por el dinero. Ha follado con el padre de uno de tus mejores amigos mientras tú estabas presente, joder. Si eso no es ser una puta, entonces no sé qué lo es. Y si no la volvemos a ver nunca, tanto mejor. Vamos, caminemos y hablemos sobre qué podamos hacer ahora con el negocio. Pienso que todavía podemos salvar el trato del muelle si...

Montgomery movió sus enormes hombros y derribó de un golpe a su padre, haciendo que cayese sobre los adoquines. Su padre comenzó a gritar improperios, junto con gritos indignados de: «¿Es que no sabes quién soy?».

Montgomery se inclinó sobre su padre, que seguía acurrucado en posición fetal.

—Sé exactamente quién eres. No eres nadie. Para el final del día vaciaré todas tus cuentas bancarias. Estoy harto de complacerte y de aguantar tus tonterías ahora que ya no tengo que hacerlo. El negocio ya es mío. Todo es mío.

Sus palabras actuaron como un bálsamo en mi alma. Entonces sí estaba actuando la noche que lo escuché hablando con su padre. A pesar de mis dudas momentáneas, desde entonces me había convencido de que conocía al verdadero Montgomery. Conocía su corazón. Pero fue bueno confirmarlo.

Su padre se sentó y farfulló:

—No puedes hacer tal cosa. Esas cuentas son fideicomisos conjuntos entre tu madre y yo.

—Respecto a eso...

Montgomery hizo una señal con el brazo y un automóvil con vidrios polarizados que no había visto llegar al final de la calzada abrió sus puertas.

Una hermosa mujer alta y majestuosa con una elegancia indefinible subió por la entrada.

—Hola, Edward —dijo con frialdad.

—Edith. —gimoteó el padre de Montgomery—. Llama al abogado y a una ambulancia. ¡Creo que me han roto una costilla! Ayúdame a subir al automóvil, cariño. —Luego miró a Montgomery con furia en los ojos—. Te haré pagar por esto.

—No, no lo harás —dijo la mujer llamada Edith.

—Mamá —dijo Montgomery—. No vale la pena.

Mierda, ¿era la madre de Montgomery?

Pero Edith levantó una mano.

—No volverás a hacernos nada ni a nuestro hijo ni a mí. Has tomado malas decisiones comerciales por demasiado tiempo y has perdido cada centavo que te dejó tu padre. Todo el dinero que tenemos ahora es mío, no tuyo. Y ahora que nos vamos a divorciar, te obligaré a cumplir los términos del acuerdo prenupcial.

—¿Divorciarnos? —La voz del padre de Montgomery se agudizó con incredulidad—. No puedes...

—Sí que puedo —dijo Edith con calma—. Has roto la cláusula de infidelidad unas cien veces. O más, probablemente. Pero esta vez te he grabado, y es la única que importa, supongo. Puedes agradecerle a tu hijo por conseguirme exactamente lo que necesitaba mientras estuvo aquí. —Tiró un sobre encima del hombre que todavía estaba boca abajo—. No vas a recibir nada. Quiero el divorcio, cariño mío.

—La iniciación ha hecho que Montgomery pierda la cabeza. No está pensando bien y todo lo que te ha dicho está fuera de contexto. Es que, míralo. No está tomando decisiones sabias y ha elegido a esta chica de barrio. Es una puta —gritó su padre y me señaló—. ¿De verdad vas a dejar que nuestro hijo esté con una puta? Se ha follado a St. Claire mientras yo los miraba. Si alguien es el infiel aquí, ese es St. Claire. Mis manos están limpias. No la tocaría ni con un palo.

Me ardieron las mejillas. Era un hombre tan detestable. Me encontré con los ojos de Edith y negué con la cabeza.

—No he tenido sexo con el señor St. Claire. Lo juro. Montgomery y yo hicimos un plan. Hablamos con el señor St. Claire antes de tiempo en caso de que la subasta ocurriera, pues Montgomery no quería que yo tuviera que estar con nadie más en la Orden. Él pujó más alto que todos los demás, incluyendo a su esposo, para protegerme y hacerle el favor a Montgomery. Yo me limité a ir con él detrás de la cortina, pero no hicimos nada más que moverla un par de veces y hacer ruidos.

Me estremecí incluso cuando recordé la farsa que nos vimos obligados a hacer.

Pero la madre de Montgomery se limitó a sonreírme y luego a Montgomery.

—A Jack siempre le ha gustado superar a tu padre. —¿Jack? No sabía el nombre de pila del señor St. Claire—. Él es un buen hombre, a diferencia de mi marido.

Montgomery se movió hacia delante de repente y me puso un brazo alrededor del hombro.

—Mamá, es un honor para mí presentarte a Grace Morgan —agregó Montgomery sonriéndome—. Grace, ella es mi madre.

Sentí un rubor encendiéndome las mejillas, pero sonreí y extendí la mano para estrechar la suya.

No podría haber sido más opuesta al padre de Montgomery, y me alegré de que él hubiera tenido al menos una influencia amable en su vida. Posiblemente me encontraba frente a la razón por la que Montgomery no era un idiota violento que creía tener muchos privilegios. No pude evitarlo, tenía tantas emociones dentro que atraje a Edith hacia mí y la estrujé dándole un fuerte abrazo.

Cuando me aparté, pude ver en sus ojos que el gesto la conmovió. Montgomery volvió a acomodarme debajo de su brazo.

—Grace y yo hemos estado tramando esto desde hace un tiempo. No podría haber hecho esto sin su fuerza, inteligencia y dedicación.

Cuando lo miré a la cara, toda la confusión de antes se había esfumado. Ahora me sonreía como si estuviera orgulloso y seguro de mí, lo cual me confundió. ¿Qué había cambiado?

Desear esto con tanta desesperación hacía que me doliese el corazón. Lo deseaba tanto. Quería ser la mujer de la que se enorgulleciera de presentarle a su madre.

Pero no si era temporal, pues un corazón solo podía

aguantar hasta cierto punto. Sí, nos habíamos hecho promesas el uno al otro debajo del árbol junto al lago, pero solo llegaban hasta el final de la prueba.

Prometimos no traicionarnos nunca. Prometimos ser honestos hasta el final. Me había dicho lo detestable que era su padre y advertido sobre cada evento que sabía que podría acontecer, e hicimos planes acerca de cómo sobrellevar cada uno, como la subasta. Montgomery sabía que el señor St. Claire estaba cansado de la irresponsabilidad y las mezquinas crueldades de su padre, y arregló con anticipación que él superara a todos los demás en la puja.

Prometimos protegernos el uno al otro y hacer lo que fuera necesario para apoyarnos mutuamente con el objetivo de que los dos saliéramos adelante. Seríamos un equipo y nos protegeríamos sin importar lo que sucediera.

Y luego me había envuelto en brazos, sin insinuar ni pedir nada más, debajo del gran roble junto al lago que bañaba el sol. Fue entonces cuando comencé a enamorarme de Montgomery Kingston, a pesar de todas las advertencias que me hice a mí misma de no hacerlo. A pesar de mis múltiples negaciones.

Me aparté de Montgomery y su madre y me sequé los ojos. Me obligué a esbozar una sonrisa que no sentí antes de mirarlos.

—Bueno —dije, y traté de parecer alegre, pero probablemente fracasé miserablemente—. Debería irme. Esto sin duda ha sido...

Transformador. Revelador. Angustioso.

—En fin —concluí sin convicción—. Tal vez nos veamos por ahí.

Y luego me volví para irme.

No alcancé ni un metro antes de que los brazos de Montgomery me envolvieran por detrás.

—No pude prometerte un para siempre porque no dependía de mí. No era libre y no estaba seguro de poder librarme alguna vez de mi padre. No iba a condenarte a una vida a mi lado para estar siempre bajo su control, pero gracias a tu ayuda, ahora soy libre. Y libre para estar contigo.

Y entonces, antes de que pudiera entender lo que estaba sucediendo, Montgomery me hizo dar la vuelta para mirarle, y luego se arrodilló mientras sacaba una pequeña caja del bolsillo.

¿Era eso un...? No, no podría ser...

—¿Qué estás haciendo? —susurré.

Él se limitó a sonreír.

—Estaba esperando que mamá trajera el anillo.

Mis ojos se movían por todos lados. Su madre había retrocedido varios pasos, pero nos miraba con lágrimas en los ojos y una sonrisa en el rostro.

—Grace Magnolia Morgan, ¿quieres casarte conmigo?

—¿Qué? —exclamé, tropezando hacia atrás.

Recuperé el equilibrio justo a tiempo para ver el hermoso anillo de oro con una única perla negra brillante en el centro y rodeada de diamantes. Las luces del pórtico delantero danzaban en las muchas caras de las piedras preciosas justo cuando el trueno volvió a retumbar.

Era perfecto. Era exactamente lo que hubiera elegido para mí, con la salvedad de que nunca me habría atrevido a aventurarme en la sección costosa de la joyería.

—¿Esto es real? —susurré.

La sonrisa de Montgomery se ensanchó más.

—Hemos hecho que lo sea. Nuestro felices para siempre comienza ahora. Tus sueños son mis sueños y lo haremos todo juntos, como me lo habías dicho. Anoche tuve que salir a rescatar a mi padre, pero incluso si nos echaban de las pruebas, iba a hacer lo que fuese necesario para compensártelo si eso sucediera.

Le sonreí. Apenas me atrevía a creer todo lo que estaba diciendo. Lo había entendido de inmediato cuando me explicó lo que pasó después de regresar. Sabía que no se habría arriesgado a irse si hubiera sido algo menos que una emergencia, pero saber que incluso en el momento de crisis estaba pensando en mí...

Una llovizna empezó a caer a nuestro alrededor.

Había pasado bastante tiempo en mi vida persiguiendo sueños como para no cogerlos cuando estaban justo frente a mí.

—¡Sí! —exclamé y entonces me arrojé a los brazos de Montgomery, besándolo con fuerza en la boca y luego en toda la cara, una y otra y otra vez. A nuestro alrededor, la lluvia comenzó a caer de forma torrencial, pero no me importó—. Todo lo que quiero es a ti.

Toda una vida en los brazos de Montgomery nunca sería suficiente.

EPÍLOGO

Sully VanDoren

Al menos algo bueno salió de esta pesadilla de mierda.

La felicidad le lucía a Montgomery. Se lo merecía más que la mayoría. Ese hombre había trabajado duro toda su vida en cualquier cosa que emprendía, y al fin recibió el resultado que debía tener alguien como él.

Era el rey de su propio imperio, y tenía una reina a su lado para ayudarle a gobernarlo.

—Me sorprende encontrarte aquí —dijo Beau acercándose a donde yo estaba, y me pasó una copa de champán—. No pensé que las fiestas de compromiso fueran lo tuyo. En especial cuando tienes tu propia iniciación acechándote.

Recibí el champán, pues vi que a todos en la sala se les estaba sirviendo una copa para el brindis.

—Es bueno ver que ambos salieron de esa mierda enteros —dije y me percaté de que mi tono sonaba más duro de lo que pretendía. No quería ser el cabronazo irritante y arruinar la fiesta de un amigo, así que necesitaba cambiar mi actitud.

—Escuché que Grace ha rechazado el dinero —dijo Beau mientras mirábamos a la pareja en el frente de la sala, de pie con copas de champán en la mano—. Es una locura. Después de todo lo que vivió. Supongo que se le podría llamar amor.

Ese único hecho fue la razón por la que me quedé en esta sala con el pico cerrado. Me habría resultado muy difícil celebrar otro compromiso que se hubiera envenenado con el dinero y la codicia del Sur.

Grace parecía diferente a todas las mujeres que conocía, y me alegraba que Montgomery hubiera encontrado esa rara joya.

Una mujer joven que estaba de pie junto a Grace tocó el cristal de su copa, y el delicado sonido atrajo la atención de todos. Una vez que sintió que todos los ojos de la sala estaban fijos en ella, se aclaró la garganta para hablar:

—Gracias a todos por venir esta noche para celebrar el compromiso de Grace y Montgomery. Para todos los que no me conocen, mi nombre es Delilah, y Grace es mi mejor amiga. La conozco desde hace mucho tiempo y no podría estar más contenta de que al fin haya encontrado un buen hombre. Cuando empezó esta... ah, travesía...

Delilah hizo una pausa y le dedicó una sonrisa burlona a Grace, quien se la devolvió.

—Y joder, yo no... Quiero decir, ejem, no creo que muchos hayamos pensado que saldría con un anillo en su dedo y con un nuevo trabajo en el que le ayuda a manejar su gorda empresa. —Se rio—. Yo sí que no me esperaba que me contratasen y por fin estar libre de atender mesas.

Le sonrió a Montgomery.

—Pero tampoco esperaba que me presentaran a un tipo tan honrado, decente y honesto. Estos dos se merecen estar juntos más que nadie que haya conocido, así que les pido a todos que levanten sus copas para desearles que tengan un felices por siempre mientras planean su boda y sueñan con su futuro. —Luego se inclinó hacia la multitud—. Eh, y tenemos que convencer a Grace de que tenga bebés más temprano que tarde, porque mírenlos. —Hizo un gesto hacia Grace y Montgomery—. Tendrían unos bebés preciosos, ¿verdad?

La multitud se rio a carcajadas y la madre de Montgomery se puso los dedos en los labios y soltó un silbido. Las mejillas de Grace se ruborizaron y le estaba haciendo señas a su amiga para que se sentara. Montgomery solo se recostó y le sonrió a su prometida como si fuera el sol de su vida. Nunca había visto a ese desgraciado tan tranquilo y feliz.

Delilah sonrió aún más y alzó su copa.

—¡Por Montgomery y Grace!

Todos en la sala vitorearon y chocaron sus vasos, e incluso la agria disposición que tenía últimamente se mitigó. Era difícil no sentir el amor y la alegría pura.

Beau chocó su copa con la mía y bebió un sorbo de su champán antes de preguntar:

—Entonces, ¿estás listo para tu iniciación?

—¿Cómo se puede estar preparado para eso? —pregunté mientras tomaba un gran trago de la bebida para tratar de disolver el manojo de nervios en mi estómago.

—Si Montgomery sobrevivió, entonces todos podemos.

Me encogí de hombros.

—Supongo. —Respiré hondo antes de agregar—: Que comiencen las mentiras.

—Bueno, si tus mentiras son la mitad de encantadoras que Grace, entonces no serás muy miserable —dijo Beau con una sonrisa.

Las mentiras eran mentiras sin importar cómo las disfrazaras. Pero claro, se podían llamar como se quisiera.

Mentiras encantadoras. Mentiras feas. Todo me parecía igual. Pero como no tenía más remedio que seguirle el juego, lo haría.

Que comiencen las mentiras encantadoras.

¿QUIERES MÁS ROMANCE OSCURO EN LA SERIE HEREDEROS Y BELLAS?

Sigue leyendo para ver un adelanto de Mentiras encantadoras...

VISTA PREVIA DE MENTIRAS ENCANTADORAS

Capítulo 1
Sully VanDoren

Era un día muy soleado para enterrar un cuerpo.

Debería estar lloviendo y el cielo debería verse nublado: la típica y clásica escena de un funeral. Sin embargo, la brillante luz que se reflejaba desde el cielo despejado se arriesgaba a revelar cada sombra oscura que acechaba nuestras almas; y con ello me refería a todas nuestras almas. No había ni una sola persona inocente alrededor de la tumba de mi padre, con excepción, tal vez, de Jasmine, mi hermana menor. Pero era cuestión de darle tiempo a nuestra retorcida y opulenta sociedad. Ella también estaba condenada.

El dinero viejo, los secretos sureños y la etiqueta adecuada no eran más que ponzoña que podría arruinarnos.

Los rayos de sol que se vislumbraban entre los inmensos sauces llorones nos hicieron entrecerrar los ojos, lo cual parecía encajar en una situación como esta. Estábamos de pie, rígidos y con actitud agria, mientras nos despedíamos de un hombre que apenas conocíamos. No éramos más que desconocidos envueltos en la fragancia de las magnolias y cubiertos de sudor pegajoso, de cuya sangre azul y privilegiada se agasajaban los mosquitos.

—Aunque ande en valle de sombra de muerte, no temeré mal alguno; porque tú estarás conmigo —recitó el pastor como había hecho un millar de veces en su mórbida profesión.

Pero sí deberíamos temerle al mal. Ese era el problema con estas personas que vestían sus trajes negros de diseñador y vestidos absurdamente costosos. No le temían a nada porque sentían que eran invencibles; sentían que estaban protegidos del sufrimiento y la miseria simplemente porque eran adinerados. Y sí, con toda seguridad yo andaba en valle de sombra de muerte. Cada paso que tomaba era un paso más cerca de perder a la persona que una vez fui, y pronto, tal como mi padre, no sería más que una carcasa.

Mi hermana alcanzó mi mano y la agarró con fuerza. Cualquier persona que nos viera asumiría que era un acto entre dos hermanos que se daban consuelo, pero lo cierto era que Jasmine me estaba conteniendo. Sabía que no quería estar ahí y también que quería huir y no mirar atrás. Sabía que no sentía nada más que odio y desdén. Para ser una adolescente, era mucho más perspicaz y achispada que el resto de estos cabrones narcisistas que fingían ser los amigos de mi padre. Yo solo estaba aquí por ella, y gracias a los cielos que me recordó de aquel hecho antes de que echara a correr. Mi determinación perdía fuerzas con cada sílaba ceremonial del pastor.

Mi madre se encontraba de pie al otro lado de Jasmine, y se veía estoica con su vestido de encaje negro que, sin duda alguna, costaba una fortuna. Este era su momento; su oportunidad de representar a la viuda en luto que claramente había orquestado varias veces en su mente para asegurarse de interpretar a la perfección su papel hoy. Se estaba dando toquecitos en los ojos con el pañuelo, pero sabía que era todo parte del espectáculo.

La tristeza no era una emoción que nadie presente sintiese hoy. Aunque podría estar equivocado; quizás habría una o dos queridas alrededor del ataúd que en verdad lloraban una pérdida... La de su fuente de ingresos, claro.

Esta muerte no nos había caído de sorpresa. Mi padre había estado muriendo desde hace tiempo, y todo a causa de sus propias acciones. No se podía fumar cigarros todos los días, beber whiskey como si fuese agua y tomar pastillas para dormir sin esperar que tu interior no se volviese cancerígeno. Aunque su cuerpo se había vuelto tóxico en el instante en que se había convertido en un hombre a los ojos de nuestra sociedad y hecho cargo de la empresa siderúrgica familiar.

Y ahora era mi turno, pues se esperaba que yo hiciera lo mismo.

Hoy, mientras descendían el féretro de mi padre hacia el subsuelo, esperarían de mí que le cediera mi alma al diablo. Debía iniciarme en una sociedad secreta para poder conservar la empresa familiar y toda la riqueza que se asociaba con ella.

La Orden del Fantasma de Plata esperaba por mí.

Se suponía que esta noche fuese el comienzo de mi iniciación. Mis pruebas de iniciación. Y aunque acabara de enterrar a mi padre... la Orden me aguardaba.

—Espero que a estas alturas todo esté preparado para el velatorio —dijo mi madre mientras nos metíamos a la limosina que encabezaba la procesión a nuestro hogar. Jugueteó con su pañuelo blanco y no paraba de mirar a todos lados

—. Sin tu padre presente, el servicio se ha vuelto perezoso. Nunca he gobernado con mano de hierro, como él sí lo hizo, y ellos lo saben.

—Estoy segura de que todo está bien, mamá —dijo Jasmine en voz baja y le dio una palmada a la delgada pierna de mi madre.

—Pedí específicamente que hubiera tartas de limón en el velatorio. Eran las favoritas de su padre. Pero no le recordé a la señora Cooper por la mañana y saben cómo es su memoria.

—Yo le he recordado —la tranquilizó Jasmine—. Las tartas de limón estarán listas y todo estará perfecto para el velatorio. No te preocupes, mamá.

—Sí, porque vaya tragedia si no tenemos las tartas de limón —murmuré mientras buscaba la botella de vodka y el vaso dentro de la limosina.

—Sully... —Mi madre pronunció mi nombre con su acostumbrado tono de desaprobación—. ¿En verdad piensas que es prudente beber tan temprano?

—Acabo de enterrar a mi padre hoy. Me parece que merezco una bebida, muchas gracias. —Llené el vaso de vodka hasta el tope solo para molestarla.

—Sobre todo con lo que debes hacer. —Seguía estrujándose el pañuelo mientras fruncía los labios—. Esta noche tienes un... —Hizo una pausa y bajó la voz como si el conductor pudiese oírnos y la pudiesen acusar de romper el sagrado secreto—. Un compromiso.

—Sí, madre, estoy muy consciente del compromiso de esta noche.

—¿Entonces crees que beber sea una buena idea? Yo pensaba que querrías mantenerte alerta y verte distinguido.

Me reí sin humor mientras tomaba un gran trago del

vodka. Retuve el líquido en mi boca por más tiempo del normal para poder sentir la sensación de ardor.

—¿Distinguido? ¿Es así como le llamas a la ritualista, brutal y retorcida iniciación para unirse a una sociedad secreta que debió haber desaparecido hace muchos años ya?

Mi hermana me buscó la mano y le dio un apretón como una forma de regañarme en silencio.

—Sully, es hora de que des un paso adelante y seas el hombre de esta familia —dijo mi madre mientras ponía mala cara al ver la bebida en mi mano—. Sin tu padre...

—Sé con exactitud lo que tiene que suceder ahora que mi padre no está —solté—. Eso no quiere decir que esto no esté jodido.

Jasmine volvió a apretarme la mano. Nos habían criado para no decir improperios, no faltarles el respeto a nuestros mayores y... sinceramente, para no pensar por nuestra cuenta. Así que sabía que debía sentirse incómoda con la forma en que se estaba desarrollando esta conversación.

—Lo que sí está *jodido* —dijo mi madre, repitiendo la palabrota de una forma curiosamente elegante—, es tu rechazo a aceptar quien eres y quien debes ser por nacimiento. Siempre te has resistido, y por más que lo intento no puedo entender el porqué. Cuando huiste a California pensé que sería cuestión de tiempo para que te dieses cuenta de lo que estabas dejando en Georgia. —Miró por la ventana y contempló las enormes casas con jardines perfectamente diseñados que eran tan frecuentes en Darlington, un pueblo que detestaba—. No obstante, ahora has vuelto a casa y es tiempo de que te hagas cargo.

—¿Aunque no sea lo que quiera hacer? —pregunté mientras bebía otro sorbo a mi bebida.

—¿Y cuál es la alternativa? —espetó, volviendo su colorado rostro y mirándome con los ojos bien abiertos.

Más le vale que tuviese cuidado. Cualquier expresión facial visible causaría que tuviera que ponerse Botox más pronto de lo que tenía programado en su agenda.

—¿Perder todo? ¿Es eso lo que quieres? ¿Quieres que perdamos la empresa, la casa y todo nuestro dinero? ¿No estarás satisfecho hasta que tu hermana y yo quedemos en la calle sin un centavo? ¿Eso es lo que por fin te hará feliz?

—No, no quiero eso, y esa es la única razón por la que estoy aquí.

Ella volvió a mirar por la ventana.

—Sí, lo sé. El dinero no significa nada para ti, pero para nosotras, sí. Tu hermana tendría que dejar de ir a la Academia Darlington y tendríamos que renunciar a todo lo que conocemos. Si no haces la Iniciación ni te conviertes en miembro de la Orden del Fantasma de Plata, entonces perderemos todo lo que tu padre, su padre, el padre de su padre, y así sucesivamente, han construido con tanto esfuerzo.

—No necesito que se me recuerde lo que está en juego —dije—, ¿pero alguna vez te has preguntado si esto es lo que quiero? No quiero esta empresa. No quiero estar aquí para administrarla. No quiero tener nada que ver con todo esto.

—Pero yo sí —habló Jasmine por fin—. Sé que siempre has detestado lo que hacía papá, pero quiero mantener intacta a Industrias VanDoren. No puedo heredarla como tú, pero la quiero. Si no quieres hacer esto por ti, entonces al menos consígueme el negocio a mí.

Mi hermana nunca me pedía nada. Bueno, a menos que se contaran todas las veces que me rogaba que me llevara bien con nuestros padres. Jasmine era diferente a todos los demás; era buena, inocente y pura en el corazón. Ni siquiera de adolescente había perdido la chispa que hacía que la quisiera tanto. Por lo tanto, que Jasmine interrumpiera y dijera lo que pensaba hizo que me detuviese y pensara al respecto.

—Comprendo que no quieras estar en la Orden —dijo con su voz serena y tranquilizante—. Ni siquiera puedo imaginarme lo que deberás pasar. Si los rumores son ciertos... bueno, no te culpo por no querer ser parte de ello.

Nuestra madre abrió la boca para intervenir, pero Jasmine alzó una mano para acallarla.

—Pero madre tiene razón, tendríamos que empezar completamente desde cero si no lo haces. La empresa solo puede entregarse a un miembro de la Orden y al primogénito hombre. Y la casa, nuestros activos y prácticamente todo está vinculado y controlado por la compañía. Mi fondo fiduciario no durará demasiado tiempo.

Respiró hondo mientras miraba por la ventana por un breve instante.

—Esto no es solo por el dinero, Sully. Quiero quedarme con el negocio de la familia. Tiene mucho valor para mí. Por favor.

—Lo sé —dije tranquilamente y traté de ablandar mi temperamento—. Es por eso que he regresado de California. Y maldición, por mucho que lo odie, es la razón por la que haré la iniciación. —Miré a Jasmine fijamente a los ojos para que pudiese ver lo serio y comprometido que estaba—. Haré esto por ti.

No pares de leer todavía.
La serie de Herederos y Bellas continúa con MENTIRAS ENCANTADORAS.
¿Estás lista para la historia de Sully VanDoren?

¿Te gustaría una escena adicional de un oscuro ritual de iniciación entre Grace y Montgomery? Para sentir un chispazo extraoscuro y sacrílego, lee la escena que fue demasiado sombría como para incluirla en el libro.
¡Consíguelo AHORA MISMO!
https://BookHip.com/LHRMTMX

OTRAS OBRAS DE STASIA BLACK

HEREDEROS Y BELLAS

Pecados elegantes

Mentiras encantadoras

Obsesión opulenta

Malicia heredada

ROMANCE DE UN HARÉN INVERSO

Unidos para protegerla (geni.us/UnPaPr-ES-w)

Unidos para complacerla (geni.us/UnPaCo-ES-w)

Unidos para desposarla (geni.us/UnPaDe-ES-w)

Unidos para desafiarla (https://geni.us/UnPaDes-ES-w)

Unidos para rescatarla (https://geni.us/UnPaRe-ES-w)

Tabú

La dulce niña de papá (https://geni.us/LaDu-ES-w)

AMOR OSCURO

Lastimada (geni.us/Lastimada-ES-w)

Quebrada (geni.us/Quebrada-ES-w)

Amor Oscuro: Una Colección Oscuro Multimillonario
(https://geni.us/AmOs-ES-w)

SEDUCTORES RÚSTICOS

La virgen y la bestia (geni.us/LaViYLaBe-ES-w)

Hunter (geni.us/Hunter-ES-w)

La virgen de al lado (geni.us/LaViDeAlLa-ES-w)

LA BELLA Y LA ROSA

La bestia de la bella (geni.us/LaBeDeLaBe-ES-w)

La bella y las espinas (geni.us/LaBeYLaEs-ES-w)

La bella y la rosa (geni.us/LaBeYLaRo-ES-w)

OSCURO ROMANCE DE LA MAFIA

Inocencia (geni.us/Inocencia-ES-w)

El despertar (geni.us/ElDe-ES-w)

Reina del Inframundo (geni.us/ReDeIn-ES-w)

Inocencia: La Colección Completa (https://geni.us/Inocencia-Col-ES-w)

OTRAS OBRAS DE ALTA HENSLEY

HEREDEROS Y BELLAS

Pecados elegantes

Mentiras encantadoras

Obsesión opulenta

Malicia heredada

ACERCA DE STASIA BLACK

STASIA BLACK creció en Texas y recientemente pasó por un período de cinco años de muy bajas temperaturas en Minnesota, y ahora vive felizmente en la soleada California, de la que nunca, nunca se irá.

Le encanta escribir, leer, escuchar podcasts, y recientemente ha comenzado a andar en bicicleta después de un descanso de veinte años (y tiene los golpes y moretones que lo prueban). Vive con su propio animador personal, es decir, su guapo marido y su hijo adolescente. Vaya. Escribir eso la hace sentir vieja. Y escribir sobre sí misma en tercera persona la hace sentir un poco como una chiflada, ¡pero ejem! ¿Dónde estábamos?

A Stasia le atraen las historias románticas que no toman la salida fácil. Quiere ver bajo la fachada de las personas y hurgar en sus lugares oscuros, sus motivos retorcidos y sus más profundos deseos. Básicamente, quiere crear personajes que por un momento hagan reír a los lectores y que después los tengan derramando lágrimas, que quieran lanzar sus kindles a través de la habitación, y que luego declaren que tienen un nuevo NLS (Novio de Libro por Siempre; o por sus siglas en inglés *FBB Forever Book Boyfriend*).

Website: stasiablack.com

Facebook: facebook.com/StasiaBlackAuthor
Twitter: twitter.com/stasiawritesmut
Instagram: instagram.com/stasiablackauthor
Goodreads: goodreads.com/stasiablack
BookBub: bookbub.com/authors/stasia-black

ACERCA DE ALTA HENSLEY

Alta Hensley es una autora bestseller de USA TODAY que escribe historias de romance oscuras e indecentes. También es una autora bestseller que figura entre los más vendidos de Amazon. Como autora publicada en múltiples oportunidades dentro del género romántico, a Alta se le conoce por sus sombríos y resueltos héroes alfa, sus historias de amor ocasionalmente tiernas, su erotismo picante, y sus relatos cautivantes sobre la constante lucha entre la dominancia y la sumisión.

Newsletter: readerlinks.com/l/727720/nl
Website: www.altahensley.com
Facebook: facebook.com/AltaHensleyAuthor
Twitter: twitter.com/AltaHensley
Instagram: instagram.com/altahensley
BookBub: bookbub.com/authors/alta-hensley